TINA BECKETT

Le retour d'une amoureuse

Traduction française de
C. DUTEIL

BLANCHE

HARLEQUIN

Collection : Blanche

Titre original :
REUNION WITH THE ER DOCTOR

HARPERCOLLINS FRANCE
83-85, boulevard Vincent-Auriol, 75646 PARIS CEDEX 13
Service Clients — https://www.harlequin.fr/contenu/contactez-nous
ISBN 978-2-2805-1980-9 — ISSN 0223-5056

Édité par HarperCollins France.
Composition et mise en pages Nord Compo.
Imprimé en août 2025 par ScandBook UAB en Lituanie
en utilisant 100% d'électricité renouvelable.
Dépôt légal : septembre 2025.

FSC
www.fsc.org
MIXTE
Papier | Pour une gestion forestière responsable
FSC® C021394

Pour limiter l'empreinte environnementale de ses livres, HarperCollins France s'engage à n'utiliser que du papier fabriqué à partir de bois provenant de forêts gérées durablement et de manière responsable.

Prologue

Elle suivit du regard le cochon-tirelire rose vif qui s'envola dans les airs avant de se fracasser par terre dans un bruit assourdissant. Quelque chose heurta sa main et elle tressaillit de douleur, les yeux fixés sur les pièces de monnaie et les éclats de porcelaine éparpillés sur le sol autour d'elle. Incapable de se contenir, elle fondit en larmes, consciente que cela ne ferait qu'empirer les choses.

— Ne bouge pas, Georgia, ordonna sa maman d'une voix tremblante, pendant que son papa la dominait, immense, plus effrayant que jamais.

En chemise de nuit, pieds nus, Georgia recula pour s'éloigner de lui, mais sa mère se planta devant elle et défia l'homme du regard.

— Sors d'ici. Maintenant, gronda-t-elle d'un ton menaçant qui fit frissonner Georgia, stoppant net ses pleurs.

Elle n'avait jamais entendu sa maman s'adresser à son papa de cette façon. Jamais. D'habitude, elle lui demandait pardon, encore et encore, pour des choses que Georgia ne comprenait pas. Mais pas cette fois.

Elle se pencha derrière sa maman pour observer la réaction de son père. C'était bizarre. Il n'avait plus l'air furieux, mais semblait hésiter et, comme s'il remarquait seulement la présence de sa fille, il lui fit signe d'approcher. Alors sa maman lui frappa la main pour l'écarter et, sortant son téléphone de sa poche, elle appuya rapidement sur des touches.

Son père parut saisir le message car il recula d'un pas, le visage empourpré de colère.

— Tu me supplieras à genoux de revenir... Tu es incapable de te débrouiller toute seule !

Il y eut un long silence pendant lequel, son portable à la main, sa mère sembla grandir aux yeux de Georgia.

— C'est ce qu'on verra, Gavin.

Alors son papa lança violemment sa canette de bière contre le mur, où elle s'écrasa avec un bruit sourd, et son contenu se répandit sur l'unique tapis du séjour. Puis il tourna les talons, ouvrit brutalement la porte et sortit d'un pas lourd sans refermer derrière lui, laissant s'engouffrer dans la pièce une bourrasque de neige glaciale. Et il disparut dans la nuit.

Sa maman courut fermer la porte, la verrouilla, et s'y adossa un instant. Elle pleurait. Georgia aussi.

— Tu... tu vas bien, ma chérie ?

Elle hocha la tête.

— Mais ma nouvelle tirelire que le Père Noël m'avait apportée...

— Nous t'en achèterons une autre. Et...

Sa mère s'interrompit, les yeux braqués sur le sol.

— Tu saignes.

Georgia baissa les yeux et vit qu'un liquide rouge gouttait de ses doigts. Elle scruta sa main avec effroi.

— Maman, je crois que je suis blessée...

Sa mère attrapa vivement un plaid sur le canapé et, le jetant sur le sol, elle s'avança vers Georgia, les éclats de porcelaine crissant sous ses pas. Elle la souleva dans ses bras et la déposa à l'écart des débris. Elle examina sa main et ferma les yeux une seconde. Puis elle passa à l'action, attrapa une poignée de mouchoirs en papier et le scotch qu'elle avait utilisé pour emballer les cadeaux de Noël, et enveloppa la main de Georgia. Ça faisait mal.

— Je vais chercher ta doudoune.

— Mais ma tirelire...

— On s'en occupera plus tard. Pour l'instant, nous devons faire examiner ton poignet.

Quelques minutes après, elles roulaient en pleine tempête de neige, bien emmitouflées, les pieds au chaud dans leurs bottes fourrées. Georgia se demandait si son papa serait de retour quand elles rentreraient à la maison.

Elle ne le croyait pas. Pour une raison inconnue, elle sentait qu'il ne reviendrait plus jamais.

1

Georgia Sumter toucha la cicatrice à son poignet en franchissant les portes de l'hôpital Anchorage Memorial. L'établissement était exactement le même que quand elle l'avait quitté, trois ans plus tôt. C'était drôle comme certaines choses ne changeaient jamais, alors que d'autres…

Un peu comme sa maison d'enfance, disparue depuis longtemps. Elle avait été attribuée à sa mère au moment du divorce, mais elles n'y étaient pas restées. Sa mère l'avait rapidement vendue, et elles avaient emménagé dans un petit deux-pièces exigu où elles se sentaient plus en sécurité. Georgia avait compris pourquoi en grandissant.

Son cochon rose avait été remplacé par un grand lapin blanc qui s'était rempli avec les années et, quand Georgia avait atteint sa majorité, la tirelire était bourrée à craquer de pièces de monnaie et de billets. Pourtant, elle ne l'avait jamais brisée pour récupérer l'argent, les bruits de casse lui causant encore des palpitations.

Elle chassa ces pensées. La décision de revenir au Anchorage Memorial n'avait pas été facile. Pas après tout ce qui s'y était passé. Mais prendre un congé pour retourner dans sa ville natale sur Kodiak Island n'avait pas été non plus l'idée du siècle. Elle avait cru qu'en étant près de sa mère elle se sentirait dans un cocon et commencerait à guérir. Et cela avait marché… au moins au début. Mais elle avait fini par assimiler le leitmotiv quasi quotidien de sa mère lui ressassant à l'envi qu'elle avait pris la bonne décision à une sorte de chant funèbre, sinistre, répétitif... insupportable. Le doux cocon était devenu oppressant. Comme la petite clinique où elle comptait travailler quand elle aurait décidé de démissionner de l'hôpital Anchorage Memorial. Elle ne craignait pas de tomber sur son père, qui n'habitait plus en ville. Elle ne savait même pas où il vivait, et c'était très bien ainsi.

Une silhouette familière traversa le hall et se tourna vers elle avant de s'immobiliser, perplexe.

— Georgia ?

En trois ans, ses cheveux avaient perdu une trentaine de centimètres et elle avait adopté une coupe dégradée aux épaules, renonçant aux mèches pour retrouver son brun naturel. Elle comprenait qu'il soit surpris. D'autant plus qu'elle lui avait dit qu'elle ne remettrait plus jamais les pieds à l'hôpital qu'elle avait tant aimé.

— C'est bien moi. Un peu plus âgée et, espérons-le, plus sage que la dernière fois que tu m'as vue !

William Harris s'approcha.

— J'ignorais que tu étais en ville. Je te croyais encore sur Kodiak.

Son ami d'enfance, qui l'avait soutenue contre vents et marées, avait grandi sur la même île d'Alaska qu'elle, avant d'en partir à l'âge de dix-huit ans. Ils étaient restés en contact toutes ces années, et ils avaient travaillé ensemble au Anchorage Memorial jusqu'à ce qu'elle prenne la déchirante décision de quitter l'hôpital.

Mais la vie ici lui avait manqué. Énormément. Au point qu'elle était prête à courir le risque de revoir...

Non. N'y pense pas.

Elle fouilla dans sa poche pour toucher son talisman et fronça les sourcils en réalisant qu'elle avait laissé son collier dans la voiture. Elle l'avait retiré le matin pour se doucher et, dans sa hâte à arriver à l'heure à l'hôpital, elle l'avait fourré dans la boîte à gants. Où il se trouvait encore.

— J'ai décidé de revenir. L'hôpital me manquait... et mes amis aussi, dit-elle en souriant. Du temps a passé, et je crois que je suis prête. Et puis Eli est marié maintenant, alors ça devrait…

— Bon sang, Georgia, coupa-t-il sévèrement, pourquoi ne m'as-tu pas dit que tu envisageais de revenir ?

Sa réaction refroidit la jeune femme.

— Je croyais que tu serais heureux de me voir.

Il lui saisit la main et la pressa avant de la lâcher.

— Bien sûr que je suis content. C'est juste qu'Eli n'est pas…

Son ex avait-il quitté la région ? Même si c'était un meilleur scénario, lui permettant de retrouver une vie normale avant de le croiser, elle sentit son cœur se serrer à la pensée de ne plus le revoir.

N'était-ce pas ce que tu espérais en partant d'ici il y a trois ans ?

Si. Elle comptait le reléguer dans le passé, comme elle l'avait fait avec son père. Sauf que ses raisons avaient été très différentes. Eli avait toujours été un grand soutien pour elle. Malheureusement, il voulait plus qu'elle ne pouvait lui donner.

— Il a déménagé ?

— Non, répondit William, la regardant dans les yeux. Seulement il n'est plus marié. Lainey et lui ont divorcé il y a un peu plus d'un an.

— Pourquoi ne m'as-tu pas prévenue ? demanda-t-elle d'une voix blanche.

— Je ne pensais pas que tu reviendrais, ni que tu voudrais être tenue au courant de tous les faits et gestes d'Eli, étant donné la façon dont vous vous êtes quittés. D'ailleurs, tu n'arrêtais pas de répéter que tout allait pour le mieux sur Kodiak.

Voilà ce qu'elle récoltait pour avoir menti. Elle glissa de nouveau la main dans sa poche. Normalement elle gardait le papillon sur elle pour se rappeler d'être toujours libre. Elle le touchait quand elle était stressée. Comme maintenant.

— Je sais. Et bien sûr que je ne voulais pas que tu me racontes tout. C'est ma faute si je ne t'ai pas parlé de mon retour. Il se trouve que j'ai vu une annonce pour le poste aux urgences parmi des offres d'emploi alors que je cherchais une nouvelle affectation.

Les Ressources humaines m'ont rapidement fait savoir qu'elles voyaient mon retour d'un bon œil, et ensuite j'ai été très occupée à préparer mon départ de l'hôpital général de Kodiak. Je croyais te faire une surprise.

— Eh bien, c'est réussi. C'est une bonne surprise, reprit-il en souriant. Je savais que nous attendions un nouveau médecin, mais je n'ai pas pris la peine de m'informer sur lui. J'espérais juste que ce ne serait pas un autre Dr Mueller.

— Dr Mueller ? répéta-t-elle, le nom ne lui disant rien.

— Oui. Ronny Mueller. Il t'a remplacée quand tu as décidé de ne pas revenir. Et disons que ce n'est plus pareil depuis. Je ne serais pas étonné qu'il soit pour quelque chose dans le départ du Dr Hawthorne des urgences.

— Oh ! quel dommage ! J'aimais beaucoup Becky.

Becky Hawthorne avait été une de ses bonnes amies au Anchorage Memorial, et elle avait essayé de la dissuader de quitter l'hôpital. Georgia se réjouissait de retravailler avec elle ; elle ignorait que le poste qu'elle allait occuper avait été laissé vacant par Becky.

— Tout le monde l'aimait. Mais elle a décidé d'aller exercer dans une petite clinique locale, et elle est toujours dans le coin... Bref, je suis content que tu sois de retour. Tu travailles aujourd'hui ?

— Non, je vais juste aux Ressources humaines remplir des papiers. Je crois que je commence officiellement demain. J'imagine qu'on me le confirmera sur place. Et je ferais bien d'y aller si je ne veux pas être en retard.

Il sourit malicieusement.

— Ce ne serait pas la première fois...

Elle lui donna une tape sur le bras.

— Hé, j'essaie de tourner la page.

— Je le croirai quand je le verrai. On déjeune ensemble un de ces jours ?

Elle lui rendit son sourire en s'efforçant de ne pas penser à Eli, à ce qu'elle allait lui dire quand elle tomberait sur lui.

— Entendu. Et je promets d'être à l'heure.

Il émit un grognement sceptique. William était un bel homme, et elle s'étonnait qu'il n'ait pas encore rencontré l'âme sœur.

Mais Georgia non plus. Et elle n'en avait aucune envie. Sa mère lui avait raconté suffisamment d'histoires édifiantes pour toute une vie. Elle était partante pour avoir des aventures, car mettre fin à ce type de relation faisait beaucoup moins de dégâts qu'un divorce. Elle l'avait prouvé en quittant Anchorage trois ans plus tôt. Mais le mariage ? Sa mère avait mis un temps fou à se libérer de son mari. Enfant, Georgia n'avait pas su que son père s'était battu pour obtenir sa garde et qu'il avait failli gagner en accusant sa femme de négligence et de maltraitance envers leur fille. Alors que c'était lui qui la brutalisait.

Donc non. Un mariage et des enfants ne symbolisaient pas la liberté aux yeux de Georgia. Tout le contraire.

— Très bien, dit William. Préviens-moi quand tu auras ton planning. Bon, je dois y aller…

Il s'éloigna vers le service des urgences pendant que Georgia allait prendre l'ascenseur.

Seigneur, Eli n'était donc plus marié ? C'était pourtant une des raisons qui l'avaient incitée à prendre ce poste, car Eli était un homme droit et honnête, et elle savait qu'elle serait en sécurité si elle revenait exercer à l'hôpital. Quand il avait épousé une collègue de l'hôpital plus d'un an après leur séparation, Georgia avait beaucoup souffert, et elle n'était sortie avec personne depuis. Mais elle avait compris qu'elle avait bien fait de partir.

Et maintenant ?

Dès qu'elle regagnerait sa voiture, elle sortirait son collier-talisman de la boîte à gants pour le remettre à son cou. Et elle veillerait à l'avoir toujours avec elle, où qu'elle aille.

Eli arracha ses gants de chirurgie et les jeta dans la poubelle avant de pousser les portes du bloc opératoire. L'implantation du stimulateur cardiaque biventriculaire avait été délicate, et il avait failli perdre la patiente deux fois avant même de lui ouvrir la poitrine. Au dernier stade d'une insuffisance cardiaque due à des arythmies, elle avait une fréquence cardiaque dangereusement basse. Mais le nouveau pacemaker allait coordonner le rythme entre les ventricules et devrait offrir à la quinquagénaire une meilleure qualité de vie. Eli l'avait couplé avec un défibrillateur implantable au cas où son cœur s'arrêterait de nouveau.

Il ignorait ce que réservait l'avenir, mais il savait que sans cette intervention sa patiente n'aurait eu aucune chance. Elle serait probablement morte en quelques semaines, voire quelques jours. Pour l'heure, son cœur était encore faible, mais il battait à un meilleur rythme. Avec le temps, il pourrait même peut-être reprendre des forces. Seul l'avenir le dirait.

Eli devait déjeuner avec son grand ami Steve Davis, retraité de son cabinet médical depuis quelques années. Sans lui, Eli n'aurait peut-être pas fait ce qu'il aimait le plus au monde. En fait, la profession chère à son cœur résistait mieux que ses relations amoureuses. Et ce n'était pas près de changer. Steve avait été témoin à son mariage et, si son ami avait fait bonne figure, Eli avait senti qu'il doutait de la solidité du couple qu'il formait avec Lainey. Et Steve ne s'était pas trompé. Aurait-il eu la même réaction si la mariée avait été Georgia ?

De toute façon, Georgia refusait ce type de relation. Et il ne voyait pas pourquoi elle avait attendu si longtemps pour le lui faire comprendre. Elle aurait pu leur épargner bien du chagrin si elle l'avait dit plus tôt. Cependant les signes étaient là : ses réponses vagues chaque fois qu'il la questionnait sur son enfance ou ses parents. Sa tendance à éviter les projets d'avenir, à vivre l'instant présent sous prétexte qu'on ne savait jamais ce que réservait la vie. Il avait commis une erreur en ne la préparant pas à l'idée du mariage avant de lui faire sa demande. Il s'était décidé sur une impulsion, alors qu'il avait la bague depuis des mois.

Lainey Grant avait été là pour le consoler. Elle l'avait écouté, l'avait accompagné dans un bar, et lui avait servi de chauffeur quand il s'était enivré, anéanti par l'implacable mise au point de Georgia : *Je suis désolée, Eli. Je ne veux pas me marier. Ni avec toi ni avec un autre. Tu n'y es pour rien. C'est moi.* Si Georgia n'avait pas officiellement rompu avec lui, son message avait été limpide. Comme sa décision soudaine de partir en congé.

Lainey était apparemment tout ce que n'était pas Georgia. Elle était honnête sur son passé, et partageait les mêmes intérêts que lui, les mêmes espoirs pour l'avenir. Huit mois plus tard les choses s'étaient précipitées quand ils avaient couché ensemble. Ils avaient échafaudé des projets de mariage avec une rapidité qui lui avait donné le tournis. Seigneur, quel gâchis. Peut-être Georgia avait-elle raison d'affirmer que le mariage était une absurdité.

Il prit l'ascenseur pour descendre au rez-de-chaussée. Comme il passait devant des bureaux, son regard fut attiré par un mouvement à travers les grandes baies vitrées. Il s'immobilisa, abasourdi, devant l'apparition que ses pensées semblaient avoir matérialisée. Une apparition qu'il n'avait aucune envie de voir.

Et ce n'était pas Lainey.

Sa mâchoire se durcit. Loin d'un spectre, la personne était bien réelle. Surgie du passé. En chair et en os.

Que diable fait-elle ici ?

Le regard d'Eli chercha l'inscription sur la porte.

Ressources humaines.

Impossible. La vie ne pouvait pas être aussi cruelle...

La porte s'ouvrit dans un feulement, mais elle regardait quelqu'un à l'intérieur, la tête penchée.

— Merci. Je passerai chercher mon badge demain, d'accord ?

— *Badge* ?

Il s'aperçut qu'il avait parlé à voix haute quand elle se tourna vers lui, la main agrippée à la porte.

— Eli.

Ce n'était pas une question. Elle savait très bien qui il était. Mais pourquoi était-elle revenue ?

— Oui, c'est moi, Georgia. Tu n'as pas oublié ?

Elle lâcha la porte qui se referma en silence, tandis qu'Adrienne, la directrice du service, les observait d'un air consterné à travers la vitre.

Et elle n'était pas la seule.

— Non, hum…

Elle se mordit la lèvre en un geste qui ne lui était que trop familier. Elle l'avait fait le dernier jour, après qu'il l'avait demandée en mariage.

Il décida de parler avant qu'elle dise quelque chose qu'il ne voulait pas entendre. Même s'il ne voyait pas ce qu'il aurait pu *vouloir* entendre de sa bouche.

— Pourquoi es-tu là ? demanda-t-il d'un ton dur.

Conscient qu'Adrienne les regardait, il désigna le couloir desservant les stocks de fournitures et ouvrit la voie en s'assurant que personne ne pouvait les voir.

— Je… hum, je remplace Becky Hawthorne. Elle… heu, elle est partie.

— C'est une habitude chez les médecins urgentistes du Anchorage Memorial, répliqua-t-il ironiquement, ses yeux transperçant les siens. De partir, je veux dire.

Elle secoua la tête.

— Je vois ce que tu veux dire, et ce n'est pas très gentil. Je suis sûre que Becky avait ses raisons.

— Je ne suis pas un type gentil. Plus maintenant. Et je ne doute pas qu'elle avait une bonne raison. Mais ça ne répond pas à ma question. *Pourquoi* es-tu ici ?

— Parce que l'hôpital me manquait. Mes amis d'Anchorage aussi.

L'hôpital et ses amis lui avaient manqué, mais pas lui. L'omission était flagrante. Mais il ne s'attendait évidemment pas à ce qu'elle lui déclare un amour éternel.

— Alors, tu reviens aux urgences.

Elle fit un pas vers lui.

— C'est si terrible ? Nous avons tous deux repris le cours de nos vies, Eli. Nous pouvons sûrement travailler dans le même hôpital, sinon dans le même service.

Ils pouvaient. Ce qui ne voulait pas dire qu'il devait s'en réjouir.

— Alors, si nous étions dans le même service, tu n'aurais pas postulé pour cet emploi ?

Elle le dévisagea un long moment.

— Probablement pas.

— Je suis sûr qu'on pourra éviter de se croiser avec quelques efforts.

Elle se mordilla de nouveau la lèvre inférieure, et il sentit son ventre se nouer.

— Pour ton information, Eli, je suis désolée. Je croyais que tu étais marié, sinon je n'aurais jamais…

Tournant à l'angle du couloir, un infirmier des urgences vint se planter devant eux.

— Adrienne croyait vous avoir vus venir par là… pardon, je vous dérange ?

Eli le reconnut soudain. L'ami d'enfance de Georgia, William.

— Tout va bien, répondit Georgia. Il y a un problème ?

— Je ne sais pas. Tu peux venir avec moi parler à une patiente ? Le Dr Mueller l'a vue, mais il y a quelque chose…

— Bien sûr, dit-elle.

Son soulagement manifeste aurait pu être comique, mais il n'y avait rien de drôle dans la soudaine réapparition de Georgia à l'hôpital.

— À plus tard, Eli.

Il voulut rétorquer qu'il espérait bien que non, mais elle s'éloignait déjà avec William en pressant le pas, disparaissant de sa vue.

Eli grommela quelques jurons bien choisis, et alla rejoindre Steve pour leur déjeuner.

Georgia était de retour. Il n'avait pas la moindre idée de ce qu'il devait en penser, et encore moins de l'attitude à adopter. Mais il avait intérêt à se décider vite. Avant qu'ils se croisent de nouveau. Car cela allait forcément arriver. Et à ce moment-là il voulait être prêt.

— Comme je disais, elle s'est plainte que son cœur s'emballait brusquement sans raison, et Mueller l'a ignorée. Il a proposé de lui prescrire des anxiolytiques sans lui faire d'autres tests qu'un simple électrocardiogramme.

— Qu'est-ce qui te fait croire que c'est plus grave ?

William haussa les épaules.

— Parce qu'elle n'a pas eu l'air soulagée. On aurait juré qu'elle s'attendait à ce qu'il dise ça. Comme si elle l'avait déjà entendu. Ou peut-être parce que ce n'est pas la première fois que je vois Mueller dédaigner les inquiétudes d'un patient, et une fois ça s'est mal terminé pour le malade.

— D'accord. Dans quelle chambre est-elle ?

— La 3. J'espère qu'elle y est encore.

Mais quand ils poussèrent la porte ils ne trouvèrent qu'une infirmière en train de nettoyer la table d'examen.

— Où est Molly Breckin ?

— Qui ?

— La patiente qui était dans cette chambre.

— Elle est partie. Avant même que le Dr Mueller revienne avec les papiers.

— Bon sang, jura William.

— Vous pourrez peut-être la rattraper avant qu'elle arrive au parking, dit l'infirmière.

Il regarda Georgia.

— Viens.

Ils coururent vers la plus proche sortie.

— La voilà.

À travers la vitre, Georgia vit une mince jeune femme avancer sur le trottoir, la tête baissée, les épaules voûtées, l'air défait. Ils poussèrent les portes et l'appelèrent.

— Madame Breckin, vous pouvez attendre une minute ?

La fine silhouette se raidit avant de se retourner.

— J'ai déjà pris des anxiolytiques, sans aucun effet. Et j'ai des palpitations alors que je ne suis pas stressée, quand je suis assise ou que je lis. Elles me réveillent même quand je dors.

— Si nous retournions à l'intérieur pour en discuter ? suggéra Georgia.

— Qui êtes-vous ?

— Je suis le Dr Sumter.

Molly soupira.

— Ça ne servira à rien. L'autre docteur m'a déjà fait un ECG, comme les autres praticiens que j'ai consultés. Et ils ne voient jamais rien, car ça n'arrive pas pendant l'examen.

— Mais...

La femme secoua la tête.

— Non. J'en ai marre des médecins. Jusqu'ici, ce que j'ai ne m'a pas tuée, alors ce n'est sûrement pas dangereux ?

Le cœur de Georgia se serra. Cela pouvait s'avérer au contraire très dangereux selon la cause de l'arythmie. Elle avait vu un adolescent apparemment en bonne santé tomber raide mort à la suite d'un problème cardiaque non diagnostiqué.

— Vous ne voulez pas y réfléchir ? Il pourrait y avoir...

— Non.

Elle scruta la femme une minute, puis sortit un bloc de son sac, dont elle arracha une page où elle nota son nom et son numéro de téléphone.

— Si vous changez d'avis, n'hésitez pas à m'appeler. Peu importe quand. Si je suis avec un patient, je vous rappellerai dès que j'aurai fini.

Les yeux agrandis, Molly hésita avant de prendre le papier.

— D'accord, dit-elle avec un pâle sourire qui émut Georgia. Vous êtes le premier médecin qui a l'air de me croire. Merci.

Et avant qu'ils puissent ajouter quoi que ce soit elle s'éloigna sans se retourner.

Georgia pressa la main de son ami.

— Tu as fait ce que tu as pu.

— Alors, pourquoi j'ai le sentiment que ça ne suffit pas ?

Elle ne pouvait pas répondre à cette question qu'elle s'était posée maintes et maintes fois. Il y avait des patients qu'on avait l'impression d'avoir déçus. À qui on aurait pu donner plus. Pour qui on aurait pu faire plus. Même si en analysant la situation on ne voyait pas comment on aurait pu changer les choses.

Un peu comme sa rupture avec Eli, qui avait été tout sauf satisfaisante. Et pourtant elle ne savait pas ce qu'elle aurait pu faire d'autre. Car il fallait qu'elle parte. Pas seulement pour elle, mais aussi pour épargner bien du chagrin à Eli.

2

Le lendemain soir, Eli mettait ses papiers à jour quand on frappa à la porte.

— Entrez, dit il.

Levant les yeux, il vit la dernière personne à laquelle il s'attendait. Pas si tôt, en tout cas. Et il n'imaginait sûrement pas qu'elle viendrait à lui.

— Pardon mais..., dit-elle sans ouvrir complètement la porte, tu as une minute ?

Il posa son stylo avec un soupir.

— Tu ferais mieux d'entrer.

L'invitation était tout sauf cordiale, mais il n'avait pas encore surmonté le choc de son retour.

Georgia entra, referma derrière elle, et alla se percher sur une chaise devant le bureau.

— J'ai une question étrange à te poser. Au sujet d'une patiente.

Il sentit se détendre tous les muscles de son corps. Au moins elle ne voulait pas aborder de sujet personnel. Cela n'aurait pas dû le surprendre. Il ne pouvait guère s'attendre à ce qu'elle veuille reprendre où ils en étaient restés. Ni à ce qu'elle désire lui fournir des explications pour ce qui s'était passé trois ans plus tôt.

C'était pourtant ce qu'il avait rêvé la nuit dernière et, dans son fantasme, il l'avait prise dans ses bras et l'avait l'embrassée, comme le dernier des imbéciles. Il s'était réveillé avec des sueurs froides, et à ce souvenir il sentait encore se crisper tous les muscles de son corps.

Il chassa cette pensée et la regarda.

— Quelle patiente ? Celle pour laquelle William est venu te chercher hier ?

Elle acquiesça.

— Elle n'est pas exactement ma patiente, plutôt celle du Dr Mueller.

Eli émit un grognement.

— Le Dr Mueller défend âprement son territoire quand il s'agit de ses patients. Je me suis accroché une ou deux fois avec lui, et ce n'était pas drôle.

— Et, si la vie d'un patient était en jeu, tu t'embrouillerais encore avec lui ?

— Bon sang, Georgia, Mueller est ici à cause de toi, je te rappelle.

Elle tressaillit, surprise.

— Quoi ?

— Il a pris ta place.

— Je n'avais aucun contrôle là-dessus.

Non. Mais elle avait le contrôle sur ce qu'elle avait fait avant. Quand elle avait décidé de quitter l'hôpital. De l'abandonner *lui.* Cependant cela n'avancerait à rien de ressasser ce qui s'était passé alors.

— J'en suis conscient… Alors, quel est le problème ? Je ne te promets pas d'être en mesure de t'aider, sauf si Mueller me sollicite.

— Eh bien…, bredouilla-t-elle en évitant son regard, la patiente n'est plus vraiment à l'hôpital.

— Mais encore ?

— Elle est sortie contre avis médical.

— J'en déduis que c'était une patiente cardiaque ?

— Non. Du moins pas officiellement. Car il ne l'a pas crue.

— Qui ça ?

— Mueller, répondit-elle, les sourcils froncés.

Eli avait entendu des rumeurs sur Mueller ; on racontait qu'il se la coulait douce aux urgences, et qu'il évitait les cas les plus complexes s'il pouvait.

— Tu devrais peut-être m'expliquer clairement ce qui te tracasse.

William avait consulté Georgia car cette affaire devait le tourmenter. Assez pour qu'il court-circuite le médecin chargé du dossier, ce qui était grave. Et si Georgia était venue ici cela signifiait qu'elle partageait l'avis de William.

— Je ne l'ai pas examinée, mais j'ai lu son dossier, dit-elle.

Elle lui expliqua que la patiente était venue à l'hôpital se plaindre d'épisodes répétés de tachycardie. Ce n'était pas alarmant en soi compte tenu de son âge. Mais elle avait consulté plusieurs médecins qui lui avaient tous diagnostiqué une anxiété pathologique.

C'était inquiétant, d'autant que d'après Georgia la patiente avait pris les médicaments qu'ils lui avaient prescrits sans observer le moindre effet.

— Quels examens ont été réalisés ? demanda-t-il.

— Dans les autres hôpitaux ? Aucune idée. Mais ici on lui a fait un ECG de quinze secondes, apparemment normal.

Eli pouvait suivre les pensées de Georgia sur son visage expressif. Elle n'avait jamais été douée pour dissimuler ses émotions, qu'elle soit heureuse, triste, ou au plus fort du plaisir...

Irrité, il se força à réfléchir à ce qu'elle venait de dire.

Les électrocardiogrammes avaient assurément leur place, mais en cas d'arythmie idiopathique ils ne servaient pas à grand-chose car, s'il n'y avait pas de trouble du rythme cardiaque pendant l'examen, on pouvait ne pas déceler le problème, comme l'avait fait Mueller.

— A-t-elle dit à Mueller qu'elle avait consulté d'autres médecins ?

Elle plissa le nez, comme il se rappelait l'avoir vue faire quand elle était frustrée ou embarrassée.

— En tout cas, elle prétend l'avoir fait.

— Si elle a quitté l'hôpital contre avis médical, comment a-t-elle pu te raconter tout ça ?

— Avec William, on l'a en quelque sorte poursuivie sur le parking.

— Vous l'avez en quelque sorte poursuivie..., murmura-t-il sans pouvoir réprimer un ricanement en imaginant la scène.

— Qu'est-ce qu'il y a de si drôle ?

— Pas l'histoire de la patiente. Plutôt le fait que vous lui ayez couru après... et quoi ? Vous avez essayé de la ramener à l'intérieur ? As-tu seulement pris officiellement tes fonctions à l'hôpital ?

— Eh bien... oui à la première question, et non à la seconde. Je commence demain.

— Alors, tu sais qu'elle aurait été renvoyée directement à Mueller.

— Pas si j'avais pu te joindre avant qu'il l'apprenne.

Elle lui aurait donc demandé à *lui* de court-circuiter Mueller ? Cela aurait pu très mal tourner. Pour Georgia et pour lui. Mais il ne pouvait pas l'en blâmer. Elle défendait toujours âprement ses patients. Il n'aurait pas dû s'étonner qu'elle risque les foudres d'un collègue pour une patiente qu'elle ne soignait même pas. C'était une des choses qu'il avait tant aimées chez elle.

Avait aimées. Au passé.

Comme si elle prenait conscience de ce qui aurait pu arriver, elle secoua la tête.

— Excuse-moi. Je n'aurais même pas dû venir t'en parler.

Si, elle avait bien fait. Car si elle avait réussi à convaincre la patiente de regagner l'hôpital et la lui avait amenée il lui aurait fait subir un examen approfondi. Il s'était déjà disputé avec Mueller à propos d'un patient, et Mueller avait fini par s'incliner quand Eli lui avait prouvé que le patient avait besoin d'un cathéter cardiaque. Mais si la patiente n'avait même pas été envoyée à un cardiologue ? Mueller n'aurait pas manqué de porter plainte contre Georgia et lui. Et l'hôpital aurait pu retirer son emploi à Georgia si elle avait causé des problèmes à peine réengagée.

— Tu as eu raison. Mais sois prudente avec Mueller. Il ne faut pas le prendre pour un imbécile. Il a déjà déposé plainte contre plusieurs membres du personnel.

— Je me moque de qui il est, comme du nombre de plaintes qu'il a pu déposer. S'il se comporte encore comme il l'a fait hier, je pourrais le poursuivre, moi aussi.

Eli sourit.

— Je te conseille d'attendre ta prise de fonction officielle avant de faire ce genre de chose. Ou on pourrait te virer à coups de pied au derrière.

Elle lui rendit son sourire.

— J'ai le derrière solide. Et il en faut beaucoup pour m'abattre.

— Je n'en doute pas.

Le sourire de Georgia s'effaça lentement, et ils se regardèrent dans un silence gênant. Du moins pour lui. Il aurait dû mieux choisir ses mots.

— Tu n'es visiblement pas resté abattu longtemps, toi non plus... Pardon, c'était déplacé..., se reprit-elle. Je vais te laisser travailler. Je l'aurais regretté si je n'avais pas au moins essayé d'avoir ton opinion.

Sa remarque énigmatique sur son abattement fit mouche. Elle n'avait pas tort si elle faisait allusion à Lainey et lui. Mais il ne pouvait plus rien y faire. Quant à son avis sur la patiente, il réalisa qu'il ne l'avait pas donné. Il ne pouvait pas, d'ailleurs. L'emballement soudain d'un cœur pouvait être causé par beaucoup de choses. Certaines bénignes, certaines mortelles.

— Tu sais quoi. Si la patiente revient et si tu es là, appelle-moi et je descendrai, dit-il.

— Je lui ai donné mon numéro de téléphone. Si elle m'appelle, tu accepterais de lui parler ? Comme tu as un cabinet privé en plus de ton travail à l'hôpital, tu pourrais le faire sans que ça crée des problèmes entre toi et Mueller ?

— Normalement j'ai besoin d'une recommandation mais, d'accord, je lui parlerai, et je proposerai de creuser un peu plus ses symptômes. Ça te va ?

— Oui, répondit-elle en lui tendant un papier où elle avait noté le nom *Molly Breckin*. C'est la patiente. Et Eli... merci. Sincèrement.

Sur ce, elle se leva et sortit de son bureau comme elle y était entrée, sans un bruit, en balançant doucement les hanches. Mais elle avait eu raison de son sang-froid. Et longtemps après son départ il fixa le papier en se demandant ce qu'il allait faire.

Pas concernant la patiente, mais à propos de Georgia. De la façon dont elle l'affectait à son insu. Ne trouvant pas de réponse, il ouvrit le tiroir du haut de son bureau et y glissa le bout de papier, non sans avoir mémorisé le nom de la femme.

Pourquoi Georgia était-elle aussi soulagée qu'Eli l'ait prise au sérieux ? S'était-elle vraiment attendue à ce qu'il la chasse de son bureau avec des mots durs ? Peut-être. Et peut-être le méritait-elle. Mais pourquoi ? Après tout, elle avait été fidèle à ses valeurs trois ans plus tôt. Comment le lui reprocher ? Et si elle avait su qu'Eli tenait à convoler quand ils avaient commencé à se fréquenter elle ne serait probablement jamais sortie avec lui.

Mais combien d'hommes et de femmes se voyaient fréquenter indéfiniment quelqu'un sans espérer une relation plus sérieuse et durable ?

Manifestement, elle vivait à l'époque dans un monde déconnecté de la réalité. Plus maintenant. Si elle avait douté qu'il puisse se satisfaire d'une relation amoureuse sans mariage, ses doutes se seraient envolés quand Eli avait épousé une autre femme un an après leur rupture. Il était ridicule d'imaginer qu'il se serait contenté de partager son lit et quelques mots doux.

C'était pourtant ce qu'elle avait espéré. Oh ! elle l'avait aimé, il n'y avait aucun doute là-dessus. Elle l'avait même avoué de temps en temps. Mais elle n'avait pas voulu, n'avait pas eu besoin, d'une bague pour cimenter cet amour. Et quand il avait tenu à lui en offrir une pour perpétuer leur relation elle l'avait quitté.

Mais pour le moment il était temps qu'elle regagne son appartement. Elle allait prendre un bon bain avec un verre de vin, et tenter d'oublier Molly Breckin et Eli Jacobsen. Elle doutait que ce soit possible, mais elle avait intérêt à essayer si elle voulait avoir le courage de se présenter à son travail le lendemain. Et le surlendemain. Ou elle pouvait aussi bien faire ses valises et rentrer à Kodiak.

Quand elle arriva aux urgences le lendemain matin le service était en effervescence, et plusieurs ambulances stationnaient devant les portes.

— Que s'est-il passé ? demanda-t-elle à William.

— Un hydravion qui transportait des campeurs a eu une panne de moteur en se rendant au parc national de Katmai et il a fait un atterrissage brutal sur l'eau. Les passagers et le pilote ont dû quitter l'avion. Nous attendons encore trois passagers, mais les quatre autres ont été secourus dans l'eau et évacués en hélicoptère. Dieu merci, la compagnie était en règle pour les équipements de sauvetage.

— C'est sûr. Des blessés graves ?

— En fait oui, un couple. On pourrait croire que s'écraser sur l'eau est moins violent, mais on soupçonne un éclatement de la rate, et le patient a été transféré en chirurgie. Et on a plusieurs fractures. Il y a aussi une femme enceinte avec des douleurs abdominales. On l'attend, là.

— D'accord, envoie-moi où tu as besoin de moi.

À cet instant, deux ambulanciers poussèrent les portes du service avec un chariot transportant une femme au ventre distendu.

— Je l'emmène, déclara Georgia. La salle de travail et d'accouchement est prévenue ?

— Oui. Mais deux accouchements sont en cours et ils sont débordés. Si on pouvait la stabiliser en attendant qu'ils nous envoient quelqu'un, ce serait mieux. Si ça tourne mal, on la montera là-haut.

— Compris. Merci.

Elle jeta un coup d'œil au grand tableau blanc pour voir si des salles d'examen étaient libres.

— Bien. Emmenons-la en salle 6.

Elle se précipita vers la jeune patiente âgée d'une vingtaine d'années.

— Je suis le Dr Sumter. Nous allons vous conduire dans une salle où je vais vous examiner. Vous avez du mal à respirer ?

— Non, mais j'ai mal au ventre et mon bébé... je ne le sens plus, et j'ai tellement peur...

— Je comprends. Je sais que vous êtes trempée à cause de votre bain forcé, mais sentez-vous un écoulement de liquide chaud ?

— Non.

Georgia espéra qu'elle n'avait pas d'hémorragie et que son utérus n'avait pas été endommagé. Lors du triage, on donnait généralement aux patients des bracelets d'admission avec un code couleur spécifique dans l'ordre où ils étaient vus, mais ce n'était pas toujours fiable pour les femmes enceintes, et elle préféra emmener directement la jeune femme en salle d'examen.

Un ambulancier lui tendit son dossier.

— Avez-vous été frappée au ventre par quelque chose lors de l'accident, Lydia ? demanda-t-elle.

— Je... je ne crois pas. Tout s'est passé très vite. Nous avions nos ceintures de sécurité quand nous avons touché l'eau.

— La ceinture était-elle basse ? Là ? demanda Georgia en désignant son bas-ventre.

— Oui.

— Bon. Je vais vous aider à retirer vos vêtements et enfiler une chemise sèche. Puis on s'assurera que le rythme cardiaque du bébé est toujours fort. Vous êtes à combien de mois ?

La patiente frissonna, probablement à cause de son bain forcé dans l'eau froide, et parce qu'il régnait toujours une température fraîche aux urgences.

— Quatre mois.

— Le camping n'est pas de tout repos à Katmai, si ?

— Certes, mais mon docteur m'a dit qu'à ce stade je pouvais encore...

Georgia posa la main sur son bras.

— Ce n'était pas une critique, Lydia. Moi-même j'ai souvent envisagé d'aller voir les ours, mais je ne trouve jamais le temps.

— Ce sera la troisième fois que nous y allons.

Georgia réagit immédiatement.

— Vous étiez avec quelqu'un ? Un parent ?

— Mon mari. Il n'y avait pas de place pour lui lors de la première évacuation, et il n'était pas gravement blessé. Il me rejoindra dès qu'un hélicoptère pourra le prendre.

L'infirmière Lauren Adams vint aider Georgia à enlever ses vêtements mouillés à la jeune patiente.

— C'est chouette de te revoir, dit-elle à Georgia.

— Je me réjouis d'être de retour, Lauren.

Les sous-vêtements de Lydia ne portaient aucune trace de sang, ce qui était plutôt bon signe.

— Sait-on quand on aura un obstétricien ?

— Ils sont encore tous les deux retenus en chirurgie.

— Compris. Alors, continuons et installons l'échographe, et si tu pouvais aller demander à l'accueil de nous prévenir quand son mari sera là... il s'appelle comment, Lydia ?

— Mark. Mark Jones.

— Si on pouvait envoyer Mark ici dès son arrivée, ce serait bien pour tout le monde.

— Je m'en occupe, répondit Lauren en quittant la pièce.

Elle revint deux minutes plus tard en poussant un chariot avec l'échographe.

— Où je le mets ?

— Sur la droite.

Elles installèrent l'appareil, et Lauren entra les données de la patiente pendant que Georgia enduisait de gel lubrifiant la sonde à ultrasons.

— Ça va être un peu froid, d'accord ?

Elle étala du gel sur le ventre de Lydia et regarda Lauren.

— Tu es prête ?

— Oui, tu peux y aller.

Les yeux fixés sur l'écran, elle déplaça le nez de sonde sur l'abdomen en priant pour entendre un battement de cœur normal et voir une image rassurante.

Le silence régnait dans la salle, et Lydia grimaça quand Georgia glissa la sonde vers son bas-ventre.

— Qu'est-ce qu'il y a ?

— Je ne sais pas. C'était très douloureux là, répondit Lydia, indiquant la zone où avait dû se trouver sa ceinture de sécurité.

— Je vais m'efforcer d'y aller doucement. Dites-moi si vous avez mal, dit Georgia.

Elle ne trouvait pas de battement de cœur et commençait à se sentir tendue.

— Passons à l'autre côté.

— Tout va bien ? demanda Lydia d'un air anxieux.

— Je pense que le bébé est juste positionné différemment.

Elle essayait de rassurer la jeune femme, mais l'inquiétude la gagnait.

Elle remit du gel sur la sonde et entreprit de balayer une nouvelle zone. Toujours rien.

Elle s'apprêtait à pousser l'exploration plus loin quand elle entendit quelque chose, et revint en arrière.

Là.

Boum-boum, boum-boum, boum-boum.

— Dieu soit loué, chuchota Lydia.

Soupirant de soulagement, Georgia vit que Lauren aussi était émue, et elle se demanda ce qu'elle-même ressentirait si elle était à la place de Lydia à cet instant.

Hypothèse stupide, car elle ne pensait pas être mère un jour, refusant fermement toute relation durable. Avec qui que ce soit.

Et avec un enfant à elle ?

Elle n'y avait jamais réfléchi. Jusqu'à maintenant. Mais elle ne se sentait pas capable d'élever un enfant seule. Elle avait vu combien sa mère avait dû trimer pour subvenir à ses besoins après le départ de son père. Toutefois, l'expérience avait été une révélation pour sa mère, qui était devenue une personne différente. Plus heureuse. Plus confiante.

Elle avait même dirigé un groupe de soutien pour aider d'autres femmes piégées dans des relations toxiques. Georgia avait accompagné sa mère à une réunion une fois, et ce qu'elle y avait entendu l'avait confortée dans la conviction que le mariage n'était pas pour elle.

— Le cœur du fœtus bat fort et bien. Je vais juste vérifier deux ou trois autres choses, si vous êtes d'accord ?

— Oh ! oui. J'ai besoin de savoir que tout va bien.

Maintenant qu'elle était rassurée, Georgia prit son temps pour montrer à Lydia différentes choses sur le moniteur. Les yeux fixés sur l'écran, elles virent le bébé tourner la tête vers elles et porter une main maladroite à sa bouche minuscule.

— Je crois qu'il suce son pouce.

Le miracle de la vie intra-utérine avait toujours fasciné Georgia. Au point qu'elle avait failli se spécialiser en obstétrique avant de changer d'avis… à cause de son traumatisme d'enfance, peut-être. En tout cas, elle sentait qu'elle avait pris la bonne décision en s'en tenant à son plan initial de devenir médecin urgentiste. Elle adorait voir des patients différents et avoir un rythme de travail effréné, sans parler des moments émouvants comme celui-ci, quand la douce joie qu'ils lui procuraient embellissait sa journée.

— Je pense aussi, renchérit Lydia.

La porte s'ouvrit brusquement et un homme fit irruption dans la pièce.

— Lydia, tu vas bien ?

La jeune femme éclata en sanglots, et le regard affolé de l'homme se posa sur Georgia.

— Le bébé se porte très bien, pour autant que je puisse en juger, dit-elle, s'empressant de le rassurer.

Il approcha une chaise de la table d'examen et posa sa joue contre celle de sa femme.

— Tout va bien, mon amour. Je suis là maintenant.

— Vous devez être Mark ?

Il acquiesça, et Georgia sourit.

— Comment allez-vous ? Vous avez été blessé ?

— Non. Je me suis coupé le pouce, mais ça va, répondit-il en montrant une vilaine entaille à son doigt.

— Hum… il va vous falloir des points de suture. Et une piqûre antitétanique, par mesure de sécurité.

— Tout ce que vous voudrez… du moment que Lydia et le bébé vont bien.

— Je veux quand même qu'un obstétricien l'examine quand il y en aura un de libre, et vous allez devoir patienter encore un peu. Ça ne vous gêne pas ?

— Pas du tout.

— Je vais vous recoudre le doigt pendant que vous êtes là, et une personne de l'accueil viendra vous demander quelques informations pour le dossier, mais vous avez eu beaucoup de chance, tous les deux.

— Je sais.

Lydia essuya ses larmes et attira son mari à elle pour l'embrasser.

— Merci beaucoup, dit-elle à Georgia.

— Je vous en prie, répondit-elle, désinfectant la sonde avec une lingette imbibée d'alcool pendant que Lauren se chargeait du reste. Nous allons vous nettoyer et soigner votre mari, et dès qu'un obstétricien aura donné son accord vous pourrez quitter l'hôpital et profiter de vos vacances.

Lydia agrippa la main de son mari.

— Tu serais d'accord pour qu'on rentre à la maison et qu'on regarde plutôt un documentaire sur les ours ?

Tout le monde éclata de rire, oubliant l'atmosphère angoissante des trente dernières minutes.

— Absolument, répliqua Mark. Merci encore à vous toutes.

— Pas de problème. Occupons-nous de vous maintenant.

Trois quarts d'heure plus tard, le doigt de Mark était recousu et il avait reçu sa piqûre antitétanique, et un gynécologue obstétricien était arrivé pour examiner Lydia.

Georgia en profita pour s'éclipser et aller voir où on avait besoin d'elle. Mais le service était étrangement calme tout à coup. Et William était introuvable.

Elle se rendit au bureau d'accueil.

— D'autres victimes de l'accident à voir ?

— Non. Elles sont toutes sorties, ou ont été transférées dans un autre service pour y être traitées.

— Très bien.

Consultant sa montre, elle fut surprise de voir qu'il était 1 heure de l'après-midi ; son estomac criait famine.

— Je peux aller à la cafétéria avaler rapidement quelque chose ?

— Oui, pas de problème.

— Bon, appelez-moi si vous avez besoin de moi. Je ne devrais pas en avoir pour plus d'une demi-heure.

— Prenez votre temps et profitez de votre repas.

Georgia remercia la réceptionniste et, quittant les urgences, partit se restaurer.

3

À la cafétéria, Eli dégustait sa seconde tasse de café après avoir englouti un sandwich jambon-fromage. Il s'apprêtait à se lever pour partir quand Georgia franchit la porte de la salle.

Bon sang. Il aurait mieux fait d'emporter son café et d'aller le boire ailleurs.

Elle ne l'avait pas encore vu, marchant résolument vers la queue en étudiant les plats du jour.

Ses cheveux bruns bouclaient souplement autour de son visage et dans son cou, nappant ses épaules. Sa coupe était différente de celle qu'il lui avait connue, et elle lui allait bien. Mais tout lui allait, ou presque.

Son pantalon noir épousait les courbes de son fessier et de ses hanches, et il aperçut la peau pâle de sa taille quand elle se pencha pour prendre quelque chose dans la partie réfrigérée du comptoir. Il déglutit, ne se rappelant que trop la sensation de cette peau sous ses doigts.

Lève-toi et file avant qu'elle ne te voie.

Il se redressa, mais quelque chose le retint. Il ne voulait pas passer pour un lâche si elle le surprenait en train de filer en douce.

Mais c'était dur de ne pas prendre la fuite. Comme elle l'avait fait trois ans plus tôt ? Il croyait savoir ce qu'elle avait ressenti, car il n'était pas sûr de pouvoir demeurer dans le même espace qu'elle. Lainey était restée à l'hôpital pendant des semaines après avoir demandé le divorce, et même si sa trahison l'avait consumé de colère le cas était différent. Georgia ne l'avait pas trahi. Elle avait juste jugé qu'il n'était pas digne de partager son avenir avec elle.

Laisse tomber, Eli. Tu n'as que trop ressassé tout ça.

Elle régla la caissière, et elle se retournait avec son plateau quand il y eut un fracas de vaisselle cassée en provenance des cuisines.

Georgia se figea et posa son plateau sur le comptoir, les yeux écarquillés, le regard vide. Elle leva la main vers son cou comme pour saisir quelque chose et resta plantée là plusieurs secondes, tandis qu'un client impatient la contournait en la regardant bizarrement.

Eli se leva et s'approcha d'elle.

— Hé, tu vas bien ?

Comme arrachée à quelque sortilège, elle battit des paupières et tourna la tête vers lui.

— Oh ! je... je vais bien. J'ai été surprise, c'est tout.

Il savait ce qui l'avait fait sursauter. Il ignorait juste pourquoi elle avait réagi aussi étrangement. Une fois, chez lui, elle avait par inadvertance renversé un gobelet posé sur le bar, qui s'était écrasé sur le sol, projetant des éclats de verre un peu partout.

Cette fois aussi, elle avait été pétrifiée, et elle n'avait pas voulu toucher aux morceaux de verre. Il avait tout nettoyé, mais quand il s'était étonné de sa réaction elle lui avait dit presque mot pour mot ce qu'elle venait de dire. Elle avait juste été surprise.

Point final.

— Laisse-moi porter ton plateau.

Elle ne discuta pas, se contentant de le suivre en silence jusqu'à sa table, et il se rendit compte que l'incident l'avait secouée.

Il posa le plateau, avança une chaise pour elle et se rassit à sa place.

— Tu es sûre que ça va ?

— Absolument. Ça ne t'arrive jamais d'être surpris par un bruit soudain ?

Si, mais pas comme ça. Le client qui l'avait dépassée à la caisse ne semblait pas avoir trouvé son comportement très normal non plus.

— Ça dépend d'où ça vient.

Elle tordit la bouche comme pour dire quelque chose, mais se ravisa. Elle but une gorgée de son thé, dont le sachet macérait encore dans la tasse, puis elle prit une profonde inspiration.

— Merci. Je ne sais pas trop pourquoi j'ai réagi comme ça. J'étais peut-être énervée après ce qui est arrivé à une patiente que j'ai eue aux urgences tout à l'heure.

— L'accident d'hydravion ? Il paraît qu'on a récupéré quelques blessés.

— On en a eu sept, si je ne me trompe, répondit Georgia. J'ai soigné une femme enceinte, qui va bien, Dieu merci, mais j'ai appris qu'il y avait eu un ou deux blessés graves.

— Il y a eu une ablation de la rate, et quoi d'autre ?

— Diverses fractures, et j'ai recousu un pouce, mais j'ai cru un moment que ma patiente avait perdu son bébé. J'ai mis du temps à entendre le cœur du fœtus.

— Mais tout s'est bien terminé ?

— Oui. Il était juste positionné différemment de ce que je pensais. Mais il bougeait normalement, et il n'y avait pas de saignement ni de contractions de l'utérus. Son bas-ventre était sensible, probablement à cause du port de la ceinture de sécurité, mais je n'ai rien trouvé d'autre. Puis son mari est arrivé et a contribué à la rassurer.

— C'est ce que font les époux l'un pour l'autre.

Elle lui jeta un bref coup d'œil, mais il avait pu effacer à temps toute trace d'amertume de son visage. Il n'avait pas réalisé qu'il nourrissait encore ce genre de sentiment.

Mais de qui se moquait-il ? Bien sûr qu'il le savait. Comme il avait encore du ressentiment envers Lainey après ce qu'elle avait fait. C'était normal après l'échec d'une relation, non ? Georgia éprouvait probablement aussi de la rancune à son égard. Après tout, elle était partie, non ? Et maintenant elle était de retour. Il ignorait pourquoi. Pas pour lui, de toute évidence, car il ne restait rien de ce qu'ils avaient partagé.

Comme si le silence lui pesait, elle demanda :

— Alors, comment s'est passée ta journée ? Des cas intéressants ?

— Une de mes patientes est dans un état critique. Je lui ai posé un pacemaker biventriculaire et un défibrillateur hier.

— Ça a l'air sérieux.

— Ça l'est, oui, et je ne suis pas encore sûr qu'elle s'en sortira. Mais je l'espère, même si je ne suis pas très optimiste.

Elle sourit.

— Je me rappelle que tu étais une des personnes les plus optimistes que j'aie jamais connues.

C'était vrai. Du moins à l'époque. Il croyait qu'un gosse baladé de famille d'accueil en famille d'accueil dans l'enfance avait une chance de mener une vie normale, et d'avoir une famille fonctionnelle. Son euphorie était sans limites. Jusqu'à ce que la réalité ait raison de son optimisme béat. Mais on risquait moins d'être déçu quand on était réaliste.

— Je suis peut-être plus judicieux dans le choix des personnes en qui je place mon espoir.

— Ce qui veut dire que tu ne le gâcheras plus pour moi ?

— Je n'ai pas dit ça.

Elle haussa les épaules.

— Dans combien de temps sauras-tu si l'opération de ta patiente a marché ou pas ?

— La chirurgie s'est bien passée, mais je ne sais pas si son cœur tiendra le coup. Les prochaines quarante-huit heures seront cruciales. En réalité, j'ignore quelle qualité de vie elle aura. Ça dépendra surtout de son envie de vivre. Je l'ai sentie résignée à son sort quand sa famille lui a demandé de consulter un nouveau spécialiste.

— Toi ?

— Oui. J'ai perdu à la courte paille. Mais si elle vit on dira que j'ai gagné. C'était le seul espoir que je pouvais lui offrir.

— Mais un peu d'espoir vaut mieux que pas du tout.

Pas sûr. L'espoir vous faisait parfois vous cramponner à quelque chose qui était déjà mort et enterré.

— Sa famille le croit, en tout cas, dit-il.

— Eh bien, j'espère qu'elle s'en remettra.

— Moi aussi.

Un coup d'œil à son assiette lui indiqua qu'elle avait presque fini son repas, qui consistait en un simple mélange de muesli et de yaourt. Et son propre café était froid, ce qu'il détestait. Il était temps de mettre fin à sa pause déjeuner.

— Il faut que je remonte. J'ai des coups de téléphone à passer et des dossiers à mettre à jour… Au fait, tu n'as pas eu de nouvelles de ta mystérieuse patiente d'hier ?

— Non. Si elle décide d'appeler ou de revenir à l'hôpital, tu seras le premier prévenu.

Eli se leva.

— Très bien. À plus tard.

— À plus tard.

Elle se leva à son tour en déroulant ses longues jambes et, prenant son plateau, elle secoua la tête pour balayer des mèches brunes de son visage, ses yeux verts fixés sur lui.

Puis elle se détourna et s'éloigna dans la direction opposée, et il prit conscience que, même s'il espérait le contraire, une chose était incontestable : ils allaient se revoir. Qu'ils le veuillent ou non.

Indéniablement, Eli avait changé. Georgia n'aurait su dire si c'était en bien ou en mal. En tout cas, il était différent de l'homme qu'elle avait connu, d'un optimisme à toute épreuve à l'époque. Ce n'était plus le cas. Du moins d'après ce qu'elle avait pu observer ces trois derniers jours. En évoquant sa patiente au pacemaker la veille, il avait montré un fatalisme qui ne ressemblait pas à l'Eli Jacobsen de son souvenir.

Elle y pensait encore en s'éveillant ce matin. Elle avait senti qu'il ne nourrissait guère d'espoir concernant les suites de l'opération de sa patiente. Mais cela n'impliquait pas forcément un changement radical de sa personnalité.

Elle l'espérait. Cela l'attristerait de savoir qu'il avait perdu cette fraîcheur enfantine qui l'avait conquise dès le début et n'avait pas cessé de la fasciner, même quand ils avaient rompu.

Elle le revit quand il s'était approché d'elle à la cafétéria, alors qu'elle était pétrifiée, paralysée par le bruit venu des cuisines, et qu'il lui avait demandé si elle allait bien. L'inquiétude de ses yeux bleus l'avait touchée. Elle avait dû se faire violence pour se pas se blottir contre lui, comme elle l'aurait fait quand ils étaient en couple. Elle ne lui avait jamais avoué pourquoi le bruit la bouleversait, même quand ils étaient ensemble, alors qu'il l'avait souvent vue réagir au fracas du verre brisé. Peut-être parce que lui révéler ce secret l'aurait mise en position de vulnérabilité, lui rappelant le plaisir qu'avait pris son père à la tourmenter et lui faire peur.

Elle tira sa chaîne de sous son chemisier et toucha son papillon talisman, caressant les petites ailes en relief. Elle l'avait acheté après sa rupture avec Eli, mais il symbolisait avant tout sa libération des violences de son père. Il lui rappelait aussi qu'elle n'avait pas besoin de dépendre de quelqu'un. Qu'elle pouvait voler de ses propres ailes maintenant.

Il y avait sans doute des failles dans cette logique, mais cela n'avait pas d'importance. L'essentiel était que, grâce au pendentif, elle se sentait forte et indépendante.

Elle remit le papillon dans sa cachette secrète contre son cœur et, le sourire aux lèvres, elle rangea les ustensiles du petit déjeuner dans le lave-vaisselle de son petit studio en location, puis se prépara pour aller travailler.

Mince ! Les yeux fixés sur l'affiche, Georgia fronça les sourcils en rangeant son sac dans son vestiaire. Aurait-elle manqué cette annonce ? L'hôpital organisait un de ses grands rassemblements sur deux jours, et il commençait le surlendemain. D'après ses souvenirs, ces réunions étaient l'occasion de passer en revue les changements de stratégie de l'établissement et d'autres sujets plus ou moins soporifiques. Eli avait pris l'habitude de lui envoyer un texto ou lui presser la main pour lui éviter de s'assoupir, mais désormais elle ne pourrait plus compter sur lui.

Tu n'as plus besoin de compter sur personne.

Lauren entra et, glissant son sac à main dans son placard, elle croisa le regard de Georgia.

— Tu sembles aussi impatiente que moi d'assister à ce symposium… Quelle tuile. Les organisateurs n'ont-ils donc pas de conseillers pour… euh, les conseiller ?

Georgia éclata de rire.

— Apparemment non, car ça fonctionne ainsi depuis des lustres. Et en plus on doit s'inscrire pour avoir une place.

Une dizaine de feuilles étaient mises à leur disposition mentionnant le jour et l'heure des interventions, et ils devaient y noter leurs noms.

— C'est sans doute comme ça qu'ils s'assurent que tout le monde participe aux réunions. Ils ne pourraient pas juste se contenter de publier un nouveau manuel indiquant les derniers changements marquants ?

— Ce serait trop facile. Ils n'auraient pas droit à leur heure de gloire au micro. J'ai toujours l'impression d'être prise en otage pendant ces colloques.

Georgia examina la liste de plus près et vit que William s'était inscrit le premier jour à 15 heures. Zut, elle était de garde jusqu'à 17 heures ce jour-là, ils ne pourraient donc pas y aller ensemble. Elle se résigna à prendre le créneau de 20 heures pour en finir une bonne fois et inscrivit son nom.

— Quand comptes-tu y aller ? demanda-t-elle.

— J'attends la dernière seconde pour me décider. Ça me fait aspirer encore plus à mon jour de congé.

— C'est probablement une meilleure stratégie que la mienne.

— On pourra comparer nos notes quand on aura fini.

Georgia lui tendit le stylo en souriant.

— Marché conclu.

Ayant une demi-heure à tuer, elle sortit dans la cour de l'hôpital. Elle n'était accessible qu'une partie de l'année, et Georgia aimait particulièrement en profiter aux beaux jours, quand la végétation était verte et luxuriante. Elle y venait souvent avant de prendre sa garde, pour méditer au calme avant d'affronter l'atmosphère survoltée des urgences.

Des fleurs avaient été plantées dans d'énormes jarres qui longeaient un étroit chemin empierré menant à une tonnelle. Des fauteuils en rotin étaient installés en cercle dans ce charmant espace protégé. Elle était souvent venue s'y asseoir pour lire ou grignoter une salade au lieu d'aller déjeuner à la cafétéria.

Une personne s'y trouvait, et elle se préparait à la saluer poliment quand elle croisa le regard perçant de deux yeux bleus familiers. Seigneur, il avait fallu qu'elle vienne ici quand *il* y était ! Elle n'avait pas le souvenir qu'Eli aimait se réfugier dans la pergola. Quand il ne travaillait pas, il avait plutôt tendance à fuir l'hôpital, même si ce jardin était magnifique. Elle soupira. De toute évidence, ils allaient souvent tomber l'un sur l'autre. Le sort semblait décidé à se moquer d'elle.

— Je peux me joindre à toi ?

Que dire d'autre ? *Fiche le camp d'ici ?* Ce ne serait pas si insensé que ça.

— Je t'en prie.

Ce n'était pas vraiment une invitation, pourtant elle n'avait décelé aucun sarcasme dans la réponse. Mais cet Eli n'était pas celui qu'elle avait quitté trois ans plus tôt.

Évitant le siège voisin du sien, elle s'assit en face de lui.

— Tu viens prendre ta garde, ou tu as fini ?

— En fait, j'ai pris mon service tôt, et je viens souffler un peu entre deux patients. J'avais envie de sortir prendre un bol d'air frais.

— Avant, tu préférais aller au café de l'autre côté de la rue.

— C'est vrai. Mais plus maintenant.

Étrange réponse. Comme si quelque chose l'avait chassé de ce petit jardin d'Éden. Ils y étaient venus ensemble de temps en temps, mais ne l'avaient jamais considéré comme « leur endroit », donc elle n'y était pour rien.

Cela avait peut-être un rapport avec son ex-épouse. Georgia prit conscience qu'elle ignorait si celle-ci travaillait encore à l'hôpital. Elle n'avait jamais été très proche de Lainey Grant, même si elles avaient entretenu des rapports cordiaux. Et Georgia l'aimait bien. Elle n'arrivait pas à comprendre comment Lainey et Eli avaient pu se mettre ensemble aussi vite. Mais les gens faisaient parfois des choses bizarres. Pourtant elle n'imaginait pas qu'Eli en était capable. Le mariage comptait-il donc tant à ses yeux pour qu'il convole avec la première fille libre qu'il croisait ? Plus que la personnalité de la mariée, le mariage aurait-il été son objectif ultime ? Un objectif qu'il avait à l'évidence atteint ?

Mais elle était probablement injuste à son égard.

— Alors, tu viens plutôt ici maintenant ? demanda-t-elle.

— Parfois.

Bon, il n'était apparemment pas d'humeur loquace. Mais elle se rappela quelque chose et voulut en avoir le cœur net.

— Comment va ta patiente ? Celle avec le pacemaker biventriculaire ?

Il la fixa, et elle frissonna malgré elle.

— Ses reins ne fonctionnent plus.

— Oh ! Eli, je suis désolée… Mais elle s'en sortira peut-être. Il arrive que le choc d'un gros changement bouleverse l'équilibre du corps, qui a besoin de s'adapter à une nouvelle normalité.

Il regarda au loin en silence.

— Mais quelquefois il n'y arrive pas, reprit-il au bout d'un moment.

Pensait-il toujours à sa patiente ? Elle n'aurait su le dire.

— Tu veux en parler ?

— Pas particulièrement.

— D'accord.

Se sentant impuissante, elle aurait aimé avoir une baguette magique pour l'aider à aller mieux, à reprendre espoir. Mais la situation ne ferait que s'envenimer si sa patiente venait à décéder.

Les minutes passèrent, et il secoua la tête.

— Pardon. Je sais que je ne suis pas de très bonne compagnie en ce moment.

Elle le regarda. Il avait dû passer les doigts dans ses cheveux courts, qui étaient hérissés dans tous les sens. Il avait déjà cette manie quand ils étaient ensemble, lorsqu'une chose le tourmentait. Il était penché en avant, les coudes sur les genoux, les mains devant lui. Des mains de chirurgien, puissantes, mais capables de réaliser des travaux délicats d'une grande finesse. Georgia possédait certaines compétences, mais elle ne savait pas ouvrir un corps ni faire repartir un cœur. Il avait réalisé ce miracle sur son cœur à elle, qui s'était mis à battre à son propre rythme au lieu de s'accorder au sien. Et il ne lui avait jamais fait peur.

Alors pourquoi était-elle partie ?

Parce qu'elle avait besoin de savoir qu'elle s'en sortait toute seule. Plus jeune, elle avait eu son lot de petits copains, et ces relations avaient toujours été amusantes et simples, jusqu'à ce qu'ils lui demandent de s'impliquer davantage. Chaque fois, quelque chose en elle s'était rebellé, comme si en accédant à leur requête elle se serait soumise à leur volonté. Après tout, c'était cela une demande en mariage, non ? Attendre de l'autre qu'il se plie à votre bon plaisir et reste avec vous pour toujours ?

Mais mettre fin à ces aventures avait toujours été facile, lui procurant un grisant sentiment de liberté. Une liberté qui lui rappelait encore et encore qu'elle avait le pouvoir de dire non. Du moins en avait-il toujours été ainsi… jusqu'à Eli. Le quitter l'avait traumatisée, et son cœur ne s'en était jamais vraiment remis. C'est pourquoi elle s'était offert ce talisman papillon. Pour se rappeler pourquoi elle était partie. Se souvenir que sa liberté était cruciale, même si le prix à payer pour la garder était exorbitant. Et elle regrettait sincèrement qu'Eli aussi ait dû payer le prix fort pour lui permettre de satisfaire ses besoins essentiels.

Impulsivement, elle tendit la main et la posa sur la sienne.

— Hé, tout va bien. Je ne suis pas toujours de bonne compagnie, moi non plus.

Hochant la tête, il leva les yeux vers elle.

— Tu as eu des nouvelles de la patiente du Dr Mueller ?

La question la prit par surprise.

— La pati… ah oui, Molly Breckin, la femme qui a des palpitations. Malheureusement non. Mais même si je n'entends plus parler d'elle j'espère qu'elle ne baissera pas les bras. Et qu'elle continuera à chercher des réponses jusqu'à ce qu'elle les trouve.

Comme elle-même dans sa quête d'indépendance ? Elle avait été sûre d'avoir la réponse à son questionnement, mais à cet instant elle n'avait plus aucune certitude.

Son regard rencontra celui d'Eli, et elle eut un pincement au cœur. Elle déglutit et, lâchant sa main, elle palpa le pendentif caché sous son chemisier pour se remémorer encore pourquoi elle avait agi comme elle l'avait fait.

Elle baissa les yeux pour regarder l'heure à sa montre et son regard effleura la cicatrice à son poignet. La demi-heure était écoulée. Il était temps de partir.

— Je dois retourner travailler. J'espère sincèrement que ta patiente s'en remettra, même si ça semble mal parti.

— Merci. Je l'espère aussi.

Georgia se leva.

— À plus tard.

Elle tourna les talons et s'éloigna, chaque pas l'entraînant un peu plus loin de lui. Pressant le pas, elle refusa de s'attarder sur la pensée qu'elle l'avait déjà fait dans le passé, le jour où elle lui avait tourné le dos et était partie sans un regard en arrière.

4

La salle de conférences était déjà pleine de monde, et Eli se félicita d'être arrivé à temps pour pouvoir choisir un siège à l'arrière des tables disposées en fer à cheval. Ces réunions n'étaient jamais une partie de plaisir, mais plus tôt ils commenceraient, plus vite il pourrait retourner travailler.

À sa grande surprise, sa patiente au pacemaker biventriculaire avait survécu aux deux nuits qui avaient suivi l'intervention. Elle lui avait même adressé un pâle sourire quand il était entré dans sa chambre au cours de ses visites du matin. Son débit urinaire n'était toujours pas satisfaisant, et il faudrait bientôt prendre la décision de la mettre sous dialyse.

Pianotant sur la table, il consulta l'horloge murale. Ils avaient déjà cinq minutes de retard. Il poussa un soupir de soulagement quand le directeur de l'hôpital se leva enfin et se dirigea vers l'estrade.

À cet instant, les portes s'ouvrirent et Georgia pénétra dans la salle. Il ne put s'empêcher de sourire. Elle était toujours en retard. Elle balaya les lieux du regard, et ses yeux brillèrent en croisant brièvement les siens, ses lèvres frémirent. Bon sang, elle avait cru qu'il lui souriait. Il reprit son masque impassible. Heureusement, les sièges près du sien étaient déjà occupés. Comme lui, elle était toujours pressée d'en finir avec ces réunions et venait le premier jour, alors que Lainey préférait attendre le dernier moment.

Il laissa son esprit vagabonder. Nicholas, un de ses proches amis de lycée, aimait aussi attendre la dernière minute pour assister à ces conférences, et c'était probablement à cette occasion qu'il s'était lié d'amitié avec Lainey. Il les avait présentés l'un à l'autre et, bien sûr, Nick était venu à leur mariage, mais Eli n'avait jamais soupçonné qu'il pourrait se passer quelque chose entre eux.

Quand il avait commencé à sortir avec Lainey, elle aurait aimé qu'ils se rendent ensemble au travail. Mais leurs emplois du temps ne coïncidaient jamais. Et, avec le recul, Eli se rendait compte qu'ils étaient passés beaucoup trop vite du statut d'amis à celui de fiancés. Sans doute essayait-il de combler le vide laissé par le départ de Georgia.

Investie à fond dans leur relation, Lainey avait abordé la question de l'engagement avant même qu'il ait le temps d'y réfléchir, et il s'était laissé gagner par sa joyeuse euphorie, se justifiant en se rappelant que c'était ce qu'il avait toujours voulu avec Georgia. Il s'était même persuadé que Georgia n'était pas « la bonne », contrairement à Lainey, qui aspirait comme lui à se marier et fonder une famille. Il avait cru que ça marcherait, mais à l'évidence il s'était trompé, et il n'avait pas tardé à se rendre compte que leurs aspirations étaient diamétralement opposées. Elle avait constamment besoin d'être rassurée, de savoir qu'ils étaient tout l'un pour l'autre. Et, les mois passant, il avait eu de plus en plus de mal à satisfaire ses attentes.

Mais apparemment elle était heureuse aujourd'hui. Elle était restée quelque temps à l'hôpital après leur divorce, puis Nicholas et elle étaient partis s'installer aux îles Aléoutiennes, où ils travaillaient dans une petite clinique.

S'arrachant à ses pensées, Eli jeta un coup d'œil vers Georgia. Elle avait pris un des derniers sièges libres et était assise en face de lui, de l'autre côté du U. Était-ce mieux que d'être à côté de lui ? Certainement. Car à une époque, quand ils assistaient côte à côte à ces réunions, leurs mains se cherchaient sous la table, et il ne pouvait s'empêcher de caresser sa paume douce et chaude. Il était toujours stupéfait de constater combien ce simple contact l'excitait. Mais alors, il suffisait d'un regard de Georgia pour lui déclencher une érection. Aucune autre femme ne lui avait jamais fait cet effet, pas même Lainey. Avec le recul, il se disait qu'il avait eu de la chance que Georgia le quitte à ce moment-là, car si elle était partie avec un autre, à l'instar de Lainey, cela l'aurait assurément détruit.

Car son départ ne l'avait pas détruit, peut-être ?

Il n'avait pas envie d'y penser maintenant. Il s'aperçut qu'il la fixait toujours quand le regard de Georgia vint se poser sur lui. Il se ressaisit et reporta son attention sur l'orateur. Ces réunions étaient toujours les mêmes, traitant de sujets qui auraient pu aisément être abordés sur l'intranet de l'hôpital. Comme la marche-course de cinq kilomètres prévue pour l'été et à laquelle ils étaient tous encouragés à participer.

Courir n'avait jamais passionné Eli, même si Georgia adorait ça. La grande passion d'Eli était son métier. Et son chalet, construit de ses mains. Il avait acheté un terrain à quarante-cinq minutes d'Anchorage dix ans plus tôt pour y abriter la maison de famille de ses rêves. Mais, au cours des jours sombres qui avaient suivi le départ de Georgia, l'idée lui était venue d'y bâtir quelque chose pour lui.

Et un soir, après une cuite mémorable qui lui avait valu d'être raccompagné chez lui par Lainey, il avait pris un congé de deux mois et décidé de construire sur son terrain un chalet rustique en lieu et place de la maison de famille. Il avait passé de longues semaines à couper du bois et éplucher des bûches, activité qui s'était révélée curieusement thérapeutique. Ses jours de repos, Lainey le rejoignait avec un pique-nique, une thermos de café… et une oreille attentive. Il en était arrivé à attendre ses visites, qui le détournaient de ses pensées morbides.

Steve, son ami et mentor, venait aussi de temps en temps pour l'aider à réaliser une partie du gros œuvre, comme les combles et la pose du toit. Il lui avait conseillé de laisser à Georgia le temps de réfléchir à la situation puis d'aller lui parler, recommandation qu'Eli n'avait pas voulu écouter.

C'est à cette époque qu'il avait réalisé qu'il ne connaissait pas la mère de Georgia. Il savait que Georgia avait grandi dans la ville de Kodiak, sur l'île du même nom, mais elle ne lui avait jamais parlé de son père, et quand il l'avait questionnée à ce sujet elle s'était contentée de répondre qu'il ne faisait plus partie de sa vie.

Il la regarda à la dérobée. Lui-même était douloureusement conscient du vide laissé par ses parents depuis qu'ils avaient été tués dans un accident de voiture, et il avait mis longtemps à s'en remettre. Peu de familles d'accueil avaient envie de s'embarrasser d'un adolescent perturbé qui ne manquait pas une occasion de faire des bêtises. Alors il avait été ballotté d'un foyer à l'autre, et avait fini par atterrir chez Steve Davis et son épouse. Steve venait d'ouvrir son cabinet médical, mais il avait consacré du temps à Eli, l'accompagnant à des séances de thérapie et lui permettant de le suivre dans son travail. C'était exactement ce dont Eli avait besoin, et l'origine de sa vocation de médecin venait peut-être en partie de là.

En voyant des mains se lever dans la salle, Eli prit conscience que le directeur avait dû poser une question. Il ignorait s'il s'agissait d'un vote, ou s'il fallait donner son opinion sur quelque chose. Georgia avait levé la main, et elle semblait surprise en regardant Eli.

Il interrogea son voisin pour savoir ce qu'il avait manqué. Apparemment on demandait aux auditeurs s'ils souhaitaient qu'on investisse davantage d'argent dans le service de chirurgie cardiaque. Il était trop tard pour lever la main maintenant, mais Eli savait qu'il aurait l'occasion de donner son avis sur la question ultérieurement.

Il avait intérêt à être plus attentif. Et pendant le reste de la conférence il se força à garder les yeux fixés sur l'estrade sans plus songer au passé – en particulier à Georgia.

Puis, enfin, la réunion s'acheva, et tous les assistants commencèrent à se lever. Comme Eli accrochait le regard de Georgia, il entendit le directeur l'appeler au micro.

— Docteur Jacobsen... Eli... puis-je faire appel à vos lumières une minute ?

Oh ! flûte. Il vit les yeux de Georgia pétiller de malice en se posant sur lui d'un air apitoyé, puis elle quitta la salle.

Elle n'était pas la seule à le plaindre apparemment, car il croisa plusieurs regards empreints de sympathie.

Rassemblant ses pensées, il s'avança vers la tribune pour rejoindre Marcus Adams.

Le directeur lui serra la main.

— Je suis curieux de savoir, Eli. Vous avez une raison de ne pas souhaiter que votre service se développe et qu'on lui alloue plus de fonds ?

Eli s'empressa de chercher une réponse qui parût plausible.

— J'aimerais connaître les projets avant de m'engager. Je ne veux pas d'un développement trop rapide qui ne tiendrait pas sur la durée.

Comme son mariage avec Lainey ?

Non. Ils parlaient de l'hôpital, là. Ils avaient déjà rencontré ce cas de figure, quand on ne pouvait pas embaucher assez de personnel pour faire face à la croissance rapide d'un service, ou qu'il n'y avait pas assez de patients pour le justifier. Le bon personnel se faisait rare. Quant au mauvais... Ronny Mueller lui vint immédiatement à l'esprit.

— C'est bien ce que je pensais. Je veillerai à vous exposer nos idées avant de prendre des décisions importantes. Cela apaise-t-il vos inquiétudes ?

— Absolument. Merci, Marcus.

— Merci à vous de diriger un des meilleurs départements de chirurgie cardiaque d'Alaska.

— Beaucoup de monde est impliqué dans la gestion du service, je ne pourrais rien faire sans eux.

Le directeur lui adressa un sourire qu'il jugea factice. Celui d'un politicien en quête de voix pour soutenir son programme. Eli se reprit. Non, il était injuste. Cet homme était efficace dans son travail de gestion. Et l'hôpital avait prospéré grâce à certains changements apportés par Marcus depuis qu'il avait rejoint l'équipe de direction sept ans plus tôt.

— Je vous enverrai quelques-unes de mes idées ces prochains jours, dit Marcus. Quand vous aurez le temps, je vous serais reconnaissant de me faire part de votre avis.

— Je n'y manquerai pas. Et merci encore.

— Pas de problème. Merci d'avoir assisté à la réunion.

Eli ne put s'empêcher de sourire, car il n'avait pas vraiment eu le choix. Mais au moins il aurait un engagement écrit avant que son service ne reçoive un gros chèque sans avoir de plan concret pour l'attribution de cet argent.

Il se dirigea vers la porte, croisant les auditeurs du groupe suivant qui venaient s'asseoir. Un de ses collègues l'interpella.

— Comment c'était ?

— Comme toujours.

— C'est bien ce que je craignais...

Quittant la salle, Eli avisa Georgia qui bavardait avec William dans le couloir. L'infirmier croisa brièvement son regard avant de prendre congé de son amie et d'entrer dans la salle.

Georgia s'avança vers Eli.

— Tu as eu des problèmes ?

Il réprima un gloussement en l'entendant parler comme s'ils étaient encore à l'école.

— Je n'ai pas eu d'heures de colle, si c'est ce que tu penses.

— J'avais peur qu'il ne t'impose d'assister à la réunion suivante, déclara-t-elle, sans demander pourquoi il l'avait fixée pendant presque toute la durée de la conférence.

— Non, il voulait savoir pourquoi je n'étais pas favorable au développement de mon service.

— Oh là là ! Ça a dû être embarrassant.

Il sourit.

— Juste un peu. Tu veux boire un café, ou tu dois retourner travailler ?

— J'étais censée prendre ma pause après la réunion, alors j'ai environ une demi-heure. On va au café de l'autre côté de la rue ? Ou juste à la cafétéria ?

Savait-elle pourquoi il évitait ce café ? Non, impossible. Il était presque sûr que ce qui s'y était passé n'avait jamais alimenté les rumeurs de l'hôpital.

Son mariage avec Lainey était mort le jour où, entrant dans le bar, il avait surpris sa femme et Nick en train de se tenir la main, assis à une table. Lainey avait bien tenté de bredouiller une explication, mais Eli n'était pas intéressé. Il avait simplement retiré son alliance de son doigt et, se plantant devant eux, il l'avait laissée choir sur la table. Après quoi il était rentré à leur appartement et avait déménagé ses affaires personnelles avant le retour de Lainey. Ils ne s'étaient plus jamais parlé, sauf par le truchement de leurs avocats, alors que tous deux travaillaient encore au Anchorage Memorial.

Eli s'était battu pour garder son cher chalet, qu'elle prétendait vouloir récupérer contre toute logique, alors qu'elle ne s'y était plus intéressée après leur mariage. Elle y était souvent venue pendant sa construction, mais s'était comportée ensuite comme si la rusticité des lieux était indigne d'elle. Heureusement pour lui, elle avait accepté une compensation financière à la place.

Il réalisa que Georgia attendait une réponse.

— Le café sera très bien, dit-il.

Il espérait sincèrement qu'elle n'allait pas lui jouer la carte de l'amitié, car cette époque était révolue depuis longtemps. Et il se sentait incapable de faire table rase du passé et d'avoir avec elle une relation facile… et platonique. Ce qu'il ressentait pour Georgia était tout sauf platonique. Il en voulait pour preuve les souvenirs qui l'avaient assailli pendant la conférence du personnel.

Quand ils pénétrèrent dans le bar, une clochette tinta pour annoncer leur arrivée. Il n'avait pas le souvenir qu'elle était là avant. L'avait-on installée après sa mésaventure embarrassante avec Lainey pour prévenir d'autres couples illégitimes ?

Il secoua la tête, conscient qu'il devenait complètement paranoïaque.

On avait changé l'organisation des tables, dont certaines avaient été remplacées. Le coin où il avait surpris son ex avec Nick était devenu un espace de conversation, avec de confortables fauteuils et quelques tables basses. Sur la gauche se dressaient des tables hautes dans le style mange-debout, avec des tabourets. De nombreux clients faisaient la queue pour passer leurs commandes au bar, mais il restait encore pas mal de places libres.

L'éclairage était tamisé, grâce à des guirlandes d'ampoules créant une ambiance à la fois décontractée et intime, qui mit Eli un peu mal à l'aise.

Ils se glissèrent dans la file d'attente, qui avança rapidement.

— Qu'est-ce que tu prendras ? demanda Eli.

— Un *latte* glacé à la vanille.

Il se rappela qu'elle aimait ces boissons froides décaféinées. Quand ils étaient ensemble, elle oubliait souvent son café dans un coin et finissait par le boire froid. Lui préférait son café chaud. Fort, et noir.

Ils passèrent leur commande, et la barmaid leur donna un jeton en plastique avec un numéro à poser sur leur table.

Ils optèrent pour une table haute, et Georgia se jucha sur un tabouret.

— J'ai un peu peur de te le demander, mais ta patiente s'en est sortie ?

— Oui. Ses constantes sont légèrement meilleures aujourd'hui, même s'il n'est pas impossible qu'on doive la dialyser. Mais il y a eu une amélioration sensible.

— Je t'avais dit que c'était possible.

— Oui, mais j'ai appris qu'il valait mieux être préparé au cas où les choses ne se dérouleraient pas comme on l'espère.

Elle étudia la table quelques secondes avant de relever la tête et de soutenir son regard.

— Tu parles de ta patiente, ou d'autre chose ?

Il hocha la tête.

— Ça peut s'appliquer à presque tout. Y compris ma patiente.

Elle ne le questionna pas sur son mariage, mais elle avait probablement déjà déduit que c'était aussi valable pour ça.

— Au développement de ton service aussi ? demanda-t-elle en souriant, se voyant récompensée d'un léger rictus.

— Comme je l'ai dit au directeur, je ne veux pas que ça aille trop vite, au risque de nous dépasser.

Il prit soudain conscience que c'était probablement ce qui s'était passé avec Georgia quand ils se fréquentaient. Ils sortaient ensemble depuis trois ans quand il s'était rendu compte qu'il voulait passer le reste de sa vie avec elle. Sa demande en mariage impulsive avait dû la choquer. Ils n'avaient jamais vraiment parlé d'avenir en dehors de projets immédiats. Et ils ne s'étaient même pas installés ensemble. Il comprenait qu'elle ait mal réagi. Mais à un moment donné elle aurait dû se douter qu'il finirait par vouloir se marier, non ?

Cependant elle n'avait jamais convolé depuis, contrairement à lui, qui devait donner l'impression d'avoir le mariage comme objectif ultime de toutes ses relations amoureuses. Parmi ses collègues, tous ne choisissaient pas de se marier. Certains vivaient maritalement pendant de longues années, fondant des familles et élevant des enfants en tant que partenaires plutôt que comme mari et femme. Il ne le leur reprochait pas. Seulement il avait toujours assimilé la famille à ce qu'il considérait comme la référence absolue : un mari, une épouse, et un ou deux bambins.

Pourtant le mariage ne garantissait pas la solidité d'un couple. Il le savait au fond de lui, mais son cœur voulait tout avoir. Et cela n'avait pas marché non plus.

Avec le recul, il se rendait compte qu'il s'était probablement servi de Lainey pour remplacer Georgia. Et il n'en était pas fier.

Le mariage avait été un but pour Lainey et lui alors qu'il n'aurait jamais dû l'être. Détruit par le départ de Georgia, il n'avait plus envie de dire des mots d'amour à Lainey, qui avait soif de ces témoignages d'affection. Et tout naturellement elle les avait cherchés auprès de quelqu'un d'autre.

— Un sou pour tes pensées.

— Elles ne le valent même pas, répliqua-t-il avec un sourire forcé avant de changer de sujet. Alors, tu es contente d'être de retour au Anchorage Memorial ?

— Ravie. Enfin... la plupart du temps. Le Dr Mueller me déconcerte. Il se comporte comme s'il n'aimait pas ses patients. Et, si je m'en rends compte, eux aussi, forcément. Pourquoi exerce-t-il la médecine dans ce cas ? Ça ne donne vraiment pas une bonne image de l'hôpital.

— L'hôpital cherche à recruter des praticiens qui ne soient pas seulement compétents dans leur domaine, mais aussi rapides. Pour eux, la proximité avec les malades est accessoire du moment qu'ils excellent et sont efficaces dans leur travail, mais... Je ne vois pas pourquoi le Dr Mueller ne change pas de spécialisation si la médecine urgentiste ne correspond pas à ce qu'il en attendait.

— Il est peut-être bon dans ce qu'il fait, mais d'après les infirmiers il travaille si vite qu'il laisse les patients quitter l'hôpital sans bilan approfondi. Il fait probablement faire des économies à l'hôpital, mais s'ils doivent revenir à cause des mêmes problèmes ça entraîne forcément une méfiance vis-à-vis de notre profession. J'ai pu le constater avec Molly Breckin, qui a été éconduite par plus d'un hôpital.

— Mais parfois, quand il s'agit d'une pathologie plus difficile à diagnostiquer, on peut passer à côté.

Elle fronça les sourcils.

— Est-ce que, *toi*, tu aurais renvoyé Molly en n'ayant réalisé qu'un électrocardiogramme ?

— Tu sais bien que non.

— C'est exactement ce que je veux dire. Même si le problème

se révèle bénin, la connaissance est essentielle, et c'est avec un maximum d'informations et l'assurance qu'on le prend au sérieux que le patient pourra accepter son corps tel qu'il est.

Georgia fit une pause avant de reprendre :

— Ma mère souffre d'une insuffisance mitrale qui lui provoque des malaises depuis l'adolescence. Elle avait une conscience aiguë de chaque battement de cœur manqué, de chaque irrégularité de son rythme cardiaque. Mais elle a attendu d'avoir divorcé pour consulter un spécialiste. Le médecin était extraordinaire, et il a pris le temps nécessaire pour poser un diagnostic, mais il l'a aussi aidée à comprendre ce qui se passait et lui a donné les outils pour le gérer. Il l'a mise sous bêtabloquants, et ça a tout changé pour elle. Le traitement a régularisé son rythme cardiaque, et elle a eu l'impression de revivre.

Jamais elle ne lui avait fait autant de confidences sur sa famille. Eli brûlait de l'interroger sur son père mais, si elle ne lui en avait rien dit quand ils étaient ensemble, il était peu probable qu'elle lui en parle maintenant. Et cela ne le concernait pas, même si Georgia connaissait presque tout de sa jeunesse en famille d'accueil et savait que Steve lui avait rendu sa vie.

— Je m'en réjouis pour elle, se contenta-t-il de remarquer. Elle vit toujours sur Kodiak ?

— Oui. Et elle y restera probablement. C'est là que sont nées sa mère et sa grand-mère, et elle y accorde beaucoup d'importance.

Il se demanda si son père était encore là-bas, lui aussi.

— Alors, il est logique que tu y sois retournée.

À peine avait-il fini sa phrase qu'il prit conscience que Georgia n'avait aucune raison d'en parler. Quand ils s'étaient quittés, elle avait probablement eu le sentiment que sa vie lui appartenait de nouveau. Leur séparation lui avait peut-être fait ce cadeau.

— Je regrette qu'être avec moi t'ait privée de quelque chose...

Écarquillant les yeux, elle posa la main sur la sienne.

— Oh ! Eli, pas du tout. Je... je ne pouvais pas me marier, c'est tout. Ce genre d'engagement n'est pas pour moi.

Comment pouvait-elle le savoir sans avoir essayé ? Et elle ne lui avait même pas laissé l'espoir qu'elle pourrait changer d'avis, même si à l'époque il était si déterminé à se marier qu'il n'aurait sûrement pas accepté la moindre tergiversation. Et maintenant qu'il avait testé le mariage et lamentablement échoué ?

Le mot *désillusion* était trop doux pour exprimer ce qu'il ressentait aujourd'hui.

Malgré tout, l'engagement était toujours important pour lui. Au point qu'il n'était sorti avec personne depuis son divorce, doutant de faire mieux la fois suivante. Il avait décidé de rester célibataire en attendant d'y voir un peu plus clair.

— Je crois que je te comprends maintenant. Merci de ne pas t'être contentée de te taire pour ne pas me heurter.

Comme il l'avait fait avec Lainey ? Il devait cesser de comparer les deux situations, qui n'avaient strictement rien à voir.

Consultant sa montre, il vit que quarante-cinq minutes s'étaient écoulées sans même qu'il s'en rende compte.

— Tu dois probablement retourner travailler, non ?

Elle jeta un coup d'œil à la pendule.

— Oh ! Seigneur, oui ! Je suis déjà en retard.

Il lui sourit.

— Certaines choses ne changent jamais, on dirait.

— Peut-être pas. Mais j'essaie toujours de m'améliorer, dit-elle, sautant du tabouret. Merci pour le café, Eli. Et pour la conversation.

Oui, il était content qu'ils aient clarifié certaines choses de leur passé. Cela voulait-il dire qu'ils pouvaient repartir de zéro et devenir des collègues comme les autres, sans être contraints de s'éviter ?

Il l'espérait, en tout cas.

5

— Appelez le Dr Jacobsen pour voir s'il peut venir, dit Georgia, ses paroles sonnant plus comme un ordre que comme une requête.

Le Dr Mueller secoua la tête d'un air buté.

— Je crois que nous pouvons parfaitement gérer la situation.

Oh ! non. Il n'allait quand même pas lui forcer la main sous prétexte qu'il pensait avoir une certaine ancienneté par rapport à elle ! Techniquement il l'avait peut-être, d'ailleurs, mais pour le reste il se trompait. Et elle ne le laisserait pas renvoyer un autre patient.

— On peut se parler en aparté une minute ?

Ils s'occupaient d'une femme de soixante-deux ans dont l'électrocardiogramme était alarmant, avec un déluge de contractions ventriculaires prématurées, et deux épisodes de tachycardie en l'espace de deux minutes. En outre, elle avait des antécédents d'insuffisance cardiaque et respirait difficilement, ce qui expliquait sa présence aux urgences. Ces symptômes étaient absolument impossibles à ignorer. Du moins pour Georgia.

Dans le couloir, Mueller argumenta encore :

— Augmenter sa posologie de losartan et de furosémide peut rétablir un rythme sinusal et réduire la rétention d'eau.

— Je refuse de le faire sans l'accord d'un cardiologue. Son niveau d'oxygène n'est pas fameux. Et réduire encore sa fréquence cardiaque pourrait provoquer une bradycardie.

Il fronça les sourcils de colère.

— Écoutez, nous perdons du temps, là. Je suis sûr que Jacobsen suivra le même protocole si nous l'appelons. Ce n'est pas la première insuffisance cardiaque que je traite.

Peut-être, mais Georgia n'approuvait pas ses suggestions.

— Si nous le lui demandions, pour nous en assurer ?

Lauren avait passé la tête par la porte de la salle d'examen et les observait.

— Je peux aller prévenir son mari qu'on s'occupe d'elle ? interrogea-t-elle.

Elle regardait fixement Georgia, qui comprit le message et hocha la tête.

Mueller pouvait lui causer des ennuis, mais si ses craintes s'avéraient fondées il n'oserait pas s'en prendre à elle, au risque de révéler au grand jour son manque de considération pour ses patients.

Georgia regarda s'éloigner Lauren en espérant qu'elle allait chercher Eli pour qu'il examine la patiente.

— Je veux qu'on réalise un échocardiogramme pour voir clairement le comportement des valves et l'état de sa fonction cardiaque, reprit-elle à l'adresse de Mueller. Ça ne peut pas se faire avec un simple ECG.

Elle prit conscience qu'elle avait haussé la voix en remarquant qu'elle avait attiré l'attention d'une infirmière.

Comme Mueller ne répondait pas, elle poussa un soupir.

— Bon, je retourne auprès de la patiente. Lauren est probablement déjà au téléphone avec le Dr Jacobsen.

— Pourquoi l'appellerait-elle ? On ne lui a rien demandé. À moins que vous...

Il se redressa de toute sa taille et lui lança un regard menaçant qui la fit frissonner. Mais elle ne céda pas et soutint son regard sans sourciller. Finalement, il leva les mains en signe de frustration.

— Je vois ce que c'est... Eh bien, agissez comme bon vous semble. Si vous faites appel à Jacobsen, il est inutile que je perde mon temps ici. Je vais prendre le prochain patient de la liste.

Le ciel soit loué !

Georgia s'était gardée de parler à voix haute, mais Mueller avait dû lire son soulagement sur son visage. Depuis qu'elle avait repris son travail à l'hôpital dix jours plus tôt, c'était sa première véritable altercation avec lui, mais il était bien tel que l'avait décrit William, voire pire. Elle n'arrivait pas à croire que l'hôpital le laisse continuer ainsi. Mais elle n'était pas le chef des urgences, qui avait probablement eu des échos du comportement du Dr Mueller. Il n'avait cependant jamais débloqué au point d'être l'objet d'une dénonciation ou d'un blâme, du moins à sa connaissance.

Tournant les talons, elle regagna la salle d'examen. Elle espérait que le Dr Mueller allait bien s'occuper du prochain patient, qui, d'après ses souvenirs, s'était blessé au poignet en glissant dans sa baignoire. Elle n'avait pas confiance en lui, mais cette fois la vie du patient n'était pas en jeu.

Trois minutes après, Eli pénétrait dans la salle d'examen et lui lançait un regard interrogateur.

— Qu'est-ce que tu as ?

— Edna Miller. Elle est essoufflée et a des antécédents d'insuffisance cardiaque. Je voulais que tu l'examines, et peut-être que tu fasses un échocardiogramme, résuma-t-elle en lui tendant la tablette avec le dossier d'Edna. Son mari patiente en salle d'attente en espérant avoir des nouvelles.

Heureusement, l'époux n'avait pas entendu l'échange tendu entre les deux médecins urgentistes, même si Georgia doutait que les murs soient insonorisés. Jamais elle n'avait autant élevé la voix. Mais elle avait bien fait d'appeler Eli. Elle savait instinctivement qu'augmenter la médication d'un patient sans exploration préalable était une décision dangereuse. Et qu'Edna avait impérativement besoin de l'avis d'un spécialiste.

Elle n'avait pas revu Eli depuis qu'ils avaient pris un verre au café, et elle n'avait pas non plus cherché à le voir. Ils avaient abordé des sujets qui l'avaient troublée, comme quand il avait dit qu'il espérait que leur relation ne l'avait pas privée de quelque chose.

Les larmes aux yeux, elle avait failli lui répondre non, que la seule personne à avoir jamais fait ça était son père. Mais, en dehors de sa mère, de William et de leurs voisins de Kodiak, personne ne savait ce qui s'était passé le jour où son père avait définitivement quitté leur domicile.

Georgia ignorait pourquoi elle n'en avait pas parlé à Eli quand ils étaient ensemble. Elle lui avait juste confié qu'elle avait appris très jeune à réprimer ses émotions et dissimuler certains aspects de sa vie avec sa mère dans le but de préserver la paix avec son père.

Elle n'avait plus besoin de le faire aujourd'hui, mais les vieilles habitudes avaient la vie dure.

Eli leva les yeux de la tablette.

— Je suis d'accord avec toi.

Bien. Edna était désormais *leur* patiente. Et comme Mueller s'était lavé les mains de son cas il n'avait plus son mot à dire.

Pendant qu'Eli allait expliquer à Edna comment allait se dérouler l'échocardiogramme, Georgia essaya de comprendre pourquoi Ronny Mueller était ainsi. Se désintéressait-il vraiment de ses patients, ou son souci d'efficacité pour éviter les longues attentes aux urgences était-il si ancré en lui qu'il était devenu une seconde nature ?

C'était peut-être pourquoi il avait été si prompt à pousser Molly Breckin vers la sortie, même si elle avait quitté l'hôpital contre avis médical et n'avait même pas attendu de signer les papiers de décharge. Cela jouerait sûrement en faveur du Dr Mueller si par la suite les choses tournaient mal pour Molly.

— Merci infiniment, docteur, dit Edna d'une voix saccadée entre deux inspirations laborieuses.

Malgré l'apport d'oxygène, elle avait toujours du mal à respirer. Et augmenter son dosage de médicaments sans exploration préalable aurait été une grossière erreur.

— Vous voulez qu'on fasse venir votre mari ?

— C'est possible ?

— Oui, bien sûr, répondit Georgia. Je vais le chercher.

Elle était tellement soulagée de savoir qu'Eli allait procéder aux examens nécessaires qu'elle avait envie de le serrer dans ses bras. De l'embrasser.

Quoi qu'il arrive, il ne se départait jamais de son calme. Même quand elle avait rompu avec lui, il n'avait jamais dit combien elle l'avait déçu, alors qu'il en avait le droit. Ils étaient sortis ensemble pendant longtemps. Et elle ne lui avait jamais avoué que le mariage était impossible pour elle, tout simplement parce qu'elle l'ignorait elle-même avant qu'il lui fasse sa demande. Submergée par l'horreur, elle s'était alors fait violence pour ne pas tourner les talons et s'enfuir en courant. Mais elle s'était forcée à bredouiller quelque chose, et l'avait planté là. Seul.

Son cœur se serra douloureusement.

Revenant au présent avec effort, elle lui jeta un dernier regard et sortit pour aller chercher le mari d'Edna.

Eli avait pour ses patients une bienveillance que beaucoup de médecins pouvaient lui envier. Il était gentil avec eux et leur consacrait le temps nécessaire pour les soigner. Il avait eu le même comportement avec elle, prenant tout le temps qu'il fallait pour construire leur relation. Mais finalement le résultat avait été le même. Elle n'aurait pas changé d'avis de toute façon. Peut-être ressemblait-elle plus à Mueller qu'elle ne voulait l'admettre.

Elle remonta le couloir jusqu'à la salle d'attente. Heureusement sans croiser Mueller.

Le mari d'Edna était seul dans la salle.

— Monsieur Miller ? Voulez-vous aller rejoindre votre épouse ?

— Oui, merci, répondit-il, se levant en s'aidant d'une canne. Comment va-t-elle ?

— Toujours pareil. Nous allons procéder à d'autres examens pour l'aider à se sentir un peu mieux. Mais j'ai pensé que votre présence lui ferait du bien.

— L'autre docteur ne semblait pas vouloir que je l'approche.

Elle chercha soigneusement ses mots avant de répondre. La perte de confiance d'un patient en l'équipe médicale pouvait nuire à l'hôpital, comme aux praticiens qui faisaient de leur mieux pour leurs patients. Et le Dr Mueller avait peut-être vraiment cru qu'augmenter le dosage de son traitement serait bénéfique à Edna. Même si Georgia en doutait.

— Nous avons tous nos propres conceptions de ce qui est préférable pour nos patients, dit-elle.

— L'insuffisance cardiaque d'Edna semblait sous contrôle. Vous avez une idée de la cause de son malaise ?

— Pas encore. Mais un cardiologue est auprès d'elle en ce moment. Il vous en dira davantage sur notre plan d'action.

— Bon. Nous sommes actuellement en vacances, et le cardiologue d'Edna se trouve à des milliers de kilomètres d'ici.

— Vraiment ? D'où êtes-vous ?

— De Floride.

— Et vous êtes venus en Alaska ? s'écria-t-elle, sans masquer son étonnement.

— Edna rêvait depuis toujours d'une croisière dans le Grand Nord. Et elle en a adoré chaque minute... jusqu'à hier. Le médecin du bateau l'a examinée, c'est lui qui nous a envoyés aux urgences de votre hôpital.

Et Mueller voulait modifier sa dose de traitement sans aucune garantie d'efficacité, alors qu'Edna était à l'autre bout du monde ? Avec un échocardiogramme, au moins, ils auraient une idée précise de l'état actuel de sa fonction cardiaque. Si les nouvelles n'étaient pas bonnes, le couple devrait peut-être renoncer à terminer sa croisière et faire admettre Edna en observation. Au moins jusqu'à ce qu'elle soit assez stable pour supporter le voyage de retour en Floride. Pour l'heure, elle ne l'était pas. Et s'ils la laissaient sortir elle pouvait mourir sur le bateau de croisière.

— Il a bien fait, acquiesça Georgia. J'espère que tout va s'arranger.

Ils arrivèrent à la salle d'examen, dont elle poussa la porte, s'effaçant pour laisser entrer M. Miller.

Debout près du lit, Eli s'entretenait avec la patiente, qui semblait plus calme que pendant l'examen du Dr Mueller. Il salua M. Miller d'un signe de tête.

— Je disais à votre épouse que nous avions deux options pour l'échocardiogramme, qui nous fournira un meilleur visuel du fonctionnement de son cœur. Nous pouvons commencer avec l'unité portable, mais je préférerais la procédure standard, qui donnera davantage d'informations et s'affichera sur grand écran.

S'approchant de son épouse, M. Miller lui prit la main, et ils échangèrent un regard.

— On fera ce que tu jugeras le mieux.

Edna hocha la tête.

— Artie pourra rester avec moi durant la procédure ?

— Bien sûr, répondit Eli. Nous allons devoir vous transférer à l'étage, à l'unité de cardiologie. Mais j'aimerais déjà vous garder en observation cette nuit pour voir si nous pouvons augmenter votre taux d'oxygène.

— Mais notre croisière..., bredouilla-t-elle, les larmes aux yeux, scrutant son époux qui lui caressa la main.

— Il y aura d'autres croisières, ma chérie. Comment peux-tu profiter de celle-ci quand tu as tant de peine à respirer ?

— Je sais.

Il se pencha et lui baisa la joue.

— Commençons par te soigner, nous envisagerons la suite après.

— D'accord.

— Je vais prévenir pour qu'on prépare vos papiers d'admission, annonça Lauren qui venait de les rejoindre.

Georgia songea que le Dr Mueller allait être furieux quand il l'apprendrait, mais elle n'en avait cure.

— Vous pouvez nous accompagner ? lui demanda Edna.

— Je dois rester aux urgences, au cas où il y aurait d'autres patients, mais j'essaierai de monter vous voir en quittant mon service dans deux heures, d'accord ? dit-elle, espérant qu'Eli n'y verrait pas d'inconvénient.

Elle lui jeta un regard, mais son visage était impassible. Ni approbateur ni désapprobateur, et elle en déduisit qu'il ne voyait pas d'objection à ce qu'elle empiète sur son domaine.

Elle l'avait déjà fait quand elle était à l'hôpital. C'était ainsi qu'ils avaient appris à se connaître. Et quand ils avaient commencé à sortir ensemble elle était souvent montée en cardiologie sous prétexte de prendre des nouvelles d'un patient alors que c'était lui qu'elle voulait voir.

Ce n'était plus le cas aujourd'hui, mais elle se préoccupait de ses patients. Et elle se sentirait très mal s'ils n'arrivaient pas à soulager Edna. Elle aimait bien ce couple, amoureux depuis le lycée et marié depuis des décennies.

Un brancardier vint chercher Edna en poussant un chariot. Georgia posa une main sur l'épaule de la patiente.

— Le Dr Jacobsen est un excellent praticien. Le meilleur d'Anchorage. Si quelqu'un peut vous aider, c'est lui.

Elle remarqua qu'Eli fronçait les sourcils.

— Je vous rejoins dans quelques minutes, dit-il. Je vais appeler pour préparer votre accueil en cardiologie.

Le brancardier sortit en poussant le chariot d'Edna, suivi par Artie, dont la canne rythmait la marche.

Persuadée qu'Eli avait quelque chose à lui dire, Georgia se tourna vers lui.

— Ça ne te dérange pas que je monte la voir plus tard ?

— Non... Je voulais te demander si tu souhaitais être tenue au courant de son état.

— Tu pourrais faire ça ? s'écria-t-elle, surprise.

Tous les spécialistes n'avaient pas forcément envie d'être importunés par un médecin urgentiste fouineur qui venait observer leur façon de travailler.

— Bien sûr.

— Merci. Je t'en serais reconnaissante. Mueller m'a engueulée parce que je voulais t'appeler. Il s'est carrément lavé les mains du sort d'Edna quand il a réalisé que Lauren et moi allions ignorer son avis.

— Lauren ?

— L'infirmière qui t'a appelé.

— Ah, je vois. Et ne t'inquiète pas à propos de Mueller. Il se met en rogne chaque fois qu'on fait appel à un spécialiste.

— Mais pourquoi ?

— Aucune idée. La folie des grandeurs, peut-être ?

— Il voulait se contenter d'augmenter la médication d'Edna.

Eli hocha la tête.

— J'ai entendu dire qu'il allait bientôt prendre des vacances, alors au moins tu ne l'auras plus sur le dos pendant une quinzaine de jours.

— C'est mal d'espérer qu'il cherchera un poste dans un autre hôpital pendant son congé ?

Eli soupira.

— Il est de plus en plus difficile de licencier du personnel, et l'administration essaie de ne le faire qu'en cas d'infractions graves.

— J'aurais du mal à définir ce cas de figure.

— Moi aussi. C'est pour ça que je n'arrive pas à prendre ce genre de décisions. On manque actuellement de médecins ici, en Alaska, et il n'est pas toujours aisé de remplacer un praticien.

Lui lançait-il une pique parce qu'en quittant l'hôpital elle les avait contraints à engager quelqu'un comme Ronny Mueller ?

Elle devrait peut-être se sentir coupable. Elle aurait pu agir autrement si elle avait anticipé les conséquences. Elle aurait quand même refusé d'épouser Eli, mais ne serait pas partie avant que l'hôpital lui ait trouvé un suppléant digne de ce nom. Les urgences assurant l'essentiel des revenus d'une majorité d'hôpitaux, une pénurie de personnel urgentiste pouvait avoir des conséquences désastreuses.

— Je comprends, dit-elle. J'ai l'impression de devoir surveiller Mueller maintenant. C'est la seconde fois que je le vois se débarrasser ainsi d'un patient.

— Tu penses à ta jeune patiente ?

— Oui, Molly Breckin. Mais elle n'était pas ma patiente. Si

elle l'avait été, elle n'aurait jamais quitté l'hôpital sans avoir au moins été auscultée par un cardiologue.

— J'espère qu'elle reviendra, ou qu'elle essaiera un autre hôpital.

— Elle n'aurait dû avoir à faire ni l'un ni l'autre.

— Je sais, admit-il, mais on ne peut rien y changer. Nous devons prendre soin des malades qui sont ici maintenant. Et à propos il faut que j'y aille.

— Très bien. Merci d'être descendu.

— À plus tard, si tu montes voir Edna, dit-il en se dirigeant vers la porte.

— Tu es sûr que ça ne t'ennuie pas ?

— Elle sera déçue si tu ne viens pas.

Et lui, le serait-il ? De toute façon, ils n'étaient plus ensemble.

— D'accord, je monterai après ma garde. S'il y a du nouveau d'ici là, tu m'appelles ?

— Entendu.

Georgia poussa un soupir de soulagement en regardant sortir Eli. Travailler avec lui n'était pas aussi embarrassant qu'elle l'avait craint quand elle avait envisagé de revenir exercer au Anchorage Memorial.

Mais ça pourrait le devenir si elle relâchait sa vigilance. Si elle oubliait qu'ils étaient tous deux célibataires, et qu'elle pouvait peut-être baisser la garde.

Impossible. Car elle retomberait trop facilement dans ses vieux schémas comportementaux. Elle ne pouvait pas se le permettre maintenant qu'elle savait où ils l'avaient conduite. Elle ne voulait plus jamais faire à Eli ce qu'elle lui avait fait trois ans plus tôt.

Myocardite. L'échocardiogramme et l'IRM cardiaque montraient tous les deux une inflammation des parties basses du cœur. Edna leur avait dit qu'elle avait été malade quelques semaines avant la croisière, ce qui expliquait ses nouveaux symptômes comme le souffle court et les arythmies. Un test sanguin avait confirmé qu'elle avait les anticorps pour le Covid. La myocardite pouvait se guérir spontanément et disparaître, mais avec les antécédents d'insuffisance cardiaque d'Edna l'inflammation risquait d'éprouver son cœur déjà fatigué. Heureusement que Georgia avait insisté pour faire un échocardiogramme. Car l'option de Mueller n'aurait fait qu'aggraver les choses.

Assis à son bureau, Eli élabora un protocole thérapeutique, en prenant en compte l'insuffisance cardiaque préexistante susceptible de compliquer le traitement. Il décida qu'une cure de corticoïdes pouvait venir à bout de l'inflammation et permettre à la portion de cœur malade de guérir. Cette approche semblait la plus adaptée. Elle impliquait malheureusement que le couple mette un terme à sa croisière, car Eli devrait surveiller Edna pendant une dizaine de jours. L'autre option était qu'Edna rentre en Floride en avion pour s'y faire soigner, mais son essoufflement rendrait sûrement le voyage extrêmement inconfortable pour elle.

Il se leva et gagna la chambre d'Edna aux soins intensifs de chirurgie cardiaque, où elle avait été transférée. Il la trouva endormie, veillée par son mari assis à son chevet. M. Miller se leva, le visage marqué par l'inquiétude.

— Vous connaissez la cause de ses symptômes ? demanda-t-il à voix basse pour ne pas déranger son épouse.

— Les examens ont révélé une cardiopathie, une inflammation d'une partie du cœur d'Edna.

Eli sortit son téléphone où s'affichait une image anatomique du cœur. Il attendit qu'Artie ait chaussé ses lunettes pour lui montrer la zone affectée.

— Nous pensons qu'elle a été causée par la réaction du corps à la maladie contractée par Edna il y a quelques semaines.

— Vous voulez dire que son cœur a une infection ?

— Pas exactement. L'organe s'est enflammé en réaction au virus.

— Ça peut se soigner ?

— Oui et non. Il n'y a pas de traitement à proprement parler, et les antibiotiques ne marchent pas parce qu'il n'y a pas de véritable infection. Mais nous pouvons essayer de maîtriser l'inflammation avec des corticoïdes pour permettre au cœur de guérir.

— Est-ce que la cardio... ou quel que soit son nom, va aggraver son insuffisance cardiaque ?

— Notre objectif est que ça n'arrive pas. Je ne peux pas vous faire de promesses inconsidérées, mais le traitement que je propose a largement fait ses preuves. Il y a juste un inconvénient. J'aimerais qu'Edna reste ici pendant la durée des soins, jusqu'à ce que son état se stabilise, ce qui implique...

— Nous ne pouvons pas poursuivre la croisière.

— Hélas non. Ça ne veut pas dire que vous ne pourrez pas en faire une autre ultérieurement, mais pas pour le moment. Edna aura besoin de trois à six mois de repos complet pour que son cœur se rétablisse, et elle devra limiter drastiquement ses activités.

— Vous ne connaissez pas mon épouse...

— Non, mais je connais la myocardite. Elle peut disparaître, mais une activité intense risquerait de fatiguer le cœur au point de provoquer une mort subite.

Artie pâlit.

— Une mort subite ?

— Je ne dis pas que ça arriverait, mais je veux qu'Edna connaisse le meilleur dénouement possible. Je me suis entretenu avec son cardiologue en Floride, il est d'accord avec moi sur le protocole thérapeutique et le délai envisagé.

— Alors, ça me suffit. Il suit Edna depuis longtemps, et son insuffisance cardiaque commençait à s'améliorer. C'est pourquoi ces symptômes soudains nous ont tant effrayés.

— Comme toute inflammation, la myocardite peut se déclarer subitement. Notre but est qu'elle cause le minimum de dégâts. Quand Edna se réveillera, nous reverrons tout ça ensemble.

— Le Dr Sumter va pouvoir monter la voir ?

Eli consulta sa montre. Il avait appelé Georgia une demi-heure plus tôt, et elle lui avait dit qu'elle avait quelque chose à terminer avant de venir voir le couple. Il ne savait trop qu'en penser. Cela le ramenait à l'époque où ils partageaient librement leurs cas cliniques et laissaient leur vie privée empiéter sur leur vie professionnelle. Comme quand elle était venue à son bureau la semaine passée pour lui parler de Molly Breckin. À ce train-là, ils allaient avoir du mal à conserver une relation purement professionnelle. Or il ne voulait pas que les choses changent. Pas après la façon dont s'était achevée leur histoire.

S'ils se rapprochaient de nouveau, il ne se voyait pas sortir avec elle pendant dix ou vingt ans. Et, échaudé par son divorce, il ne comptait pas se remarier de sitôt, si tant est qu'il le souhaite un jour.

Il était heureux de sa vie telle qu'elle était aujourd'hui. Sans complications, entre son appartement et son chalet à Mat-Su, où il aimait passer ses jours de congé.

— Elle ne devrait plus tarder, répondit-il.

— Bon. Edna voudra la voir. Sans elle, je ne sais pas ce qui se serait passé. Nous aurions pu reprendre notre croisière en bateau, et ça aurait pu mal tourner… S'il était arrivé malheur à Edna, j'ignore ce que j'aurais fait…

— Georgia porte beaucoup d'intérêt à ses patients, et je doute qu'elle vous laisse partir d'ici sans vous avoir rendu quelques visites.

À cet instant, Georgia poussa la porte et entra. Son regard alla d'Eli à Artie, toujours debout.

— Tout va bien ?

Eli acquiesça.

— Oui. Nous évoquions les options de traitement d'Edna, et je disais à Artie que je veux la garder sous surveillance pendant qu'elle est sous corticoïdes pour observer ses réactions.

— C'est une excellente idée. Mais je suis désolée que vous ne puissiez terminer votre croisière.

— Edna va être anéantie, mais je resterai auprès d'elle pour la soutenir pendant toute la durée du traitement.

— Et je pourrai vous faire encore plus de visites, dit Georgia en souriant.

Eli se raidit. Il s'attendait à ce qu'elle vienne une ou deux fois tout au plus… Mais il connaissait sa proximité avec ses patients. À une époque, elle affichait même des photos d'eux avec elle sur son placard dans la salle de repos des médecins. Eli ignorait quel vestiaire on lui avait attribué cette fois, et il n'avait pas cherché à le savoir. Pour que leur relation reste strictement professionnelle.

La voix d'Edna l'arracha à ses pensées.

— J'ai bien entendu ? Je vais devoir rester hopitalisée ? On ne pourra pas continuer la croisière ?

Sa voix était encore faible et haletante, mais il espérait que d'ici deux jours les corticoïdes auraient amélioré les choses.

Artie s'approcha du lit.

— Le docteur pense que c'est le mieux pour toi. Et même après notre retour à la maison tu devras te reposer encore un ou deux mois.

— Des mois ? Et l'entretien de notre jardin, alors ?

— Je m'en occuperai. Tu n'auras qu'à me donner tes ordres, et j'obéirai.

Eli ne put s'empêcher de sourire. Voilà ce qu'un vrai couple devait être, les partenaires se soutenaient l'un l'autre dans l'adversité. C'était un amour comme celui-ci qu'il espérait trouver depuis l'adolescence, mais il avait trop souvent été laissé pour compte, comme un fardeau dont personne ne voulait se charger.

Edna prit la main de son mari.

— Te commander ne sera peut-être pas si désagréable, tout compte fait…, dit-elle avant d'être interrompue par une quinte de toux. Mais je serai contente quand je me sentirai mieux.

— Tu te sentiras mieux. Ça prendra juste un peu de temps. Je sais que la patience n'a jamais été ton fort…

— Non, en effet.

Le ton sentencieux d'Edna arracha un sourire à Eli.

— On dirait que vous allez un peu mieux qu'à votre arrivée aux urgences, lança Georgia en s'approchant.

— C'est vrai. Parce que j'ai des réponses, grâce à vous. Je n'aurais peut-être pas eu de protocole thérapeutique si vous ne vous étiez pas battue pour moi.

— C'est Eli qui l'a conçu. Pour ma part, je savais juste que vous ne pouviez pas reprendre votre croisière dans votre état.

Artie s'assit au chevet de sa femme.

— Notre fils arrive par avion aujourd'hui, et il restera jusqu'à ce que nous soyons prêts à rentrer en Floride.

— Je me réjouis que vous soyez accompagnés pendant le vol de retour, commenta Eli. Bon, nous allons vous laisser en tête à tête planifier vos projets de jardinage. Le fauteuil où vous êtes assis se transforme en lit, Artie. On vous apportera des draps et des couvertures, si vous voulez rester avec votre épouse.

— Je ne voudrais être nulle part ailleurs. Merci encore... pour tout.

— C'était un plaisir.

Eli fit signe à Georgia de le suivre. Les Miller avaient raison. Si elle ne s'était pas battue pour eux et si le Dr Mueller était arrivé à ses fins, Edna aurait pu mourir. Artie serait seul sans son épouse à présent, leurs enfants n'auraient plus de maman. L'obstination de Georgia avait permis d'éviter une tragédie.

C'était la Georgia de son souvenir : tenace, courageuse, osant tenir tête aux autres quand il le fallait. Lui compris.

Dans le couloir, il se tourna vers elle.

— Tu as fini ton service ?

— Oui, répondit-elle, les yeux dans les siens, en serrant sa main dans la sienne. Ce sont des moments comme celui-là qui m'ont donné envie de faire médecine.

Ses doigts étaient chauds sur sa peau et, pris d'une vague de nostalgie, il avait envie que cet instant ne finisse jamais.

— Tu veux qu'on aille marcher un moment ?

Elle sourit.

— Avec plaisir. La journée a été éprouvante, et la perspective de rentrer chez moi avaler un sandwich beurre de cacahuète-confiture ne m'emballe pas outre mesure.

Marchant côte à côte dans la rue, ils arrivèrent au parc public quelques minutes plus tard. À cette période de l'année, la nature était exubérante, et Eli prit une grande inspiration, conscient que dans quelques mois toute cette verdure disparaîtrait sous la neige. Mais il n'aspirait pas à des climats plus cléments, et n'en appréciait que plus l'été alaskien. Tout comme il profitait de ces moments avec Georgia en sachant qu'ils ne dureraient pas.

— Je suis heureuse qu'Edna puisse commencer ce traitement.

— Moi aussi. Et j'espère que, si nous nous attaquons rapidement à l'inflammation, la myocardite n'endommagera pas durablement son muscle cardiaque.

Il n'avait pas besoin d'adapter son pas au sien car Georgia avait une longue foulée gracieuse et marchait vite. Il devait admettre qu'il prenait plaisir à cheminer de nouveau à ses côtés. À son retour au Anchorage Memorial, une telle chose lui aurait paru impensable. Il avait même douté de pouvoir travailler avec elle à l'hôpital. Mais tout avait changé. Et apparemment ils étaient différents, eux aussi.

— Quand seras-tu fixé ?

Il se raidit, avant de réaliser qu'elle parlait d'Edna.

— Nous devrions observer un changement d'ici deux jours, si tout se passe comme je le souhaite.

Ils pénétrèrent dans un bosquet de conifères où étaient installés des bancs. Georgia se laissa choir sur le plus proche et inspira à pleins poumons.

— Cet endroit me manquait. Je venais tout le temps ici après le travail. Quand j'étais seule, je courais. C'était libérateur.

Il s'assit près d'elle. Il se rappelait l'avoir accompagnée ici de nombreuses fois. Ils s'arrêtaient souvent dans ce bosquet pour parler. Du travail. Du temps. D'eux.

— Je me souviens qu'on skiait dans le parc l'hiver, nos jours de congé.

Knicker Park disposait de pistes entretenues dans une zone boisée pour des skieurs de tous niveaux, et de terrains plats où on pouvait pratiquer le ski de fond. Ils étaient souvent venus ici évacuer le stress de la journée.

— C'était drôle, admit-elle. Tu te rappelles notre rencontre avec cet élan alors que nous nous rendions au chalet où l'hôpital célébrait sa fête de Noël annuelle ?

Il s'esclaffa.

— J'essayais d'évaluer la distance entre lui et nous, et je me demandais si je devais te soulever dans mes bras et détaler à toute vitesse vers le chalet...

Elle se tourna vers lui en riant.

— Je ne savais pas. Heureusement, il a décidé que nous n'étions pas intéressants, et il est reparti comme il était venu.

La gaieté de Georgia le touchait. Ils avaient partagé beaucoup de bons moments ensemble. Il n'avait jamais vraiment compris à quel moment les choses avaient dérapé. Un jour tout allait bien, et le lendemain elle était partie.

Il avait toujours eu du mal à lui résister. Et il en allait de même encore aujourd'hui, alors que des mèches brunes soulevées par la brise caressaient son joli visage. Il tendit la main pour toucher sa joue, écartant des boucles qui lui tombaient dans les yeux. Elle souriait toujours, les lèvres légèrement entrouvertes. Elle était si belle. Et quand elle le regardait ainsi une douce chaleur se répandait en lui.

Maintenant aussi. Elle inclina la tête et, avant d'avoir réalisé ce qui se passait, il se pencha et posa les lèvres sur les siennes.

6

Georgia sentit son corps s'embraser.

C'était comme si elle n'attendait que cet instant depuis son retour à Anchorage. La bouche d'Eli était aussi ferme, aussi chaude que dans son souvenir. Aussi sexy. Et elle électrisait tout son corps, éveillant en elle des sensations dangereuses. Addictives.

Elle en voulait encore plus.

Elle avait glissé les mains dans ses cheveux pour le retenir, comme si elle craignait qu'il ne s'écarte avant qu'elle soit rassasiée de lui. Mais ils auraient beau s'embrasser mille fois, faire l'amour encore et encore, elle aurait toujours, toujours envie de lui.

Malgré les trois ans passés à Kodiak, elle n'avait pas changé dans ce domaine.

Elle l'attira encore plus près, savourant le contact de sa langue qui forçait sa bouche et qu'elle accueillit avec empressement. Mais cela n'allait pas assez vite pour ses sens affolés, impatients de connaître l'extase dont elle avait gardé le souvenir.

Elle ne put réprimer un gémissement de volupté au doux contact de leurs bouches mêlées. Et, quand il enroula un bras autour de sa taille pour la plaquer contre lui et lui faire sentir la puissance de son désir, elle noua les mains autour de son cou. C'était si grisant d'être désirée par un homme comme lui. Un homme différent de tous ceux qu'elle avait fréquentés durant ses jeunes années. Un homme qui n'avait rien à voir avec son père. Elle n'avait jamais eu peur quand elle était avec lui. Pas même le jour où il l'avait demandée en mariage.

Surprise par la soudaine brûlure de sa cicatrice au poignet, elle s'arracha à ses bras. Elle inspira vivement, sans comprendre ce qui venait de se passer. Ni pourquoi.

— Tu vas bien ? demanda la voix grave d'Eli.

— Oui...

Mais elle n'en était pas certaine. Elle le lâcha et recula. Suffisamment pour que ses pensées reviennent la harceler, lui répéter qu'elle était incapable de lui résister, et qu'elle n'aurait jamais dû revenir ici.

— Pardon, Georgia. Je ne sais pas pourquoi j'ai fait ça.

Secouant la tête, elle serra sa main entre les siennes quelques secondes avant de la lâcher. Ses émotions étaient confuses, incontrôlables.

— Tu n'y es pour rien. C'est cet endroit. Ça a toujours été comme ça. Il y a quelque chose de magique ici. Comme si on était prisonnier d'un conte de fées aussitôt qu'on franchissait la grille.

— Je sais, dit-il, fermant les yeux. Mais les contes de fées ne sont pas réels. Et ils ne se réalisent pas toujours.

Une douleur fulgurante la traversa. Il avait raison. Rien n'avait changé pour elle, et à sa connaissance, pour lui non plus. Il s'était marié pendant son absence et ça n'avait pas duré, ce qui ne voulait pas dire qu'il avait renoncé au grand dessein de sa vie : se marier et fonder une famille. Et qui pouvait l'en blâmer ?

— Je ne devrais peut-être pas te poser la question, mais au cas où je croiserais ton ex-femme est-elle toujours à l'hôpital ? demanda-t-elle.

Elle avait besoin de le savoir, si un enfant arrivait aux urgences et qu'elle jugeât nécessaire de faire appel à un pédiatre comme Lainey. Georgia avait entretenu avec elle une relation sans histoire, même si elle l'avait parfois surprise à regarder Eli d'une façon qui l'avait laissée songeuse. Lainey avait-elle déjà le béguin pour lui à l'époque où il sortait avec elle ?

— Comment as-tu su ? Ah, par William, bien sûr...

— Il ne m'a pas raconté tout ce que tu faisais, mais il ne voulait pas que ça me cause un choc si j'apprenais que tu avais convolé un an après mon départ.

Eli parut se crisper.

— Ça a été très dur à ce moment-là, Georgia, et Lainey... eh bien, elle était là pour moi.

— Je n'en doute pas un instant.

— Qu'est-ce que c'est censé vouloir dire ?

Georgia se ressaisit. Elle posa la main sur la sienne.

— Désolée. Ça ne veut rien dire du tout. Je regrette que ça n'ait pas marché entre vous. Je... je voulais que tu sois heureux.

— Merci. Lainey et moi n'étions pas faits l'un pour l'autre, de toute évidence. Et pour répondre à ta question, non, elle ne travaille plus à l'hôpital. Elle vit dans les îles Aléoutiennes avec son mari actuel.

Son mari actuel. Pauvre Eli. Cela avait dû être un coup dur pour lui. Et il ne méritait pas ça. Comme il n'avait pas mérité qu'elle refuse d'être sa femme et quitte la ville.

Elle prit conscience que son comportement avait dû terriblement le blesser à l'époque. Mais elle avait été incapable de trouver les mots pour exprimer sa terreur à la perspective d'être enchaînée à quelqu'un par les liens du mariage. C'était irrationnel, comme une phobie inexplicable. Elle connaissait l'origine de la sienne : l'expérience de sa mère, dont l'identité même avait été étouffée par son père, et qui n'avait longtemps existé que pour satisfaire les désirs et les besoins de son époux. Sa mère, qui avait mis des années à se reconstruire et penser par elle-même. Et qui n'avait plus jamais mis son indépendance en péril. Pour personne.

Cela avait sans doute déteint sur Georgia. Et la peur d'être dominée par un partenaire ne l'avait jamais quittée.

— Alors qu'est-ce qu'on fait ? demanda-t-il. On met ce baiser sur le compte de la magie des lieux et de notre histoire passée ?

— Absolument. Et puis, nous étions tous deux euphoriques

parce que le cas d'Edna n'est pas aussi désespéré que nous l'avions craint. Alors pour cette fois nous pourrions être moins exigeants envers nous-mêmes, et nous accorder sur le fait que ça ne peut pas se reproduire, hein ?

— Moins exigeants ? J'avoue que ce concept m'est un peu étranger, mais j'essaierai.

Elle éclata de rire. Quand ils étaient ensemble, elle lui répétait sans cesse de ne pas se montrer trop dur envers lui-même, et apparemment il n'avait pas changé sur ce point.

— Tu peux le faire. J'ai foi en toi.

C'était vrai. Malgré tout ce qui s'était passé entre eux, Eli faisait partie des gentils. Elle ne lui avait jamais connu la moindre réaction de dépit, ni même de colère. Elle ne rencontrerait jamais un autre Eli. Ni dans cette vie ni probablement dans l'autre.

Il se leva et lui tendit la main. Elle ignora le geste et se leva, tempérant son refus d'un sourire. Elle craignait, s'il la touchait, de ne pas résister à l'envie de l'attirer à elle pour un autre baiser... ou deux, ou trois. Et ce n'était absolument pas envisageable.

— Alors, on se voit au travail demain ? Je crois que je vais marcher encore un peu, dit-elle.

— À demain. Sois prudente.

Il ne proposa pas de la raccompagner à l'hôpital, mais elle ne lui avait rien demandé, espérant qu'il comprendrait et n'insisterait pas.

— Je ne vais pas aller bien loin. Et je doute que les élans s'aventurent aussi près de l'entrée du parc.

Avec un petit salut de la main, Georgia s'éloigna dans la direction opposée. Dès qu'il serait hors de vue, elle reviendrait sur ses pas et regagnerait l'hôpital. Elle avait juste besoin d'un peu de temps pour y voir clair et faire le point sur ce qui venait de se passer.

Et trouver comment éviter que cela se reproduise. Première étape : ne plus revenir au parc avec lui. Modus operandi : aucune idée. Mais elle espérait trouver un plan qui lui garantirait de rester insensible à ses charmes. Ne disait-on pas que la meilleure défense était l'attaque ? Cela signifiait qu'elle devait prendre des initiatives en ce qui concernait Eli Jacobsen. Pour ne pas se trouver dans une situation où elle serait tentée de l'embrasser encore. Voire pire.

Eli passa les jours qui suivirent à tenter de comprendre ce qui s'était passé dans le parc. Avait-il provoqué ce baiser, ou était-ce Georgia ? Il l'ignorait toujours. Et il avait été choqué qu'elle l'interroge sur Lainey, mais cela lui avait fait réaliser qu'après deux échecs amoureux il ne voulait plus risquer d'en connaître un troisième. Il ne devait donc plus embrasser Georgia.

Il ne l'avait pas revue depuis. Elle était montée rendre visite à Edna, et la patiente n'avait pas tari d'éloges sur elle, l'élevant presque au rang de super-héroïne qui lui aurait sauvé la vie à elle toute seule. Et elle n'avait pas tout à fait tort. Georgia avait risqué beaucoup pour lui venir en aide, et Ronny Mueller aurait pu porter plainte contre elle. Même si Eli en doutait, Mueller ayant fait le mauvais choix en recommandant la sortie d'Edna sans contrôler son état de santé.

Quant à Mueller, Eli ne l'avait pas revu non plus, même s'il était descendu plusieurs fois aux urgences à la demande d'un collègue de Georgia. Malheureusement, aucun des patients qu'il avait soignés n'était la femme dont Georgia lui avait parlé et qu'il espérait voir revenir. Il ne pouvait que croiser les doigts pour que ses symptômes aient disparu, ou qu'elle ait consulté un autre praticien compétent.

Mueller était peut-être parti en congé une semaine avant la date prévue. Et ce ne serait pas une mauvaise chose.

Chassant ces pensées, Eli commença sa tournée matinale des lits, et sa première visite fut pour Edna. Les corticoïdes semblaient marcher. Sa respiration s'était améliorée et, si elle avait encore besoin d'oxygène, une IRM réalisée le matin même montrait que l'inflammation du myocarde avait nettement diminué depuis le dernier examen.

Il frappa et entra. Il sourit en voyant qu'Edna était assise dans le fauteuil pendant qu'Artie se prélassait sur le lit.

— Je ne pouvais plus rester couchée, avoua la patiente. J'avais mal aux fesses.

— Mal comment ?

Les escarres étaient toujours redoutées pour les patients alités durant de longues périodes, mais d'après sa fiche on changeait Edna de position toutes les deux heures, comme le voulait le protocole, et il n'y avait aucune mention de ce problème dans son dossier.

— Ce n'est rien. J'en avais juste marre de rester couchée.

— Mais vous n'avez aucune douleur nulle part ?

Edna pouffa.

— On dirait mon fils. Il me couve depuis son arrivée. Il vient d'aller boire un café, et je suis enfin tranquille un moment. Il ne voulait pas que je m'assoie dans le fauteuil, alors que les infirmières me le permettent depuis hier.

Eli sourit.

— Je veux juste m'assurer que vous n'avez pas d'escarres.

— Oh ! non. J'en ai eu il y a quelques années alors que je souffrais d'une pneumonie. Ce n'était pas drôle. Bizarrement, les escarres ne faisaient plus mal lorsque les plaies étaient le plus impressionnantes.

Les escarres détruisaient les nerfs en s'envenimant et, ne sentant pas la douleur, les patients ignoraient souvent leur état tant qu'on n'avait pas examiné la zone affectée.

— On vous fait toujours la toilette au lit ?

— Oui. Je n'ai pas le droit de prendre une vraie douche.

Eli posa la main sur son épaule.

— Vous vous rappelez ce que je vous ai dit sur la nécessité de vous reposer ? Ce n'est pas amusant, j'en conviens. Mais vous devez absolument être prudente pour permettre à votre cœur de guérir. Ça ne veut pas dire que vous ne pourrez pas vous doucher pendant des mois. Nous voulons juste y aller lentement, avec douceur.

Sur sa fiche, il demanda qu'on cherche des traces d'escarres lors de la prochaine toilette d'Edna. Par mesure de précaution.

— D'accord, acquiesça la patiente.

— Le Dr Sumter est passée aujourd'hui ?

Artie sauta du lit.

— Oui, répondit Edna, elle est partie il y a quelques minutes. C'est elle qui a suggéré à mon fils Weston d'aller prendre un café. Elle voyait qu'il était inquiet et que ça m'agaçait. Elle a veillé à ce que je passe du lit au fauteuil sans anicroche.

Évidemment. Eli se réjouissait que quelqu'un ait été là pour ce premier transfert en solo.

— L'effort n'a pas impacté votre respiration ?

— Non, mais je suis encore sous oxygène. Combien de temps j'en aurai encore besoin, selon vous ?

— On vous en donnera jusqu'à ce que votre taux d'oxygène atteigne un niveau normal. Ça ne devrait plus tarder. Votre apport en oxygène est déjà passé de cent pour cent à soixante-quinze pour cent.

— Je vous pose la question car Edna me harcèle à ce sujet, mais savez-vous quand nous pourrons repartir chez nous ? demanda Artie.

— En fin de semaine, j'espère, quand nous aurons terminé le traitement de corticoïdes. Je tiens votre cardiologue informé de vos progrès, et dès que nous aurons fixé une date de sortie il propose de libérer un créneau dans ses rendez-vous pour vous permettre de venir directement à son cabinet depuis l'aéroport, pour s'assurer que le vol n'a pas été trop stressant pour vous. Un fauteuil roulant vous attendra à votre descente d'avion pour vous éviter de marcher.

Eli devait admettre qu'Edna allait lui manquer. C'était une patiente agréable et drôle, qui suivait docilement ses suggestions, même quand elles ne lui plaisaient pas.

Son mari sourit.

— Edna parle déjà de revenir visiter Anchorage. Elle aime ce qu'elle voit de la ville depuis la fenêtre de sa chambre d'hôpital.

— Oui. J'aimerais bien voir un élan.

Eli haussa les sourcils avec étonnement.

— Ils ne sont pas aussi gentils qu'ils en ont l'air, répliqua-t-il, se rappelant leurs rencontres avec des élans, qui, fort heureusement, ne les avaient pas chargés.

Une infirmière passa la tête dans la chambre.

— Un avion sanitaire nous amène deux patients depuis Dutch Harbor. Ils devraient être là dans dix minutes.

Dutch Harbor faisait partie de l'île d'Unalaska dans les Aléoutiennes et, quand les conditions météorologiques le permettaient, les avions sanitaires transportaient les patients jusqu'à une piste d'atterrissage proche de l'hôpital.

— Un problème cardiaque ?

Eli avait plus d'une fois soigné des pêcheurs de l'île se plaignant de douleurs thoraciques ou victimes d'une crise cardiaque, mais cela n'arrivait pas tous les jours. Généralement, le personnel urgentiste accueillait le patient à l'entrée et effectuait le triage préliminaire avant d'appeler un spécialiste.

— D'après ce que j'ai compris, un jeune homme a essayé de sauter d'un toit sur un trampoline et l'a manqué, se cognant le côté de la tête, expliqua l'infirmière. Il est inconscient depuis. En arrivant sur les lieux, son père choqué a été pris de violentes douleurs thoraciques. On vous demande de rejoindre le médecin urgentiste en bas car le personnel du service est réduit aujourd'hui. Le Dr Mueller est malade.

Il n'était donc pas parti en vacances, en fin de compte.

— Très bien, je descends aux urgences.

Avant de partir, Eli s'assura qu'Edna était bien installée et lui dit d'appeler une infirmière quand elle voudrait regagner son lit. Artie resterait auprès de sa femme. Eli supposait que leur fils était descendu dans un hôtel du coin. Il semblait s'inquiéter pour ses parents, et veillerait à ce qu'ils obtiennent l'aide nécessaire une fois rentrés en Floride.

Eli prit l'ascenseur pour descendre au rez-de-chaussée et gagna les urgences où régnait une activité fébrile, ce qui n'augurait rien de bon étant donné le manque de personnel.

Georgia l'accueillit devant l'entrée.

— Merci d'être venu. Il n'y a que deux médecins, et nous sommes déjà débordés ce matin. L'équipe d'évacuation sanitaire n'a pas dû s'amuser pour effectuer le trajet jusqu'à Anchorage, car les vents soufflaient fort sur l'île.

Le son d'une sirène se fit entendre, et Georgia se raidit.

— J'espère sincèrement que c'est l'ambulance qui arrive de la piste d'atterrissage, et pas une nouvelle urgence !

Deux minutes plus tard, le véhicule se garait devant l'entrée, et son chauffeur en jaillissait.

— Nous amenons Ted Parker, possible victime de crise cardiaque. D'après l'équipe d'évacuation sanitaire, il a perdu connaissance pendant le transport en dépit du traitement, et son ECG est complètement anarchique.

Georgia fronça les sourcils.

— Et l'autre patient ?

— Ils devraient arriver incessamment. Ils doivent être prudents. On soupçonne une lésion à la colonne vertébrale en plus de la blessure à la tête.

— Compris, dit-elle.

Ils déchargèrent le premier patient, et Eli nota la teinte bleutée de ses lèvres et de ses ongles, typique d'une cyanose. Il n'allait pas bien du tout. Son cœur n'envoyait pas suffisamment de sang oxygéné dans son organisme.

— Portons-le à l'intérieur.

— Bonne chance, dit Georgia. Je reste ici pour attendre le blessé à la tête.

— D'accord, répondit Eli, priant pour que la situation ne soit pas aussi grave qu'elle en avait l'air.

Il fit transporter le patient dans une salle d'examen pour procéder à une première auscultation et comprendre ce qui se passait.

— Depuis combien de temps est-il comme ça ? demanda-t-il à l'ambulancier.

— Environ cinq heures. L'équipe de l'avion sanitaire a dit que son état avait empiré pendant les trois heures du vol. Ils ont dû travailler sur les deux patients en même temps.

— D'accord... merci.

Heureusement le service des urgences était prêt à les accueillir. On transféra le patient du brancard à la table d'examen, et Lauren lui posa les électrodes de l'électrocardiogramme, aidée d'une collègue. Dès qu'il vit le tracé, Eli sut qu'il faudrait agir vite pour le sauver.

— Je veux qu'on le monte à la radio. Pouvez-vous les appeler d'abord pour les prévenir que le patient a besoin d'un angioscanner coronaire ?

— J'y vais, dit Lauren en quittant la pièce, pendant qu'il aidait l'autre infirmière à retirer les électrodes.

Un homme de salle entra, et Eli et lui poussèrent le chariot de Ted Parker jusqu'à l'ascenseur. Plus tôt ils le monteraient au service d'imagerie médicale, mieux cela vaudrait. Il n'y avait pas un instant à perdre.

Ils conduisirent le malade toujours inconscient dans la salle d'imagerie. Après injection du produit de contraste, on l'installa dans la machine.

Eli se rendit au poste de contrôle où l'attendait un technicien pour observer les images qui apparaissaient sur l'écran, et il ne lui fallut pas plus de cinq minutes pour déceler le problème. Deux des artères qui approvisionnaient le cœur étaient presque complètement bouchées. Il réprima un juron.

— Trop gros pour un cathétérisme ? demanda le technicien.

— C'est à la limite. Mais je veux d'abord essayer l'angioplastie avant de recourir à la chirurgie et au pontage. Emmenons-le.

Il passa un coup de téléphone au bloc opératoire pour savoir si une salle était disponible. Il se demanda fugitivement comment les choses se passaient pour Georgia, mais il n'avait pas le temps de l'appeler pour le savoir.

Une salle d'opération était libre. Si la pose d'un stent ne suffisait pas, ils devraient ouvrir la poitrine pour réaliser un pontage. Il appela la cardiologie pour demander qu'on lui envoie du personnel pour l'angioplastie, et que tout le monde se tienne prêt au cas où une procédure plus invasive serait nécessaire.

Vingt minutes plus tard, Ted était sur la table d'opération, et Eli avait fait l'incision au pli de l'aine pour accéder aux vaisseaux. Les yeux fixés sur l'écran, il inséra le cathéter et l'avança lentement en progressant vers les artères qui alimentaient le cœur. Sa mâchoire se durcit quand il parvint à la première obstruction. La procédure allait être complexe.

L'intervention consistait à mettre le stent à l'endroit obstrué puis à gonfler un ballonnet pour écarter les parois de l'artère et écraser le bouchon d'athérome.

La difficulté était de faire passer le dispositif à travers la section rétrécie de l'artère. Eli calcula le meilleur emplacement et fit glisser le cathéter avant de placer le stent au bon endroit.

— Bon, gonflons le ballon maintenant.

Il scruta le moniteur jusqu'à ce que le stent soit dilaté au maximum. Il remarqua immédiatement une augmentation du flux sanguin dans le vaisseau alimentant le cœur. Le soulagement l'envahit.

— Parfait. Passons au second.

Il mit moins de temps pour poser le stent dans le second vaisseau bouché, et l'intervention fut aussi un succès. Retirant le cathéter, il nota que le patient était déjà nettement moins cyanosé.

— C'est une réussite. Merci à tous, dit-il à la cantonade. Liz, vous pouvez prévenir que je n'aurai pas besoin de l'équipe de pontage ? Merci, murmura-t-il en tendant le cathéter à une autre infirmière. Je vais refermer, puis nous le transférerons aux soins intensifs cardiaques pour le garder en observation.

Il espérait que d'ici là Ted se réveillerait. Le grave accident dont son fils avait été victime avait sûrement précipité sa crise cardiaque, mais lui avait probablement sauvé la vie. S'il n'avait pas été soigné maintenant, il aurait certainement eu une attaque massive dans quelques mois et n'aurait pas pu arriver à Anchorage à temps pour être sauvé.

Eli espérait que son fils allait bien aussi, même s'il ignorait actuellement l'étendue de ses blessures.

Le temps qu'on installe Ted dans une chambre, il commençait à revenir à lui. Une échocardiographie avait montré qu'on bon débit sanguin alimentait le cœur, même s'ils ignoraient encore l'importance des lésions tissulaires. Un examen sanguin avait révélé un taux élevé d'enzymes indiquant des dommages, et la question était de savoir s'ils étaient temporaires ou permanents.

Eli se pencha vers le malade.

— Ted, vous m'entendez ?

L'homme hocha la tête et leva les yeux vers lui. Il avait les joues parcheminées de ceux qui passaient leur vie au grand air, et Eli se rappela avoir entendu dire qu'il était pêcheur. En Alaska, ce métier n'était pas sans danger, et le stress de sa profession avait dû contribuer à sa pathologie cardiaque. Il allait peut-être devoir procéder à des changements majeurs dans son mode de vie.

— M... mon fils ? demanda-t-il d'une voix faible.

— Je n'ai pas encore de nouvelles, mais il reçoit actuellement les meilleurs soins possible.

— La drogue..., chuchota Ted.

— Il a des antécédents de toxicomanie ? demanda Eli, immédiatement alarmé.

— Héroïne..., acquiesça le vieil homme. Il est en traitement.

Eli ne savait pas si l'équipe d'évacuation sanitaire avait eu cette information, mais elle était capitale.

— D'accord, je vais m'assurer que ses soignants en soient informés. Tenez bon pendant que je passe un appel.

Il espéra que le numéro de portable de Georgia était le même que trois ans plus tôt. Il l'avait gardé dans ses contacts téléphoniques, plus par négligence que dans l'espoir d'une réconciliation.

Elle décrocha à la deuxième sonnerie.

— Allô ?

— Tu soignes toujours le patient de l'évacuation sanitaire ?

— On lui fait une IRM en ce moment. Mais ce n'est pas bon. Il a peut-être une hémorragie cérébrale, et n'a aucune réaction à la douleur dans les membres.

— Il a une fracture des vertèbres cervicales ?

— Oui. La C3.

— Bon sang...

Il poussa un soupir.

— Je déteste ajouter à ton inquiétude, mais son père vient de se réveiller, et il dit que son fils est en traitement pour une addiction à l'héroïne.

— Oh ! non... Il a décroché ?

— Pas sûr. Le père est encore trop faible pour communiquer clairement. Tu peux appeler Dutch Harbor pour essayer d'avoir des informations ? Ça peut tout changer s'il est en sevrage. Et sauter d'un toit... c'était peut-être une cascade débile, ou bien il était défoncé. J'imagine qu'il n'était pas interné dans un centre de désintoxication, ou il n'aurait pas été chez lui au moment de l'accident.

— D'accord. Je vais voir ce que je peux apprendre. Je ne sais même pas si la mère du garçon est dans le coup.

— Je l'ignore. Mais je suppose que non, car nous n'avons pas eu de nouvelles de parents éventuels.

— Bon, je te tiens au courant.

Georgia semblait exténuée. Une équipe de neurologie avait dû prendre en charge le jeune homme, mais Eli la connaissait assez pour savoir qu'elle suivrait ses progrès de très près.

— Hé, dit-il avant qu'elle raccroche.

— Oui ?

— Ça va, toi ?

— Je crois... Il est si jeune, Eli. À peine dix-neuf ans. On n'a aucune garantie qu'il s'en sortira et, s'il survit et que sa colonne vertébrale ait été sectionnée ou endommagée, il peut être paralysé le reste de sa vie. Comment va son père ?

— Je viens de lui poser deux stents. Il est stable, mais on ignore encore si son cœur a gardé des lésions permanentes.

— D'accord. Tiens-moi au courant.

— Entendu. Toi aussi, pour le fils.

— Promis. Au revoir, Eli.

Elle raccrocha, et il resta immobile plusieurs minutes, le téléphone à la main, conscient qu'il avait été stupide de croire qu'ils pouvaient se côtoyer au quotidien sans interagir l'un avec l'autre. Si elle avait travaillé dans un autre département, cela aurait sans doute marché. Mais les urgences étaient le cœur de l'hôpital, et les patients passaient presque tous par là avant d'être transférés dans un autre service pour la suite de leur traitement. Alors, forcément, il la verrait ou entendrait parler d'elle régulièrement.

Pourtant ils venaient de communiquer sans problème. C'était bon signe. Ils étaient des professionnels et ne laissaient rien paraître de leurs émotions. Pour sa part, son rythme cardiaque s'était emballé dès qu'il avait entendu sa voix. Il n'était pas pressé de raccrocher, et c'était elle qui avait mis fin à leur échange. Mais si les choses continuaient ainsi il pourrait gérer. À condition qu'elle n'affiche pas de tendres sentiments pour lui.

Et ce baiser, alors ?

Une anomalie, rien de plus. Il ne s'était rien passé depuis, et il n'y avait pas de raison pour que ça change. Si Lainey revenait à l'hôpital, ils ne se remettraient pas ensemble. Alors s'il traitait Georgia de la même façon il n'y aurait aucun problème.

Sauf que Georgia n'était pas Lainey, et elle ne l'avait pas quitté pour un autre homme. Elle était partie parce qu'elle refusait de s'emprisonner dans le mariage et de s'engager sur le long terme. Cela aurait dû le réconforter en un sens. Et pourtant non.

De toute façon, il était vain d'essayer de savoir comment les choses allaient se passer entre eux dans l'avenir. Il devait retourner auprès de ses patients, Ted, Edna et les autres. Ted semblait tiré d'affaire, ce dont on ne pouvait que se réjouir. Et Eli espérait que son fils déjouerait les pronostics et se remettrait mieux que prévu. Et que lui-même cesserait d'être obsédé par Georgia chaque fois qu'il aurait affaire à elle. Car rien de bon ne pourrait en sortir.

7

Brandon était sur la corde raide. Son état était si critique que personne n'osait faire de pronostic pour l'avenir. Vingt-quatre heures après l'admission du jeune homme, l'équipe soignante était encore confrontée à de multiples problèmes. Le plus inquiétant était l'hémorragie intracérébrale. S'ils n'arrivaient pas à l'enrayer, ils devraient prendre une décision cruciale et se résoudre à retirer une partie du crâne pour soulager la pression intracrânienne. Car le saignement était profond, et une intervention chirurgicale comportait de très gros risques.

Autre complication, la vertèbre fracturée appuyait sur la moelle épinière. Si celle-ci avait été sectionnée, le patient n'aurait probablement pas survécu car sa respiration aurait été compromise. Mais, même si la lésion n'était pas totale, le patient risquait toujours une paralysie des membres inférieurs si on ne parvenait pas à réduire le gonflement et l'inflammation, et il pourrait rester sous respirateur le reste de ses jours.

En ce qui concernait son addiction à l'héroïne, on essayait d'équilibrer ses médications pour lui éviter une rechute. On le maintenait actuellement dans un coma artificiel pour gérer ces différents problèmes. Mais on ignorait s'il se réveillerait un jour, et s'il récupérerait une fonction cérébrale normale après un traumatisme aussi grave.

Seul le temps le dirait. Mais c'était terrible de penser que, si Brandon mourait, son père se retrouverait seul au monde. L'épouse de Ted était morte d'un cancer quand son fils était adolescent, et ce drame avait pu jouer un rôle de déclencheur dans sa toxicomanie.

Georgia ne pouvait imaginer le désespoir de Ted s'il perdait son unique enfant en plus de sa femme.

Elle avait déjà fini sa garde de la journée, mais pour une raison inconnue elle s'attardait aux urgences, au cas où on aurait besoin d'elle.

Mais que pouvait-elle faire si les meilleurs spécialistes d'Alaska eux-mêmes étaient impuissants ?

Elle sortit de son col son papillon talisman qu'elle tritura, comme s'il possédait un pouvoir de guérison. Ce qu'il ne possédait pas, bien entendu.

Quel regain de désespoir Ted devrait-il affronter si les fonctions cérébrales de son fils étaient irrémédiablement endommagées ? Il pourrait être non seulement cloué dans un fauteuil roulant, mais aussi incapable de se nourrir et de communiquer. Auquel cas Ted devrait prendre soin de lui le reste de ses jours. Souffrant du cœur, il n'aurait pas fini de s'inquiéter du sort de Brandon dans le cas où il serait emporté par une crise cardiaque.

Georgia n'avait pas échangé avec Eli depuis leur conversation téléphonique la veille, et elle s'en voulait d'espérer son appel, ne fût-ce que pour lui donner des nouvelles de Ted ou d'Edna.

Mais elle avait vu Edna plus tôt dans la journée, et elle allait bien. Si bien que son mari et elle se préparaient à quitter l'Alaska le surlendemain. Quant à Ted, il avait bien supporté son opération, et Eli s'attendait à ce qu'il se rétablisse complètement. Il n'avait aucune raison d'appeler Georgia, sinon peut-être pour lui dire bonjour. Ou lui dire qu'elle lui manquait ?

Seigneur ! Elle ne devait surtout pas entretenir ce genre d'illusions, au risque de se retrouver dans la même impasse que trois ans plus tôt. Alors, pourquoi espérait-elle encore lui parler ?

Elle n'en avait aucune idée. Sans doute parce qu'elle était déstabilisée par les doux souvenirs du passé. Il vaudrait mieux pour tous les deux qu'elle se focalise sur la façon dont leur relation s'était achevée. Mais comment faire, alors que son cœur aspirait à tout le contraire ? Elle avait beaucoup pensé à leur baiser à Knicker Park, s'efforçant de se remémorer chaque nuance, chaque sensation, pour que ce souvenir ne la quitte plus jamais. D'autant qu'il y avait peu de chances qu'Eli l'embrasse de nouveau. Il était beaucoup plus solide qu'elle, et elle doutait qu'il se laisse surprendre une seconde fois.

Elle espérait être capable d'en faire autant. Car elle était arrivée à la conclusion que c'était *elle* l'initiatrice de ce baiser. Elle se rappelait avoir fixé sa bouche et incliné la tête en une invitation tacite… Et, si elle l'avait fait une fois, n'était-elle pas susceptible de recommencer ? Ou de *vouloir* le faire ?

Parce qu'elle en avait envie, même maintenant. Quel qu'en soit le prix. Elle était vraiment pathétique.

Sa libido devait la travailler. Elle n'avait pas eu de relation amoureuse depuis trois ans, et son corps devait désirer ce que lui refusait son mental. Du moins avec Eli. Projetait-elle donc de rester célibataire toute sa vie ?

Non. Elle avait du mal à accepter le sexe sans sentiment, mais il devait y avoir d'autres options. Si elle savait qu'Eli n'attendait rien d'elle, elle pourrait même coucher avec lui. Après tout, leur compatibilité dans ce domaine n'était plus à prouver. Elle n'avait jamais connu mieux, pour être honnête.

Mais au fond d'elle elle savait que ce serait injuste pour lui. Car il aspirait à une intimité affective profonde avec sa partenaire lors des ébats amoureux, ce qu'elle ne pouvait pas lui donner.

Elle se raidit en entendant vibrer son portable. Elle glissa le pendentif sous son chemiser et regarda l'écran, les sourcils froncés. Ce n'était pas Eli. L'appel venait d'un numéro interne de l'hôpital.

— Allô ?

— Bonjour. Docteur Sumter ? C'est Terri Kinsley, infirmière au service de neurologie.

— Ah… comment va notre patient ?

Il y eut un lourd silence. Elle devina ce qu'elle allait entendre, et son cœur manqua un battement.

— Je suis désolée, Brandon est décédé il y a quelques minutes. Malgré la décompression chirurgicale, nous n'avons pas pu stopper l'hémorragie cérébrale. Entre ça et le gonflement continu... Et sa moelle épinière était gravement endommagée. Il y avait très peu de chances qu'il recouvre l'usage de ses membres et...

— Je comprends. Il est mort. Merci de m'avoir prévenue.

Elle mit fin à la conversation avec brusquerie, ne voulant pas fondre en larmes au téléphone. Ce n'était pas professionnel et n'aurait servi à rien.

Assise sur un banc dans la cour de l'hôpital, elle tamponna avec irritation ses yeux rougis en pensant à Ted. C'était trop injuste. Comme la vie elle-même. Sa mère n'avait pas mérité les tourments que lui avait infligés son mari. Georgia non plus. Et pourtant c'était arrivé.

Elle pencha la tête, les mains plaquées sur les tempes pour dissimuler son émotion à d'éventuels passants. Elle avait tant espéré que Brandon s'en sortirait. À dix-neuf ans, il avait toute la vie devant lui. Il aurait pu surmonter son addiction, se marier, avoir des enfants, donner de l'espoir à son père qui avait déjà subi une perte cruelle, son père qui était maintenant confronté au plus effroyable des malheurs.

Elle ferma les yeux pour se ressaisir, et une larme glissa sur sa joue.

Elle se raidit en sentant une main se poser sur son épaule.

— Georgia...

Elle reconnut la voix grave.

Elle leva la tête, les lèvres tremblantes, les yeux rouges.

— Il est mort, Eli... Brandon est mort.

— Je viens de l'apprendre, et je te cherchais, dit-il en s'asseyant à côté d'elle sur le banc. J'espérais aussi qu'il s'en tirerait.

Il lui releva le menton et essuya sa joue humide du doigt.

— Je... je n'arrive pas à le croire, balbutia-t-elle. Je savais que c'était très sérieux et qu'il avait très peu de chances de survivre... mais je le désirais tellement. C'est ridicule, non ? Je ne le connaissais même pas. Je ne lui avais jamais parlé. J'ignorais même la couleur de ses yeux.

— Ça n'a rien de ridicule, murmura-t-il en la dévisageant tendrement. Tu travailles demain ?

— Non. Je suis de repos. Seigneur... je suis dans tous mes états, et je ne sais même pas pourquoi.

— Écoute, je possède un chalet à quarante-cinq minutes d'Anchorage. Tu ne veux pas y aller pour te changer les idées un moment ? Je peux te donner les clés, et tu...

— Je ne crois pas pouvoir y aller seule. Je ne penserais qu'à ça...

— Je peux t'accompagner, si ça peut t'aider. Ou souhaites-tu simplement rentrer chez toi ?

Non, elle n'en avait aucune envie. C'était sans doute pour ça qu'elle s'était attardée à l'hôpital après son service. Elle faisait tout pour rester objective dans son travail, mais de temps en temps un patient la touchait particulièrement. Comme Edna, ou Brandon.

— Non, je n'y tiens pas. Le chalet est une bonne idée, si tu peux t'absenter un moment, dit-elle, prête à tout pour ne pas se retrouver seule.

— Je n'ai aucune urgence pour le moment. Ted est hors de danger, mais on ne lui a encore rien dit au sujet de son fils. On pourra le faire demain, quand il aura repris des forces.

Elle sentit ses yeux s'emplir de larmes.

— Pauvre homme. D'abord sa femme, et maintenant son fils...

— Je sais. Mais nous pouvons être là pour lui. Ou appeler quelqu'un qui pourra.

— Oui, répondit-elle en lui jetant un coup d'œil. Tu es sûr pour le chalet ?

— Oui. Nous pouvons partir d'ici, si tu veux.

Elle se détendit un peu.

— Merci. J'ai des vêtements de rechange dans mon vestiaire. Le temps d'aller les chercher et je serai prête.

Eli se leva en lui tendant la main, et cette fois elle la saisit.

— Je préviens mon service pour leur dire où je suis, et je te retrouve au parking. Si tu arrives avant moi, j'ai un SUV blanc.

L'opposé de l'élégante voiture de sport noire qu'il avait quand elle l'avait connu ? Un véhicule plus lourd était plus adapté pour l'Alaska, même si elle aimait bien l'autre. Surtout la fois où ils s'étaient garés sur un terrain qu'il possédait et où ils…

Non. N'y pense pas.

S'efforçant de ne pas s'appesantir sur le triste sort de Brandon ou sur des événements passés qu'elle ne pouvait changer, Georgia se rendit aux vestiaires du personnel et sortit de son casier son sac fourre-tout avec des vêtements de rechange. Elle se sentait ébranlée et un peu nauséeuse après le bouleversement émotionnel qui la chamboulait depuis qu'elle avait appris le décès de Brandon. Au chalet, elle pourrait peut-être se reprendre et chasser la profonde mélancolie qui lui comprimait la poitrine. Elle avait peur et froid, et elle suffoquait, comme si elle n'arrivait plus à respirer. Elle allait donc accompagner Eli au chalet, où elle penserait à autre chose que la mort. Ou la perte. À tout ce qu'on ne pouvait pas changer.

Eli patienta près de sa voiture. Il ne savait pas pourquoi il avait invité Georgia à venir au chalet. Pire, pourquoi il avait proposé d'y aller avec elle. La seule explication, c'était qu'il n'avait pas supporté de la voir complètement dévastée par la mort du fils de Ted. Eli aussi était triste, mais son patient s'en était sorti, ce qui atténuait un peu sa peine. Emmener Georgia à la Valley n'était probablement pas l'idée du siècle, mais que faire d'autre ? Ce n'était pas comme s'ils allaient là-bas dans le cadre d'une liaison et finissaient au lit.

Le chalet était un endroit neutre où Georgia pourrait décompresser et reprendre le contrôle de ses émotions. Tous ceux qui travaillaient en milieu hospitalier en avaient besoin de temps en temps. À défaut de chalet, ils avaient tous un lieu où aller pour surmonter leur désarroi, ne fût-ce que dans leur propre foyer.

Il pouvait au moins offrir ça à Georgia. Il savait combien elle détestait perdre son sang-froid en public. Elle aimait maîtriser ses émotions en toutes circonstances. Mais parfois ce n'était pas possible. Comme tout un chacun, il arrivait à Eli de perdre son self-control en public, et il pouvait toujours aller dans son bureau quand il avait besoin de s'isoler au travail. Comme lorsque Georgia l'avait planté là avec cette bague de fiançailles à la main, achetée sur une impulsion.

Il n'avait pas gardé la bague. Il ne voulait pas que quoi que ce soit lui rappelle ce désastreux épisode. Il avait demandé à Steve de trouver un couple sur le point de convoler, et il leur avait offert le bijou. Le couple faisait partie du programme de mentorat Grands Frères-Grandes Sœurs où Steve s'impliquait depuis que sa femme et lui avaient mis fin à leur investissement comme famille d'accueil, après qu'Eli avait décroché son diplôme universitaire.

Georgia sortit de l'hôpital en portant un sac en toile fleuri qui devait contenir ses habits de rechange. De nouveau, il s'interrogea sur ce qu'il était en train de faire. Il se rendait dans un chalet où ils allaient être seuls tous les deux. N'était-il pas devenu fou ?

Mais il agissait ainsi pour venir en aide à Georgia. Et parce qu'elle n'avait pas voulu y aller seule. Il n'avait pas eu le cœur de la regarder pleurer en silence.

Il ouvrit la portière pour qu'elle pose ses affaires sur la banquette arrière de la voiture.

— Le chalet est isolé, et j'éteins le réfrigérateur en mon absence. Ça ne t'ennuie pas qu'on s'arrête acheter quelques provisions ?

Heureusement, les derniers jours avaient été ensoleillés, et ses panneaux solaires avaient dû recharger les batteries pour stocker l'énergie.

— Non, pas du tout, répondit-elle.

— Tu aimerais quelque chose en particulier ?

— Du café peut-être ?

— D'accord.

Pendant qu'il y était, il pourrait prendre des steaks et deux ou trois choses pour le petit déjeuner. Ils ne passeraient probablement pas plus d'une journée là-bas, et il utiliserait la glacière pour rapporter chez lui les restes éventuels.

Il se gara devant le grand magasin d'alimentation local.

— Je n'en ai pas pour longtemps... à moins que tu ne veuilles venir aussi ?

Elle le scruta à travers les grosses lunettes de soleil qu'elle avait chaussées pour dissimuler ses yeux rougis ou se protéger du soleil, voire les deux à la fois. Mais il ne put lire son expression et détesta ça.

— Ça ne te dérange pas que je t'attende dans la voiture ?

— Pas du tout. À tout de suite, dit-il en ouvrant sa portière.

Quinze minutes plus tard, il avait tout ce qu'il leur fallait, y compris de quoi préparer du chocolat chaud. S'il faisait bon dehors, les nuits pouvaient être fraîches, et elle aimerait peut-être s'asseoir près du feu le soir venu, même si les nuits étaient courtes à cette période de l'année. Il se souvenait qu'elle adorait boire du chocolat chaud quand ils allaient camper.

Ils reprirent la route.

— Où est situé ton chalet ? demanda-t-elle.

La nuque contre l'appuie-tête, elle paraissait épuisée. Perdue. Peut-être un peu des deux.

Le cœur d'Eli se serra sous l'effet d'un instinct protecteur que, pour une raison inconnue, il avait toujours éprouvé à son égard. Georgia était forte et capable, mais il avait parfois décelé en elle une fragilité qu'il n'avait pas comprise. Comme aujourd'hui. Ce qui l'avait poussé à l'inviter au chalet.

— Il se trouve dans la vallée de Mat-Su. Tu y es venue une fois, mais le terrain était vierge de toute construction à l'époque.

Elle tourna vivement la tête vers lui.

— Tu veux dire... ?

— Je le crains. Tu veux toujours y aller ?

Il se rappelait chaque seconde de leur étreinte passionnée là-bas, quand il avait encore sa voiture de sport noire.

— Il y a un chalet maintenant, c'est ça ?

— Oui. Steve m'a aidé à le construire.

— Vous l'avez bâti seuls, tous les deux ?

Il acquiesça.

— Oui, nous avons juste eu un coup de main pour l'installation des panneaux solaires. Ce n'est pas très luxueux, ne te fais pas trop d'illusions, dit-il en souriant. Mais il y a un puits, donc nous avons l'eau courante, qui est chauffée par des panneaux solaires.

La maison n'avait qu'une chambre, mais le salon disposait d'un canapé convertible, et c'est là qu'il dormirait.

— Ça paraît merveilleux. Le terrain était magnifique, d'après mes souvenirs... À propos, comment va Steve ?

Georgia connaissait déjà l'histoire de sa vie, elle savait qu'il avait grandi dans des foyers d'accueil, et que Steve et sa femme l'avaient accueilli, pour leur plus grand bonheur à tous les trois.

— Il va bien. Il s'implique toujours dans l'association Grands Frères-Grandes Sœurs.

Eli avait envie de lui demander comment allait sa mère, mais Georgia avait toujours été plutôt secrète, ce qui ne le gênait pas quand ils sortaient ensemble. Il savait où elle avait grandi et que sa mère, son unique parente, l'avait élevée seule, mais il ignorait tout de son enfance.

— C'est formidable. Il vient parfois au chalet ?

— De temps en temps. Mais il est casanier et préfère généralement rester chez lui avec sa femme, sauf cas exceptionnel comme leur anniversaire de mariage.

— Mais toi, tu y vas souvent, manifestement ?

— Chaque fois que je peux. J'adore être là-bas. L'endroit est calme et paisible, et comme le terrain fait quatre hectares je ne suis pas gêné par les voisins.

— Ça ressemble au paradis.

Il ne l'avait plus considéré ainsi après que Georgia l'avait quitté, et le souvenir de leurs ébats amoureux avait failli le dégoûter de sa chère propriété. Néanmoins il avait décidé d'y bâtir le chalet en se promettant de tout vendre s'il était toujours dans les mêmes dispositions.

Étonnamment, le dur travail de construction avait anesthésié son chagrin. Si Brandon s'était tourné vers la drogue pour oublier sa peine, lui avait choisi de suer et trimer dur. Et deux mois plus tard le chalet était là. Il pouvait venir y lécher ses plaies en privé, et il en avait eu besoin pendant les six mois qui avaient suivi leur rupture. Il n'en sortait que pour aller travailler et s'acquitter de ses devoirs. Aujourd'hui encore, pour échapper aux tourments d'un cas particulièrement difficile, il lui arrivait de se réfugier dans son cher chalet, où il puisait du réconfort et rechargeait ses batteries. Et il n'envisageait plus désormais de se débarrasser de la propriété.

— Je m'y plais. J'y trouve le temps de goûter la solitude.

Georgia hocha la tête.

— Je comprends tout à fait. C'est pour ça que j'ai toujours apprécié Knicker Park. J'y courais régulièrement, et je vais peut-être m'y remettre. J'ai vu que l'hôpital organisait une course de cinq kilomètres. Ça me donnerait un objectif.

Le dernier été qu'elle avait passé ici, ils avaient participé à cette course ensemble, alors que ce sport ne l'avait jamais vraiment emballé. Mais il s'était beaucoup amusé quand elle était avec lui. Et ensuite, chez lui... Il préférait ne pas penser à ce qui s'était passé après. C'était une mauvaise idée de se rappeler leurs tête-à-tête intimes alors qu'ils n'allaient pas au chalet pour ça. Cela ne pouvait que rendre leur séjour pénible et embarrassant.

Il ne voulait pas qu'elle se sente mal à l'aise.

— Le parc est l'endroit parfait pour ça, admit-il.

Il pria silencieusement pour qu'elle ne lui demande pas de s'entraîner avec elle pour la course. Car il ne courait plus.

Passer du temps avec elle, sans travailler pour s'occuper l'esprit, lui apparaissait de plus en plus comme la pire décision qu'il ait jamais prise. Mais il ne pouvait pas revenir en arrière. S'il changeait d'avis maintenant, il leur faudrait regagner l'hôpital, d'où elle devrait repartir seule au chalet avec sa propre voiture. À ce stade, il doutait qu'elle irait, et à en juger par sa mine ravagée elle avait vraiment besoin de ce moment de paix.

Il n'était pas question de l'en priver. Même s'il devait supporter un peu d'inconfort.

8

Georgia descendit de voiture, un peu hébétée.

Quand ils s'étaient engagés sur la piste conduisant au chalet, elle n'avait pas vu grand-chose en dehors du chemin défoncé où ils menaçaient de s'enliser. Ils n'avaient pas d'autre choix que d'avancer. À moins de revenir sur leurs pas et, avec les buissons qui fouettaient les flancs du véhicule, ce n'était pas vraiment une option. Qu'arriverait-il s'ils s'embourbaient dans une ornière à mi-parcours ?

Elle comprenait pourquoi il avait troqué sa voiture de sport contre un SUV, nettement plus adapté à la topographie des lieux.

Jetant un coup d'œil à Eli, elle vit qu'il l'observait.

— Quoi ?

— J'attends que tu dises quelque chose. Tu t'agrippais à l'accoudoir comme si ta vie en dépendait pendant qu'on roulait sur la piste.

— Ça ne t'a pas rendu nerveux ?

— Quoi ? Ma conduite ?

Elle éclata de rire.

— Non, bien sûr que non. Mais il n'y avait guère de place pour l'erreur sur ce chemin. Et si nous nous étions embourbés ?

— Il n'a pas beaucoup plu et la voiture possède quatre roues motrices, alors c'était peu probable. Mais j'admets que le sentier a besoin d'un bon débroussaillage. Je n'ai pas eu le temps de m'en occuper cette année. Tu regrettes d'être venue ?

Regardant plus attentivement la bâtisse, elle sentit l'horreur et la peine de cette journée s'alléger un peu.

— Oh ! non. Pas du tout… C'est magnifique.

Quand il avait parlé du chalet, elle avait imaginé une bâtisse rustique avec charpente en bois et bardage. Une version miniature d'une maison dans le style cabanon. Mais elle était très loin du compte. Les murs extérieurs étaient faits de rondins taillés qui s'emboîtaient dans les angles, comme les briques des jeux de construction de son enfance. Contrastant avec l'édifice, la porte d'entrée était peinte dans une élégante couleur turquoise qui tranchait sur la teinte naturelle des rondins, un choix esthétique qu'elle avait un peu de mal à associer à Eli.

Elle le regarda.

— J'aime la couleur de la porte. C'est tellement… toi.

Il sourit, de ce sourire en coin qui lui donnait l'air d'un petit garçon insouciant, comme l'homme qu'elle avait connu à une époque. Elle sentit son cœur se gonfler de joie, ravie qu'il ait un tel endroit où se réfugier dans les moments difficiles.

— C'est Julia, la femme de Steve, qui a eu l'idée de la couleur. À l'origine, la porte était marron, et elle trouvait qu'on avait du mal à la distinguer la nuit. Elle m'a demandé s'ils pouvaient la peindre et, quand je suis revenu, elle avait cette teinte bleu-vert. Ce n'est pas un coloris que j'aurais choisi, mais il me plaît beaucoup maintenant que j'y suis habitué. Et la porte est indéniablement plus facile à trouver dans le noir.

— Elle s'harmonise parfaitement avec le lieu. On la croirait sortie d'un magazine de déco.

Niché dans une petite clairière, le chalet était flanqué de hauts sapins qui semblaient monter la garde, et aucune broussaille ne déparait l'endroit, qui donnait l'impression d'avoir toujours été là. Elle avait gardé un vague souvenir du terrain où il l'avait amenée des années plus tôt, déjà sauvage et beau. Aujourd'hui, c'était un lieu de résidence magnifique que la plupart des gens auraient rêvé de posséder.

— C'est donc toi qui as construit cette maison ?

Son sourire s'effaça et il la regarda, le visage assombri.

— Oui. Il y a une paire d'années.

Deux ans ? Trois ans ? L'avait-il bâtie à la suite de leur rupture ? Cette pensée attrista profondément Georgia. Cependant, le chagrin d'Eli avait contribué à la création de ce site superbe qu'il garderait longtemps. Alors qu'elle avait juste acheté une stupide breloque en forme de papillon après l'avoir quitté.

Elle eut l'impression que le pendentif lui brûlait la peau et y posa les doigts un instant. Cette acquisition ne lui avait pas paru stupide à l'époque, car elle lui rappelait pourquoi elle avait fait certains choix. Et Eli s'était marié un an plus tard, preuve qu'il n'avait pas été aussi dévasté qu'elle par leur rupture. Il avait repris le cours de sa vie et retrouvé le bonheur. Au moins un temps.

Georgia commençait à se demander si c'était son cas. Pour le moment, elle avait plutôt l'impression d'être coincée dans une sorte de crépuscule entre le jour et la nuit. Des sortes de limbes, où les jours se succédaient dans un flou indistinct. Un peu comme l'été en Alaska, quand la limite entre les jours n'était pas toujours nette, et que la nuit et le jour se confondaient presque.

Comme une porte marron qu'on ne distinguait pas sur le fond brun d'une bâtisse ? Ou un élément se fondant dans son environnement ? Était-ce donc ce que sa vie était devenue ?

Prenant soudain conscience qu'Eli attendait une réponse, elle sortit la première chose qui lui vint à l'esprit.

— Je parie que Lainey adorait ce chalet.

Oh ! Seigneur. Comment avait-elle pu dire une ineptie pareille, alors qu'Eli et sa femme avaient divorcé ?

— Elle ne raffolait pas de cet endroit, non.

Elle écarquilla les yeux.

— Comment ? Mais pourquoi ?

Il haussa les épaules, le visage durci.

— Je suis sûr qu'elle avait ses raisons.

Georgia peinait à imaginer qu'on pût ne pas adorer un lieu aussi beau.

— D'accord, dis-moi la vérité. Elle a décidé qu'elle ne l'aimait pas *avant* la porte turquoise, ou *après* ?

Doutant que sa tentative pour alléger l'atmosphère soit du meilleur goût, elle s'empressa d'ajouter :

— Excuse-moi, Eli. Je n'aurais pas dû parler d'elle.

— C'est sans importance. Nous avons rompu depuis un moment. Je m'étonne même que William t'en ait parlé.

— Il ne m'a pas dit grand-chose. Seulement que tu t'étais marié, et avec qui.

Georgia se rappelait cet instant comme s'il était gravé à jamais dans son cœur. Lainey. La femme qui bavait presque quand elle regardait Eli... Et c'était à peine exagéré.

Quelque part au fond d'elle, elle avait imaginé qu'il poursuivrait sa vie sans personne à ses côtés, comme elle. Le fait qu'il soit retombé amoureux – en particulier de Lainey – l'avait profondément blessée, et elle ne s'en était jamais remise. Elle s'était répété qu'elle voulait qu'il soit heureux... mais était-elle *vraiment* sincère ? Ou aurait-elle aimé le voir souffrir après leur rupture, comme elle ? Sauf qu'elle était la cause de toute cette affliction, pas lui.

— Je vois, dit-il, ouvrant la portière arrière pour sortir le sac de Georgia et les provisions qu'il avait achetées. Tu es prête à entrer ?

— Oui, répondit-elle, pressée de changer de sujet.

Elle remarqua un brasero à courte distance du chalet, près d'une cabane abritant un important stock de bois.

— Tu crois qu'on pourrait faire un feu ? Ou ce n'est pas la bonne période de l'année ?

— Ça devrait aller. Il a beaucoup plu il y a deux semaines. Et j'ai fait installer le foyer au milieu d'une large zone sablonneuse, pour éviter toute propagation du feu. Nous pourrons même cuisiner notre repas dessus, si ça te va.

— Génial. Merci de m'avoir amenée ici. Je crois que j'en avais vraiment besoin. Je ne sais pas pourquoi la mort de Brandon m'a autant affectée, peut-être à cause de la perte que Ted a déjà subie. J'espère qu'il s'en remettra.

— Moi aussi. Puisse-t-il investir son chagrin dans un projet qui l'aidera à affronter l'avenir.

Comme son chalet avait aidé Eli à faire face au futur après la désertion de Georgia ? Apparemment l'endroit ne plaisait pas à son ex-femme. Il avait dû le construire entre leur rupture et son mariage avec Lainey. En tout cas, Georgia se réjouissait que cet objectif lui ait permis d'avancer, et elle espérait qu'il le garderait toujours.

— Souhaitons-le, dit-elle. Même si Brandon avait vécu, il n'aurait probablement plus jamais été le même.

— Non. Probablement plus jamais.

Surprise par son intonation, elle lui lança un coup d'œil, mais il se dirigeait déjà vers la porte du chalet, et elle n'eut d'autre choix que de le suivre.

Si l'extérieur était bourré de charme, l'aménagement intérieur de la bâtisse n'avait rien à envier aux abords. Les murs étaient recouverts de cloisons sèches, sauf celui devant lequel trônait un grand poêle à bois en parfaite harmonie avec les rondins de la structure. L'ensemble dégageait une atmosphère chaleureuse et accueillante. Des fenêtres de la spacieuse salle de séjour, on avait une vue spectaculaire sur la nature, et au centre de la pièce un confortable canapé en cuir patiné garni de coussins moelleux invitait à la détente.

— Tu viens ici l'hiver ? demanda-t-elle.

— Oui, quand les routes sont praticables. J'ai commencé à prendre mes vacances l'hiver, et je viens me terrer au chalet pendant deux semaines. C'est calme et tranquille. Comme tu le sais, le rythme effréné du travail à l'hôpital peut être éreintant.

— Oui, mais un rythme trop lent n'est pas forcément plus facile à gérer.

La clinique où elle travaillait à Kodiak était une structure plus petite, et il lui arrivait de n'avoir rien à faire pendant des heures.

Mais elle avait peu de patients comme Brandon. Oh ! la drogue sévissait là-bas aussi, comme presque partout sur la planète, mais la population étant réduite, rares étaient ceux qui franchissaient les portes des urgences pour autre chose que des rhumes ou des maux de gorge. C'était une des raisons de son retour à Anchorage.

— J'en déduis que l'établissement où tu travaillais n'était pas submergé de travail.

— Ça arrivait. Mais nous n'étions pas la plus grosse clinique de l'île, et les cas les plus graves étaient automatiquement dirigés vers l'hôpital principal.

— C'est logique.

Il posa les courses sur le comptoir en bois dans le prolongement du séjour. En dépit de sa petite taille, le coin cuisine était équipé d'un réfrigérateur haut de gamme. C'était cohérent si, comme le prétendait Eli, il venait séjourner ici plusieurs semaines consécutives. Le vaste séjour semblait occuper tout l'espace, et elle se demanda où ils allaient dormir. Elle frissonna. Il ne l'avait pas invitée ici pour ça. D'ailleurs, elle avait remarqué deux portes, et l'une d'elles menait certainement à une chambre. Peut-être même y en avait-il deux.

— Qu'est-ce qu'il y a derrière ces portes ? demanda-t-elle.

— Je vais te montrer.

Il traversa la salle et ouvrit la première porte.

Il y avait bien une chambre, en effet. Et quelle chambre. Le lit était muni de quatre colonnes faites des mêmes rondins que ceux qui constituaient les murs.

— C'est toi qui as fabriqué ce lit ?

— Oui. Il me restait du bois, et il fallait que j'en fasse quelque chose…

La tête de lit était une planche d'une seule pièce dont Eli avait conservé le relief naturel, et son bord irrégulier lui conférait un charme unique.

— Je l'adore.

Les murs blancs ne comportaient ni gravures ni tableaux, mais un immense tapis réchauffait le parquet.

— Hum... pas de bois d'orignal au mur ? Je croyais que c'était une obligation pour les chalets au fond des bois.

— Je n'ai jamais été chasseur, même si j'apprécie l'orignal et la viande de renne que j'achète à la petite épicerie du coin, dit-il. On va regarder la vidéo de la caméra installée sur le chemin pour voir si on a eu des visiteurs, si tu veux.

— Avec plaisir, répondit-elle, avant de l'interroger sur l'autre porte.

— C'est une salle de bains, répondit-il.

— Pas de toilettes extérieures ?

Il rit.

— En fait si. Je les utilise pendant l'hiver, quand elles sont accessibles.

— Pourquoi, grands dieux ? s'écria-t-elle, rebutée par l'idée de sortir dans la neige pour assouvir ses besoins naturels.

— Ce n'est pas si terrible, tu sais. Je t'ai dit que le chalet était hors réseau ? Ça veut dire que je ne suis pas relié au système d'égouts de la ville, et une prospection du terrain pour une fosse septique était trop compliquée. Alors, les latrines du chalet sont des toilettes sèches.

— Intéressant, murmura-t-elle sans conviction, mais prête à les essayer.

Il n'y avait pas d'odeurs dans le chalet, sinon le chaleureux parfum du bois, et le système semblait efficace.

Il ouvrit la porte de la salle de bains, et la surprise de Georgia fut totale. Le plan de travail était en bois poli, comme dans la cuisine, et il était équipé de robinets et d'une jolie vasque bleue faisant office de lavabo. La cabine de douche était faite en tôle chromée et pourvue d'un large pommeau.

— Je croyais qu'il n'y avait pas de plomberie ici.

— Il y en a une, mais pas de fosse septique. J'ai un puits, et un chauffe-eau à la demande qui fonctionne avec un réservoir à propane alimentant aussi la cuisinière à gaz et le four. L'eau utilisée pour se doucher ou laver la vaisselle va dans un bac de récupération d'eau usée qui me sert à arroser les plantes quand j'en ai besoin.

Même les toilettes étaient propres et modernes, loin du banc rustique percé d'un trou auquel elle s'attendait.

— Il faudra que tu m'expliques comment les utiliser.

— Ce n'est pas très difficile, mais c'est efficace.

— Je te crois sur parole.

C'était peut-être ça qui avait déplu à son ex au chalet, car toute le reste était parfait. Quant à passer du temps ici, avec lui… elle ne voyait rien qui ressemble autant au paradis.

Elle déglutit. Oui, cela ressemblait au paradis. Mais un paradis d'où elle avait été chassée à cause de ses propres névroses, et elle n'avait pas le droit d'espérer pouvoir y revenir. Jamais. Car rien n'avait changé. L'idée d'être liée à un autre être la terrifiait toujours. Comme ses doigts cherchaient machinalement son pendentif, elle s'aperçut qu'Eli l'observait, comme s'il attendait quelque chose. Il croyait peut-être qu'elle détestait l'endroit, à l'instar de son ex-femme.

Elle s'approcha et lui toucha le bras.

— J'adore cette maison. Elle est magnifique, et tellement paisible. Je ne peux imaginer quelque chose de plus parfait.

Sauf peut-être partager avec lui le grand lit de la chambre. Ou la douche si accueillante.

Mais ni l'un ni l'autre n'était une option.

— Merci. Je suis content que ça te plaise, dit-il comme ils quittaient la salle de bains. Tu as faim ?

Elle s'efforça de se rappeler à quand remontait son dernier en-cas. Au déjeuner ? En tout cas, elle n'avait pas dîné. Elle consulta sa montre. 19 heures.

— En fait, oui, répondit-elle.

— Bon. Je vais préparer un feu dehors, et nous y cuirons les steaks. J'ai aussi des pommes de terre que nous pourrons frire, ou envelopper dans du papier d'aluminium et cuire dans les braises.

Elle en eut l'eau à la bouche.

— La dernière option semble délicieuse et moins longue à préparer.

— J'aime ta façon de penser.

Vraiment ? À une époque, peut-être, mais sûrement pas le jour où il l'avait demandée en mariage… Elle ne voulait plus jamais revivre ce genre de chose.

— Je peux t'aider ? proposa-t-elle.

— Non, je dois couper un peu de bois, mais ce ne sera pas long. Il y a des livres sur les étagères là-bas, si tu veux te détendre un moment.

Elle se sentait encore nerveuse, et l'idée de ressasser de sombres pensées, assise sur le canapé, n'avait rien de follement réjouissant.

— Ça ne t'ennuie pas que je fasse un tour dehors plutôt ?

— Pas du tout. Il y a quelques sentiers, si tu veux explorer un peu le coin. Si tu reviens par le même chemin, tu ne devrais pas te perdre.

N'ayant pas l'intention de partir seule à l'aventure, elle préféra se promener autour de la clairière pendant qu'il allait chercher une brassée de bûches dans son tas de bois bien ordonné. Au bout de quelques minutes, elle alla s'installer dans un des rocking-chairs de la grande véranda et, repliant les jambes sous elle, elle ferma les yeux.

Elle les rouvrit en entendant un coup sourd, et vit Eli brandir une hache et l'abattre sur un morceau de bois qu'il fendit du premier coup. Il portait toujours le polo rouge à manches courtes qu'il avait à l'hôpital, et ses biceps saillirent quand il débita une nouvelle bûche. Il y avait quelque chose de terriblement attirant dans le spectacle d'un homme en train de fendre du bois. Mais elle n'était peut-être troublée que parce qu'il s'agissait d'Eli. En tout cas, elle avait du mal à en détacher son regard. Il était beau, talentueux, fort. Et à une époque il lui avait appartenu.

Avait-elle été stupide de le quitter ?

Sacrément stupide, oui. Mais il valait mieux le faire à ce moment-là que l'épouser et découvrir ensuite qu'elle ne supportait pas de lui rendre des comptes sur tous ses faits et gestes. Ni de se laisser dominer, comme sa mère l'avait été par son père.

Eli n'aurait jamais essayé de te contrôler.

Elle le savait. Mais elle avait beau tenter de se convaincre qu'il n'avait rien de commun avec son père, la peur était toujours là. Sorte de menace fantôme qui ne montrait jamais son visage. Pas d'une façon qu'elle pût combattre. C'était juste une volute grise qui ne se matérialisait que pour s'évanouir, comme la fumée du feu qu'Eli allait bientôt allumer. Et elle détestait ça. Elle se haïssait d'avoir laissé cette peur anéantir la meilleure chose qui lui était arrivée. Mais cela valait mieux que de détruire Eli en l'obligeant à partager son existence avec une névrosée vivant dans l'angoisse d'être dominée. Même si elle était tentée d'accorder une seconde chance à leur couple.

Quelques instants plus tard, il avait lancé le feu et enveloppé les pommes de terre de papier d'aluminium. Il assaisonna les steaks et les mit dans un panier métallique qu'il posa sur une grille, sur le feu. Attirée par les appétissants fumets, Georgia s'approcha et s'assit près du foyer.

— Ça sent délicieusement bon.

— Tu as faim ? demanda-t-il en souriant, à genoux devant le brasero.

— Oui.

Elle avait faim, oui. De choses qui n'avaient rien à voir avec sa cuisine. Elle avait eu faim de sa présence ces trois dernières années. Elle avait faim de voir le désir brûler dans ses yeux quand il la regardait. Faim de son contact, de sa bouche sur la sienne. De le sentir au plus profond d'elle.

Elle déglutit, sentant se dissiper la sensation de paix qui l'avait envahie pendant sa promenade. Elle avait gâché tant de choses.

Et elle ne pouvait – ni ne voulait – rien y faire. Il était préférable de trouver un moyen d'être l'amie d'Eli. Cela suffirait certainement.

Pas si sûr. Car son départ n'avait jamais effacé ses sentiments pour lui. Raison pour laquelle elle n'avait pas eu d'aventures occasionnelles depuis leur séparation.

Elle aimait cet homme. De tout son cœur. Seulement elle ne pouvait pas se faire confiance. Fermant les yeux, elle s'efforça d'analyser les émotions qui la submergeaient après être restées enfouies au fond de son subconscient les trois dernières années.

— Tu vas bien ?

— Oui. Je profitais juste du grand air.

Un pieux mensonge. Comme ceux qu'elle lui avait dits au fil des ans, quand ses angoisses resurgissaient.

Il la scruta, et elle vit qu'il n'était pas dupe.

— Qu'est-ce qui ne va pas, Georgia ? C'est Brandon ?

— Non, répondit-elle, soutenant son regard. Tu m'as manqué, Eli.

Le long silence qui suivit ne fut rompu que par le grésillement des steaks sur le gril.

— Ne dis pas ça, murmura-t-il enfin d'une voix basse et grave teintée de quelque chose qu'elle ne comprit pas.

Elle s'approcha et s'agenouilla près de lui.

— Je suis désolée. Mais tu voulais savoir la vérité.

Le voulait-il ? Eli ne se rappelait pas l'avoir dit en ces termes. Mais maintenant les mots étaient fichés en lui comme des épines. Des épines qu'il n'osait retirer au risque de causer encore plus de dégâts.

Il lui avait manqué ? Pourtant il avait cru qu'en retournant à Kodiak Georgia était aussi soulagée que lui au moment de son divorce. Il l'avait imaginée vaquant à ses activités quotidiennes avec un certain fatalisme, pendant qu'il était ici à débiter du bois en s'efforçant d'oublier que Georgia Sumter avait un jour croisé son chemin.

Il n'était pas certain d'y être parvenu, malgré la sueur versée et l'éreintant travail accompli.

Hésitant sur la conduite à tenir, il enfila la manique en silicone, retira du feu le panier contenant les steaks et se leva.

— Qu... qu'est-ce que tu fais ?

— Viens. Allons à l'intérieur.

Georgia se leva à son tour.

— Mais les pommes de terre...

— C'est vraiment ta préoccupation, là maintenant ?

— Non, admit-elle, le souffle court.

C'était de la folie. De la démence pure. Mais il n'arrivait pas à s'extirper de la tête les paroles de Georgia, qui tournaient en boucle dans son esprit.

Tu m'as manqué.

Bon sang, elle lui avait manqué aussi. Il avait cru être enfin libéré de tout ça quand il s'était mis en couple avec Lainey. Mais c'était peut-être toujours là. Lainey pouvait l'avoir senti et s'être réfugiée dans les bras de Nick à cause de ça. Après tout, Eli ne lui avait pas tout dit sur lui.

Il posa le panier métallique sur la table de la véranda et retira la manique, indifférent au jus de viande qui gouttait sur la surface en bois. À cet instant, il se moquait de leur repas, et la faim qui le tenaillait était oubliée.

Ouvrant la porte d'un coup de reins, il tendit les mains à Georgia. C'était le moment de vérité. Ou elle ferait marche arrière et prétendrait qu'il avait mal interprété ses propos, ou elle saisirait ses mains et le suivrait.

À la seconde où les doigts de Georgia se posèrent dans ses paumes, il fut pris d'un grand frisson. Il l'attira à lui et l'entraîna à l'intérieur.

— Ferme la porte, Georgia.

Mais quand elle voulut le lâcher il la retint, comme s'il avait peur de la perdre.

Elle dut le sentir, car elle recula sans le lâcher et, dos à la porte, elle referma le battant d'un coup d'épaule.

Il la plaqua contre la lourde porte en bois. Et elle ne protesta pas quand il posa les paumes de part et d'autre de sa tête, l'enfermant entre ses bras.

Adossée au battant, elle leva les yeux vers lui, la bouche entrouverte. Comme quand il l'avait embrassée il y avait moins d'une semaine, alors qu'il avait l'impression que c'était arrivé une éternité plus tôt.

Il inclina la tête et posa les lèvres sur les siennes avec un grondement avide. Puis il se perdit dans les sensations qui l'assaillaient.

Il avait la sensation étrange de rentrer enfin chez lui après une longue, très longue absence. C'était délicieux. Si bon de pouvoir la toucher sans se sentir coupable. Elle voulait qu'il l'embrasse. Il le sentait dans la façon dont ses lèvres douces et caressantes lui rendaient son baiser. Et dans les bras qu'elle nouait autour de son cou, dressée sur la pointe des pieds.

Il ne pouvait pas lui résister. Il n'avait jamais pu. Le corps brûlant de désir, il ne croyait pas pouvoir tenir longtemps. Il la souleva contre lui pour qu'elle sente son membre durci, et elle enroula les jambes autour de son bassin pour faire corps avec lui.

Il se pressa contre elle, maudissant les vêtements qui leur faisaient barrage, et regrettant de ne pas pouvoir la prendre là, contre cette porte qu'elle avait tant admirée en arrivant ici.

N'y avait-il qu'une heure de cela ?

Il ne voulait plus quitter cet endroit. Il avait envie de rester ici avec elle pendant des semaines, de lui faire l'amour sur toutes les surfaces possibles jusqu'à l'épuisement. Seulement ils n'avaient pas des semaines. Juste quelques heures.

N'y pense pas. Elle est là. C'est suffisant. Du moins pour le moment.

Alors il l'embrassa encore, puis la souleva dans ses bras et l'emporta dans la chambre. C'était fou de se dire qu'à peine quelques heures plus tôt il réfléchissait aux arrangements qu'ils prendraient pour la nuit.

Il y pensait encore, mais de façon radicalement différente. Et l'anticipation enflammait le sang dans ses veines. Affamé, son corps se projetait déjà dans de futurs ébats. Y compris dans son bureau. Son appartement...

Non.

Il la lâcha sur le lit où elle rebondit en riant. Il s'immobilisa quelques secondes pour la contempler, peinant à croire que Georgia se trouvait dans son chalet, et qu'il allait bientôt lui faire l'amour.

Il avait construit cette maison *à cause* d'elle, pas *pour* elle, et pourtant elle était là. Et contrairement à son ex elle semblait tout aimer ici.

Même lui ?

Une question qu'il n'osait pas poser. De toute façon, il doutait que cela fasse une différence. Leur rupture l'avait brisé et il avait mis longtemps à guérir. Mais il y était arrivé. Et il s'était promis de ne plus jamais donner à personne un tel pouvoir sur lui.

Arrête de penser, Eli. Commence à agir...

Il allait vivre dans l'instant, sans se préoccuper du lendemain.

Penché sur Georgia, il l'embrassa passionnément en prenant tout son temps, puis s'écarta à regret pour lui retirer ses vêtements.

Seigneur, comme il avait envie de la déshabiller !

Il la redressa pour l'asseoir, et passa son chemisier vaporeux par-dessus sa tête. Elle portait un collier avec un pendentif en forme de papillon qui reposait entre ses seins. Il ne l'avait jamais vu avant, mais elle le dissimulait probablement sous ses vêtements au travail pour ne pas qu'il la gêne.

Il l'embrassa encore, et passa les mains derrière elle pour dégrafer son soutien-gorge qui glissa mollement sur le lit. Étonnamment, il avait mémorisé chaque ligne, chaque courbe de son corps, comme s'il l'avait vu la veille et non des années plus tôt. Jusqu'au grain de beauté qu'elle avait sur le côté du sein droit. Il était toujours là. Impulsivement, il se pencha pour le lécher. La réaction de Georgia fut immédiate. Elle se cambra pour mieux s'offrir et, aspirant son mamelon dans sa bouche, il le téta avidement.

Elle gémit sous la caresse, portant son excitation à son comble. La déshabiller prenait trop de temps, même si elle soulevait le bassin pour l'aider à retirer son pantalon, puis son slip qu'il fit glisser lentement le long de ses jambes, comme pour mieux savourer l'ultime révélation.

Pendant un instant, il se tint au-dessus d'elle et la contempla. Incrédule, il se demandait s'il n'était pas en train de rêver. Puis elle ouvrit les yeux et le regarda de ses magnifiques prunelles vertes, et il sut que c'était réel. Très, très réel.

Elle était là. En chair et en os.

Toujours assise, elle sortit son polo de son pantalon pour le lui ôter, et le frôlement de ses doigts sur sa peau lui donna la chair de poule. Il se consumait de désir au point d'avoir mal.

Impatient, il l'aida à retirer son polo qu'il balança sur le côté, et il atterrit sur son chemisier.

Ils eurent vite fait de se débarrasser de son pantalon et de son slip, et elle lui tendit les bras en une invitation tacite. Mais il avait d'abord une chose à faire.

Il ouvrit le tiroir de la table de chevet et en sortit un petit sachet qu'il déchira avec les dents. Elle le regarda, les yeux agrandis, comme si elle avait complètement oublié qu'ils devaient se protéger… ou n'y tenait pas.

Il le fallait pourtant. Il ne pouvait pas courir de risque si leur relation, quelle qu'elle soit, devait une nouvelle fois se briser. Il enfila le préservatif et revint vers le lit. Il glissa ses paumes le long de ses cuisses et elle se tortilla sous la caresse.

— Eli…

— Chut, je veux juste te savourer.

Arrivé à la jonction de ses cuisses, il la couvrit de sa paume qu'il pressa sur sa vulve sensible.

Elle émit un bruit de gorge quand il relâcha la pression puis recommença sur la même cadence. Elle soulevait les hanches pour accueillir la caresse et cette vision le comblait. Elle était à lui. Au moins ce soir.

Puis elle repoussa sa main.

— Eli, j'ai envie de toi. Je t'en prie...

Le message était clair, et il était prêt à la satisfaire. Il s'allongea sur elle, et elle prit son sexe entre ses doigts. La douce pression faillit lui faire perdre la tête. Mais elle le guida, et il plongea profondément en elle. Sa chaleur humide lui arracha un grognement de volupté, et il l'embrassa en glissant lentement, langoureusement en elle. Le frottement de leurs peaux était incroyablement érotique, il l'avait presque oublié, mais pas complètement. Le souvenir restait gravé dans sa mémoire, avec tout ce qu'elle aimait. Tout ce qui le rendait fou. Tout ce qui exacerbait son envie de lui.

Tout ce qui excitait son désir d'elle.

Il ne pouvait plus se contenir. Accélérant le rythme, il agrippa ses hanches pour l'entraîner avec lui. Ils se fondirent dans le même élan amoureux qui les emportait vers l'extase.

Georgia remuait avec lui, soulevant son bassin avec une force qui le faisait plonger toujours plus profondément en elle. Puis il la sentit se raidir, et leur étreinte frénétique laissa la place au rythme pulsatif des contractions de Georgia. Et il ne put résister davantage.

Fou de passion, il s'enfonça une dernière fois en elle en se vidant de sa semence. Mais il ne voulait pas que ça s'arrête. Pas encore. Et il poursuivit son lent va-et-vient pour tenter de préserver à jamais ce précieux moment.

Puis leur danse fougueuse s'apaisa, le ramenant au présent. Il pressa ses lèvres contre son cou et respira son odeur pour s'imprégner d'elle.

Elle l'entoura de ses bras et le serra. Et il se sentit désiré comme il ne l'avait pas été depuis très longtemps. La joue contre la sienne, il savoura l'exquise étreinte.

Un tendre aveu tourbillonnait dans sa tête, et il dut serrer les dents pour empêcher les mots de sortir. Leur passé sentimental devait interférer avec le présent, ce n'était pas le moment pour ce genre de déclaration.

Alors il préféra se taire. Jusqu'à ce qu'il soit sûr. Sûr que ce qu'il ressentait n'appartenait pas au passé, mais bel et bien au présent. Sûr que c'était réciproque.

Il ne voulait plus jamais revivre la scène atroce de leur rupture.

9

Avec le matin, Georgia expérimenta de nouveaux plaisirs en enfourchant Eli, se délectant de chaque sensation retrouvée.

Réveillee avant lui, elle avait couvert son cou de baisers. Et ce qu'elle avait pris pour un rêve s'était révélé très, très réel. Avec la lumière du soleil qui entrait à flots par les fenêtres, son corps meurtri témoignait que leur folle nuit n'avait pas été le fruit de son imagination.

Eli la tenait fermement contre lui, et sa nudité virile épousait chaque courbe de son corps. Elle avait adoré se réveiller près de lui. Elle l'aimait.

— Seigneur, Georgia...

Sa voix rauque lui arracha un sourire. Elle ne se rappelait pas la dernière fois qu'elle s'était sentie aussi comblée. Aussi satisfaite de simplement... exister.

Ils avaient le temps. Nul besoin de se hâter.

Il posa les mains sur ses hanches pendant qu'elle continuait son lent va-et-vient érotique. Leur nuit avait été une sorte de brouillard flou, mélange de besoin et de désir mêlés, et elle avait du mal à se rappeler précisément ce qui s'était passé, ou même comment tout avait commencé. Mais cette fois elle tenait à mémoriser chaque seconde des instants partagés.

Ses doigts effleurèrent ses muscles abdominaux durs et s'arrêtèrent sur ses tétons plats qu'elle taquina, sentant sa respiration s'accélérer. Il posa la main sur sa nuque et l'attira à lui pour baiser sa bouche avec volupté. Mais il n'était pas pressé. Ses gestes étaient lents et méthodiques, comme si lui aussi jouissait de chaque seconde avec elle et voulait l'immortaliser.

Elle aussi. Et elle ne savait pas comment faire.

Mais pour l'instant elle ne souhaitait pas songer à l'avenir.

Elle avait juste envie d'être avec lui.

Elle se redressa et redessina du doigt le contour de ses lèvres avec une sensation d'émerveillement.

Il était parfait. En tout. Il était un amant incomparable et l'avait toujours été. Tour à tour impatient ou nonchalant. Passionné ou tendre. Elle l'avait toujours accompagné, quoi qu'il désire, lorsqu'ils étaient en couple. Mais aujourd'hui c'était différent. Il n'avait pas toujours mené le jeu, mais cette fois elle avait l'impression qu'il la laissait délibérément prendre l'initiative. Cela lui procurait un sentiment de puissance. Et elle adorait ça.

— Qu'est-ce que tu veux, Georgia ?

Elle lui sourit et, à califourchon sur lui, elle se souleva et s'abaissa lentement en soupirant de plaisir.

— Je te le dirai quand je le saurai.

Elle ne parlait pas que de sexe. Mais elle ne savait pas ce qu'elle voulait. Pas vraiment. Pas en dehors des précieuses heures qu'ils passaient ensemble.

Il leva la main et, sentant un léger tiraillement sur sa nuque, elle vit qu'il avait saisi son pendentif et le serrait fort entre ses doigts.

Contre toute attente, elle sentit son sang se glacer dans ses veines et se figea.

— C'est joli, fit-il d'une voix basse, rauque.

Elle le voyait tenir la breloque avec l'impression étrange que ses doigts emprisonnaient *autre chose.* Comme s'il l'agrippait, *elle.* Ce n'était sûrement pas son intention, mais elle éprouvait une sensation de claustrophobie qui lui comprimait la poitrine, menaçant de l'étouffer.

Prise de panique, elle tira violemment pour lui arracher le

pendentif, cassant la chaîne. Le papillon tomba sur le lit et resta là, inerte comme la mort.

Un lourd silence suivit, uniquement troublé par le bruit de leur respiration.

— Georgia ?

Il voulut toucher sa joue, mais elle s'écarta d'un bond et regarda fixement le papillon, la chaîne en or brisée au creux de la main.

— Georgia ? Qu'est-ce qui se passe ?

— Je ne sais pas. Je... je ne peux pas... Il faut que je rentre chez moi.

Il se redressa et la dévisagea.

— Je te raccompagne.

Mais la perspective d'être piégée avec lui dans la voiture les quarante prochaines minutes lui était intolérable. Elle se sentait humiliée d'avoir eu cette réaction disproportionnée après une banale remarque sur son collier. Qu'arriverait-il s'ils abordaient un sujet beaucoup plus grave ?

Elle avait commis une grossière erreur en venant ici.

— Non, je peux appeler pour qu'on...

— Prends ma voiture. Steve veut passer un moment au chalet. Je vais lui demander de venir, et il pourra me ramener à l'hôpital. Tu n'auras qu'à laisser ma voiture au parking.

— Je ne connais pas le chemin, bredouilla-t-elle, remontant les draps sur elle pour cacher sa nudité.

— Tu n'as qu'à reprendre la piste jusqu'à la route. De là, le GPS te guidera jusqu'à l'hôpital. Mes clés sont sur la table de la cuisine.

Il s'interrompit, le visage impénétrable.

— Appelle-moi si tu as le moindre problème.

Georgia sentit son cœur se serrer. Il lui offrait une échappatoire, lui épargnant une humiliation.

— Tu... tu es sûr ?

Elle s'efforça d'ignorer qu'il était toujours allongé sur le lit dans le plus simple appareil. Elle avait accaparé le drap, et la couette gisait par terre, il n'avait plus rien pour dissimuler son corps.

— Je n'ai jamais été plus sûr de moi de toute ma vie.

Elle déglutit. C'était fini. Elle l'entendait dans son intonation mesurée. Le voyait dans le bleu calme et froid de ses yeux. Il lui avait évité de se tourner en ridicule, mais il lui faisait comprendre qu'il n'y aurait pas de retour en arrière. Pas pour leur couple.

C'était mieux ainsi, non ? N'était-ce pas ce qu'elle voulait ?

Elle se leva du lit et rassembla ses affaires qu'elle emporta dans la salle de bains. Elle ne prit même pas la peine de se doucher, elle pourrait le faire chez elle. Enfilant ses vêtements l'un après l'autre, elle remontait la fermeture de son jean quand elle croisa son reflet dans le miroir. Elle se figea, horrifiée. Ses cheveux étaient emmêlés en un fouillis hideux et son mascara avait coulé, mais le pire était la déchirante tristesse qui émanait d'elle. La douleur brute de savoir qu'elle était sur le point de quitter le seul homme qu'elle avait osé aimer. Et tout était fini.

Il en avait terminé avec elle.

Elle aurait dû être soulagée qu'il la laisse partir indemne.

Indemne ? Non. Elle ne le montrait pas, mais elle était meurtrie à l'intérieur, et les blessures qu'elle s'était auto-infligées saignaient abondamment. D'un geste machinal, ses doigts cherchèrent la peau lésée de son poignet et frottèrent, frottèrent jusqu'à la brûlure.

Cette cicatrice lui avait été faite par son père, mais les autres ? Elle en était seule responsable. Et elle ne savait que faire. Mais pour l'heure elle ne pouvait que fuir. Et elle était fatiguée de fuir. Tellement fatiguée. Alors, c'était la dernière fois.

Elle prit les clés de voiture et, montant dans le SUV, elle avança le siège pour pouvoir atteindre les pédales. Puis elle mit le contact et commença à descendre prudemment le chemin envahi par la végétation, grimaçant quand des branches fouettaient les flancs du large véhicule qui avançait, solide et fiable.

Arrivée à la route, elle s'arrêta et, le front sur le volant, elle s'autorisa à pleurer en silence pendant plusieurs minutes. Puis elle se redressa, se frotta les yeux et serra les dents. Elle avait fait un choix, et elle allait devoir vivre avec.

Elle entra les coordonnées GPS et, tournant à droite conformément à ses instructions, elle prit la route qui la ramènerait à Anchorage. À une vie dont elle n'était plus sûre de vouloir.

Le trajet lui parut durer une éternité, mais elle finit par arriver en vue de l'hôpital. Pilotant le gros SUV dans le parking réservé aux employés, elle aperçut sa voiture. Un homme s'y adossait. Son cœur manqua un battement avant qu'elle prenne conscience que ça ne pouvait pas être Eli. En s'approchant, elle vit qu'il s'agissait de William. Elle fronça les sourcils. Seigneur. Était-il arrivé quelque chose à sa mère ? Ou à Ted, Edna, un de ses autres patients ?

Il n'y avait pas de place libre à côté de sa voiture et elle dut garer le SUV d'Eli un peu plus loin. Elle descendit, attrapa son sac en toile – qu'elle avait failli oublier dans l'affolement du départ – et laissa les clés du véhicule sous le tapis de sol, comme elle en était convenue avec Eli.

Puis elle courut vers son ami.

— Qu'est-ce qui ne va pas ? demanda-t-elle sans préambule.

William haussa les sourcils et se redressa.

— Je pourrais te poser la même question.

Elle lui jeta un regard perplexe. William n'avait aucun moyen de savoir ce qui lui était arrivé, mais il l'avait vue conduire le véhicule d'Eli.

— Qu'est-ce que tu fais ici, William ?

Secouant la tête, il s'approcha et l'étreignit.

— Eli m'a appelé et m'a demandé de m'assurer que tu étais bien arrivée.

— Il te l'a dit ? bredouilla-t-elle, consternée.

— Il m'a juste dit que tu avais dû rentrer à Anchorage et que tu conduisais son véhicule. Ta mère va bien ?

— Oui. C'est..., dit-elle, les larmes lui montant aux yeux. Je peux t'appeler plus tard ? Je... je dois rentrer chez moi pour réfléchir.

Il passa un bras autour de ses épaules et la scruta.

— Alors réfléchis bien, Georgia. Car il me semble que, quelle que soit la décision que tu prendras les prochains jours, tu devras vivre avec. Et maintenant je dois retourner travailler. Appelle-moi.

— C'est promis. Et William… merci.

Elle le regarda marcher vers l'entrée de l'hôpital et ferma les yeux, adossée à sa voiture. Il avait raison. Elle allait devoir assumer sa décision. Mais ce qu'il ignorait, c'est qu'elle l'avait déjà prise.

Elle porta la main à son cou pour toucher son pendentif et réalisa qu'elle l'avait laissé sur le lit, dans la chambre d'Eli. Les derniers événements tourbillonnaient dans sa tête, et c'était tout ce qu'elle avait désormais. Ses souvenirs.

Il ne lui restait plus rien. Pas même le petit papillon qui avait causé l'effondrement de son univers.

Eli triturait le papillon, le tournant et le retournant entre ses doigts sous les yeux de Steve assis sur le canapé du chalet. Cette stupide breloque avait anéanti sa fragile relation avec Georgia. Alors qu'il avait seulement fait une remarque banale à son sujet, comme n'importe quel homme lance une boutade pour ralentir la montée du plaisir et retarder l'orgasme…

— Tu as envie d'en parler ? demanda Steve.

La question l'arracha à ses pensées.

— Non.

Son ami connaissait déjà les grandes lignes. Eli était venu au chalet avec Georgia, qui avait dû repartir à l'improviste et avait emprunté sa voiture. Steve ne lui avait pas demandé pourquoi il ne l'avait pas raccompagnée, mais il avait sûrement tiré certaines conclusions. Comme William, qui n'avait pas cherché à savoir pourquoi elle était rentrée seule à Anchorage avec son SUV. L'infirmier lui avait envoyé un texto pour lui dire qu'elle était bien arrivée à destination. Et c'était tout. Ni Steve ni William n'avait la moindre idée de ce qui avait poussé Georgia à partir précipitamment du chalet.

Mais Eli le savait. Il ignorait juste ce que cela signifiait. Le pendentif qui l'avait tant affolée lui brûlait les doigts. Car elle avait bel et bien été prise de panique. Tout allait très bien, jusqu'à ce qu'il touche son collier en faisant un commentaire insignifiant. Alors, le visage de Georgia s'était décomposé d'un coup, et elle n'avait plus eu qu'une envie, s'éloigner de lui.

Le papillon lui avait-il été offert par un autre homme, et se sentait-elle coupable d'être au chalet avec Eli ? Non, Georgia était incapable de tromper quelqu'un. De toute façon, s'il y avait un autre homme, elle l'avait vraisemblablement laissé à Kodiak.

Mais il n'y croyait pas. Sa réaction lui rappelait beaucoup celle qu'elle avait eue quand il l'avait demandée en mariage trois ans plus tôt. Les yeux écarquillés, elle avait eu la même expression épouvantée. Puis elle s'était enfuie, et moins d'une semaine plus tard elle avait quitté Anchorage. Ses tentatives pour la contacter étaient restées vaines. Il n'avait jamais eu d'explication, sinon qu'elle ne pouvait pas l'épouser.

Allait-elle encore quitter Anchorage ? Dans l'affirmative, il ne voulait pas être là quand cela arriverait. Il préférait attendre ici, dans son chalet, où il n'aurait pas à lui dire adieu. Il avait appelé l'hôpital pour prendre des nouvelles de Ted et Edna. Celle-ci quittait l'hôpital aujourd'hui pour regagner la Floride avec son époux, et il avait pu lui parler au téléphone. Quant à Ted, il pleurait la perte de son fils, mais la pose de stents avait eu l'effet escompté, et il récupérait lentement.

Eli avait demandé à un collègue en préretraite de le remplacer cette semaine. Cela lui donnerait le temps de réfléchir, et permettrait à Georgia de quitter l'hôpital, si toutefois l'histoire devait se répéter.

— Eh bien, si tu ne veux pas parler, fais quelque chose au lieu de te morfondre.

— Je ne me morfonds pas, mentit Eli.

Mais il restait bel et bien assis à s'apitoyer sur son sort, et cela ne réglait rien. Quoi qu'il arrive, il ne pourrait rien y changer.

— Si tu le dis, répliqua Steve. Mais je vais t'emprunter une canne à pêche et aller au lac. Il va bien falloir qu'on trouve de quoi manger.

Eli avait jeté les steaks à moitié cuits la veille, à son retour de la longue marche qu'il avait faite en forêt pour se vider la tête. Une chance qu'un ours ne soit pas passé par là, car il aurait sûrement saccagé la véranda en essayant d'extirper la viande du panier métallique. Il avait été idiot de la laisser dehors, mais il n'était plus lui-même.

En fait, il avait été idiot pour un tas de choses.

Mais ce qui était fait était fait.

— Je viens avec toi. Et tu as raison, admit-il avec un sourire sans joie. Tu as toujours su me percer à jour quand je disais des sottises. Mais je ne tiens vraiment pas à parler de ce qui s'est passé avec elle, d'accord ? Pas maintenant. Et peut-être même jamais.

— Rien ne t'oblige à parler de quoi que ce soit, si c'est ce que tu veux, rétorqua Steve, se levant et lui assénant une tape dans le dos. De toute façon, le bavardage fait fuir les poissons, non ?

Eli n'était pas revenu à l'hôpital. Deux jours s'étaient écoulés, et il n'avait toujours pas donné signe de vie. Edna, qui avait quitté l'établissement la veille dans l'après-midi, avait dit à Georgia que le chirurgien l'avait appelée pour lui souhaiter un bon voyage de retour.

Elle n'était pas montée à l'étage d'Eli de peur de se trouver nez à nez avec lui. Et elle priait silencieusement pour ne pas tomber sur lui, où qu'elle aille. Mais après avoir parlé à Edna elle se décida à aller prendre des nouvelles de Ted. Il semblait en bonne voie de guérison, même s'il avait été dévasté d'apprendre que son fils était mort sans avoir repris connaissance.

Georgia avait longuement réfléchi à ses options. Elle pouvait se réfugier à Kodiak, comme elle l'avait déjà fait, ou rester ici et tenter de surmonter ses problèmes. Ce qui ne voulait pas dire se remettre avec Eli. Mais pouvait-elle travailler avec lui après ce qui s'était passé ? Elle en doutait. En revanche, et dans un tout autre domaine, elle savait qu'elle devait commencer à s'entraîner pour la course de cinq kilomètres organisée par l'hôpital, qu'elle soit encore là ou pas. L'événement avait lieu dans deux semaines et il ne lui restait plus beaucoup de temps. Mais cela lui changerait les idées et, espérait-elle, secouerait la léthargie qui s'était emparée d'elle depuis qu'elle avait quitté Eli.

Sa garde de la journée terminée, elle gagna les vestiaires et sortit ses vêtements de sport. Elle allait se rendre au parc et courir un peu avant de regagner son petit appartement vide, perspective qui lui semblait soudain bien peu attirante.

Elle avait été touchée qu'en dépit des circonstances Eli se soucie d'elle au point de demander à William si elle était bien rentrée à Anchorage. Son ami lui avait envoyé plusieurs SMS pour l'inviter à déjeuner avec lui, il l'avait même coincée devant la salle d'examen la veille pour la forcer à accepter. Mais elle persistait à refuser. Elle voulait lui raconter ce qui s'était passé, mais elle avait besoin de temps, pour ne pas fondre en larmes quand elle se déciderait à le faire.

Georgia se changea et attacha ses cheveux en queue-de-cheval, agacée par les repousses indisciplinées. En quittant Anchorage trois ans plus tôt, elle voulait prendre un nouveau départ, et une bonne coupe de cheveux avait fait partie du processus. Elle n'arrivait pas à se coiffer correctement pendant qu'ils repoussaient, mais tant pis. Elle n'allait pas encore les couper, cela n'avait rien changé la première fois, et ne ferait aucune différence aujourd'hui non plus.

Eli lui avait manqué à en mourir après son départ. Et il lui manquait encore. Elle ne pouvait croire qu'elle le lui avait avoué quand ils étaient assis près du feu au chalet. Mais c'était sorti naturellement sur le moment. Et cela avait aussi précipité leurs ébats passionnés…

Commençant à courir en foulées rapides en direction du parc, elle souffrit rapidement d'un point de côté, conséquence logique de son manque de préparation physique.

En réalité, son corps n'était pas prêt pour les bouleversements qu'elle avait subis ces deux dernières semaines entre la découverte du divorce d'Eli, leur fougueuse étreinte et leur nouvelle rupture.

Elle continua à courir et, elle eut beau serrer les dents, la crampe ne fit qu'empirer. Elle finit par s'arrêter et, pliée en deux pour reprendre son souffle, les mains sur les genoux, elle attendit que la douleur cède un peu. Une partie du problème venait du stress, elle le savait. Mais elle ne pouvait pas le contrôler, et elle était convaincue que sa souffrance physique n'était que l'expression de son tourment mental.

La main pressée sur son flanc douloureux, elle alla s'asseoir sur un banc et attendit que la sensation s'atténue. Dire qu'elle avait espéré que s'entraîner lui changerait les idées… Grossière erreur. Cela n'avait fait que mettre l'accent sur ses problèmes.

Vingt minutes plus tard, elle put enfin prendre une grande inspiration sans avoir l'impression qu'on lui lacérait le ventre. Une sensation analogue à ce qu'elle avait éprouvé en quittant le chalet d'Eli deux jours plus tôt. Et s'il ne revenait jamais ? Son SUV était toujours garé sur le parking, là où elle l'avait laissé. Machinalement, elle le cherchait des yeux chaque fois qu'elle arrivait à l'hôpital et en repartait.

Il n'allait pas le laisser là indéfiniment. Si son ami Steve n'avait pas pu le rejoindre au chalet, Eli allait être bloqué là-bas sans aucun moyen de transport.

Cependant il avait un téléphone portable. Il pouvait appeler quelqu'un s'il avait besoin qu'on le ramène à Anchorage. La réception devait être correcte s'il avait pu communiquer avec William quelques jours plus tôt.

Mais elle se sentait coupable à l'idée qu'il soit contraint de requérir de l'aide. Et elle ne savait que faire.

Elle aurait voulu récupérer son papillon fétiche. Mais comment le demander à Eli en le regardant dans les yeux ? Elle pouvait peut-être lui dire de le laisser à l'accueil de l'hôpital. À moins que William n'ait une meilleure idée.

Elle finit par se résoudre à l'appeler et, sortant son portable de sa poche, elle composa le numéro de son ami. Elle prit une grande inspiration quand il décrocha.

— Je suis prête à te parler. Dis-moi quand et où on peut se retrouver, et j'y serai.

— Pourquoi pas maintenant au Bear Claw ?

— Je suis en train de courir au parc, mais je vais rentrer à l'hôpital prendre une douche, et je pourrai être au Bear Claw dans... disons, quarante-cinq minutes ?

— Quarante-cinq minutes, parfait. À tout à l'heure.

Steve et Eli étaient assis sur des chaises pliantes sur la rive du grand lac, les lignes à l'eau, les cannes à pêche bien calées à côté d'eux. Et jusqu'ici leur conversation n'avait tourné qu'autour du sport.

Eli avait laissé le pendentif de Georgia sur la table de la salle à manger, et il devrait le lui rendre tôt ou tard. Dans le pire des cas – si elle disparaissait de nouveau – il pourrait toujours le confier à William, qui trouverait un moyen de le lui remettre.

— La femme qui était ici avec toi, c'est celle que tu fréquentais avant Lainey ? demanda Steve à brûle-pourpoint, fatigué de tourner autour du pot.

— Oui, en effet.

— Tu tiens toujours à elle ?

Eli haussa les épaules, mal à l'aise.

— C'est important ?

Steve le regarda dans les yeux.

— Peut-être. Peut-être pas. Mais ce que tu vas faire maintenant pourrait être déterminant pour les quelques semaines à venir.

Quelques semaines. Eli n'imaginait même pas passer autant de temps sans voir Georgia.

— Je tiens toujours à elle. Mais elle... (*il s'interrompit et passa la main dans ses cheveux*) ... je n'ai aucune idée de ce qu'elle ressent. Et c'est la deuxième fois qu'elle me quitte sans crier gare.

— Depuis son retour à Anchorage ?

— Non. La première fois, c'était il y a trois ans, après que je l'avais demandée en mariage. La seconde il y a deux jours, quand j'ai fait une réflexion sur un bijou qu'elle portait. Elle a dit, je cite, qu'elle ne pouvait pas, et qu'elle devait rentrer chez elle. Je n'ai rien compris.

— Revenons à ma question. Tu as donc toujours des sentiments pour elle. Alors, dis-moi, tiens-tu assez à elle pour aller lui demander ce qu'elle éprouve pour toi ?

— Elle s'enfuira encore.

— Possible. Mais peut-être que, comme toi, elle est en train de tourner et retourner le problème dans sa tête. Quelque chose l'a effrayée, et je te connais assez pour savoir que tu n'as pas voulu lui faire peur. Mais ce papillon que je t'ai vu tripoter au chalet a pu déclencher chez elle une angoisse irrépressible. Que connais-tu vraiment de son passé ?

— Rien, en réalité. Je sais que sa mère est encore en vie et qu'elle est divorcée, même si je ne l'ai jamais rencontrée. Et son père ne fait plus partie du tableau, pour citer ses propres termes.

— Elle se serait brouillée avec lui ?

— Je crois. J'ai essayé de la questionner sur lui une fois, et elle s'est empressée de m'interrompre.

Steve remonta sa ligne pour scruter son appât, puis la relança dans l'eau, qu'elle fendit avec un petit plouf.

— Tu n'as pas pensé qu'elle réagissait peut-être à un événement de son passé ? Lié à sa famille ou quelqu'un qu'elle aurait fréquenté ? Après tout, tu as toi-même traversé des moments difficiles à l'adolescence.

À quoi exactement Steve faisait-il allusion ? Au décès de ses parents ? Aux foyers d'accueil douteux où il avait vécu ?

— Oui ? Et donc ?

— Est-ce que ces épreuves ont influencé ta manière de percevoir le monde ?

Eli haussa les sourcils.

— Tu as vu comment j'étais la première fois que je suis venu chez toi.

— En effet. Alors, ça doit vouloir dire oui, déclara Steve en haussant les épaules. Tu ne crois pas que cette fille pourrait aussi être marquée par un coup dur de son passé ? On porte tous un fardeau, Eli. Même moi. Et il t'a fallu du temps pour être prêt à déballer le tien.

— Et si elle refuse de parler ? Si elle n'arrive pas à dépasser son problème, quel qu'il soit ?

— Julia et moi avons-nous baissé les bras avec toi ?

— Non, et je me demande pourquoi vous n'avez jamais renoncé.

Il était sincère. Car il leur en avait fait voir de toutes les couleurs pendant presque un an.

— Parce que tu méritais qu'on se batte pour toi, répondit Steve, reprenant sa canne à pêche pour rembobiner sa ligne. Je me rappelle avoir rencontré Georgia quand vous étiez en couple. Elle semblait vraiment spéciale. Pas le genre à aimer jouer avec les sentiments des autres.

— Non, effectivement. Pourtant, elle m'a quitté. Pas une seule fois mais deux.

— Mais tu ignores ses raisons. Et tant que ce sera le cas tu ne sauras jamais si vous pouvez surmonter les difficultés ensemble ou pas.

Steve avait peut-être raison. Eli avait essayé d'appeler Georgia après leur première rupture, mais n'avait pas insisté. Et il avait fini par renoncer. Aurait-il dû prendre le premier vol pour Kodiak et l'affronter ? Il ne le saurait jamais. Cependant, elle lui avait avoué récemment qu'il lui avait manqué, avec dans la voix une nostalgie émouvante qui l'avait troublé, lui laissant croire qu'ils pouvaient avoir une seconde chance. Elle n'était pas partie après qu'ils avaient fait l'amour. Et il était persuadé qu'elle ne l'aurait pas quitté s'il n'avait pas remarqué ce maudit papillon.

— Alors, selon toi, je devrais aller la questionner.

— Je crois, oui, répliqua Steve, se levant et posant sa canne à pêche par terre.

— Où vas-tu ?

Steve sourit et consulta sa montre.

— Julia devrait arriver dans cinq minutes.

— Quoi ? Tu l'as appelée ?

— Non. Mais je lui ai dit que, si elle n'avait pas de mes nouvelles avant midi, elle devait venir me chercher à 13 heures.

— Et si ça ne marche pas entre Georgia et moi ?

— Alors appelle-moi. Mais seulement après avoir fait de ton mieux pour lui parler et être arrivé à un consensus pour votre avenir. Si ça se passe mal, j'apporterai un pack de six et des vivres, et nous pourrons boire et manger jusqu'à ce que plus rien n'ait d'importance.

Steve sourit en entendant des pneus crisser sur le chemin d'accès au chalet.

— On dirait bien que Julia a quelques minutes d'avance, j'y vais !

Eli voulut prendre sa canne à pêche pour l'accompagner, mais Steve l'arrêta.

— Si tu restais encore un moment pour profiter du calme ? Je dirai à Julia que tu l'embrasses. Et je laisserai mes clés de voiture sur la table. Au cas où.

— Merci, Steve. Pour la compagnie et les conseils. Et tu as raison, elle en vaut la peine.

Steve lui asséna une claque dans le dos.

— Toi aussi, Eli. Ne l'oublie jamais.

Son ami s'éloigna en sifflotant en direction du chalet, à peine visible entre les arbres. Steve avait laissé sa chaise pliante et sa canne à pêche où elles étaient, et Eli sourit. Parfait. Il allait avoir le temps d'échafauder un plan d'action. Il pouvait rentrer à Anchorage cet après-midi pour voir si Georgia était encore en ville, ou patienter jusqu'à demain. Car cette fois il ne se contenterait pas d'essayer de l'appeler. Il irait la voir, qu'elle soit encore à l'hôpital ou repartie à Kodiak. Si tout devait s'achever entre eux, il voulait qu'ils soient face à face quand ça arriverait. Et il tenait à savoir pourquoi.

Il ne pouvait pas la forcer à parler. Mais il lui demanderait des explications, ce qu'il n'avait pas fait la dernière fois. En attendant, il allait rester ici encore un moment pour profiter de la paix des lieux.

Et, ramassant la canne à pêche de Steve, il lança la ligne à l'eau et s'adossa à sa chaise, sa casquette baissée sur les yeux.

10

Elle était suivie.

Quand Georgia avait tourné dans le chemin menant au chalet d'Eli, la petite voiture blanche qui roulait derrière elle avait actionné son clignotant et lui avait emboîté le pas. Elle frissonna. Commettait-elle une erreur en venant ici ? Eli était peut-être déjà reparti à Anchorage.

Mais son SUV était resté garé au parking de l'hôpital.

Après une longue conversation avec William, elle avait compris qu'elle s'était comportée comme une idiote avec Eli, pire que lors de leur première séparation. Elle lui devait une explication, pour lui dire pourquoi elle avait réagi ainsi, cette fois et quand elle l'avait quitté pour partir à Kodiak, trois ans plus tôt.

Il risquait de lui rire au nez et de l'envoyer au diable, mais comment lui en vouloir ? Elle se sentait nerveuse d'être venue faire cette mise au point avec lui. Mais, dès qu'elle avait rejoint William au Bear Claw, elle avait su qu'elle devait essayer de tout arranger. Son ami n'avait même pas eu besoin de l'encourager, et elle avait déversé tout ce qu'elle avait sur le cœur en un long monologue introspectif dont elle était sortie essoufflée, atterrée par tout le temps qu'elle avait perdu.

Pourquoi n'avait-elle jamais parlé de son père à Eli ? Il ne l'aurait certainement pas méprisée de s'être trouvée dans une situation qu'elle ne contrôlait pas. Mais à l'époque elle ne se sentait pas assez forte pour aborder le sujet. L'était-elle davantage aujourd'hui ? Elle l'ignorait, mais elle lui devait au moins une explication.

Et s'il était prêt à lui tendre les bras ?

Seigneur, elle n'osait même pas espérer qu'il comprendrait. Et qu'il accepterait de réfléchir avec elle à un moyen de sauver leur couple, satisfaisant pour tous les deux.

Pour l'instant elle était inquiète de se trouver au milieu de nulle part, avec cette voiture inconnue juste derrière elle. C'était peut-être Eli...

Non. À sa connaissance, il ne possédait que le SUV.

En arrivant en vue du chalet, elle remarqua un second véhicule garé devant. Elle déglutit nerveusement. Il recevait peut-être du monde. Et elle n'avait pas été invitée.

Pouvait-elle le lui reprocher ?

Il était peut-être content d'être débarrassé d'elle.

Il n'avait pas paru content trois jours plus tôt. Il avait plutôt semblé sidéré par son brusque changement d'attitude. Eh bien, invités ou pas, elle allait voir si elle pouvait s'isoler avec lui un moment pour lui parler.

Comme elle s'arrêtait devant la maison, un homme sortit dans la véranda. Ce n'était pas Eli, mais ses cheveux gris et sa silhouette mince lui parurent familiers. Tournant la tête vers la voiture blanche qui s'immobilisait à côté de la sienne, elle vit sa conductrice lui faire signe avec un grand sourire.

Julia, songea-t-elle, l'identifiant sans peine. Et, en regardant vers la véranda, elle reconnut son mari Steve, qui avait recueilli Eli quand il était adolescent. Elle avait dîné une ou deux fois chez eux lorsqu'elle sortait avec lui.

Assaillie par une autre pensée plus inquiétante, elle jaillit de la voiture, le cœur fou. Pourquoi étaient-ils là, tous les deux ?

— Eli va bien ? s'écria-t-elle avec affolement. Il lui est arrivé quelque chose ?

Steve descendit les marches de la véranda et vint à sa rencontre.

— Il va bien. Même s'il était dévasté à mon arrivée ici.

Georgia ferma les yeux.

— C'est ma faute. J'ai été stupide, et je suis partie sans lui fournir d'explication.

Julia la serra dans ses bras.

— J'espère que tu es là pour ça, et pas juste pour lui rapporter sa voiture.

— Oui, mais..., dit-elle avec un coup d'œil à la porte close du chalet. Où est-il ?

Steve embrassa sa femme sur les joues.

— Il pêche au bord du lac. J'allais lui laisser mon véhicule pour lui permettre de rentrer en ville, mais...

— J'espère qu'après notre entretien il voudra bien faire avec moi les quarante-cinq minutes de trajet pour regagner Anchorage, murmura Georgia.

Steve posa la main sur son épaule.

— Je crois que oui, répondit-il avant de s'adresser à sa femme. Je vais donc devoir te suivre pour rentrer, chérie. À moins que je ne laisse ma voiture ici et la récupère plus tard.

Julia sourit à son mari.

— Si tu la laissais ici ? Tu m'as manqué, et ta compagnie sera la bienvenue pour le trajet de retour.

— Ça me va, dit-il.

Il retourna dans la véranda chercher un petit sac de voyage qu'il lança sur la banquette arrière du véhicule de Julia.

— Comme je te l'ai dit, Eli pêche au bord du lac, dit-il en indiquant la direction à Georgia. Tu ne peux pas le manquer.

Elle prit une profonde inspiration.

— Vous croyez qu'il acceptera de me parler ?

— Je suis sûr qu'il ne te laissera pas repartir *sans* t'avoir parlé.

Julia la serra dans ses bras.

— Va le rejoindre. Nous avons hâte d'apprendre que ta visite a eu une issue heureuse.

Promettant de faire de son mieux, Georgia laissa ses affaires dans le SUV d'Eli et prit la direction indiquée par Steve. Pas très rassurée, elle espérait ne pas se retrouver nez à nez avec un élan ou un ours. Eli n'avait jamais eu l'occasion de lui montrer l'enregistrement de la caméra de surveillance installée sur la propriété, et elle ne savait pas quelles créatures fréquentaient le coin.

Jamais elle n'avait été aussi consciente du craquement des brindilles sous ses pas, du bruissement des feuilles dans la brise, et des taches lumineuses qui dansaient à travers les frondaisons.

Après quelques minutes de marche, elle aperçut le lac qui miroitait entre les arbres. Sur la rive, elle remarqua deux chaises de camping dont une était occupée.

Eli... À sa vue, ses yeux s'emplirent de larmes et son cœur battit la chamade. Et si Steve se trompait ? Si Eli n'avait plus rien à faire d'elle ? Elle ne pourrait l'en blâmer. Mais, bon sang, elle espérait qu'il écouterait au moins ce qu'elle avait à dire.

Marchant tranquillement jusqu'à lui pour attirer son attention, elle s'aperçut que la visière de sa casquette dissimulait son visage.

Dormait-il ?

Elle alla s'asseoir sur la deuxième chaise en faisant le moins de bruit possible. S'il sommeillait, elle aurait tout loisir de l'observer en prenant son temps. Elle s'imaginerait qu'ils étaient en couple, et il lui sourirait en ouvrant les yeux, puis ils regagneraient ensemble le chalet, et il lui ferait l'amour sans plus jamais avoir peur qu'elle le quitte.

C'était peut-être ça, la vraie liberté. Être avec quelqu'un sans appréhender ce qui pouvait arriver. Avoir assez confiance en l'autre pour ne pas marcher sur des œufs en sa présence. Elle avait trouvé l'homme de sa vie. Elle ne l'avait pas compris la première fois. Mais elle le savait maintenant. Si seulement il voulait bien lui accorder une seconde chance...

— Tu as oublié quelque chose ? marmonna Eli, relevant sa casquette en se tournant vers elle.

Son sourire disparut dès qu'il la reconnut, et elle sentit un frisson glacé lui parcourir l'échine. Steve se trompait peut-être. Car Eli ne semblait pas du tout heureux de la voir.

Il garda le silence un moment, puis tendit la main vers elle pour repousser une mèche qui lui tombait dans les yeux et scruter son visage.

— Steve t'a appelée ?

— Non. Pourquoi il l'aurait fait ?

Eli secoua la tête d'un air perplexe, et s'écarta, s'adossant à sa chaise.

— Pourquoi tu es là, dans ce cas ?

S'efforçant vainement de trouver une manière éloquente de s'expliquer, elle opta pour la simple vérité.

— Je suis venue t'expliquer pourquoi je suis partie si vite l'autre jour.

Il hocha la tête.

— Je prévoyais justement de rentrer à Anchorage aujourd'hui pour te poser la question.

Elle songea de nouveau que Steve avait pu se méprendre sur le compte d'Eli, et le doute l'assaillit.

— Vraiment ?

— Oui. Je voulais te demander de quoi tu as si peur, murmura-t-il, et il lui caressa la joue avec douceur, l'invitant à s'ouvrir à lui.

Elle prit sa main et entrelaça leurs doigts. À son grand soulagement, il ne la repoussa pas, et il se laissa faire quand elle garda sa main dans les siennes.

— C'est à cause de mon papillon.

— Je m'en doutais, admit-il en pressant ses doigts. Mais je n'ai pas compris ce que ça signifiait. Et je ne comprends toujours pas.

— Je sais. Et si je n'avais pas été aussi paniquée, si j'avais pris une ou deux grandes inspirations pour me calmer, j'aurais peut-être réalisé que je voulais que tu saches.

— Je t'écoute à présent.

Cette fois, elle n'essaya pas de trouver la bonne formulation, elle se mit simplement à parler en priant pour qu'il parvienne à démêler ses pensées et ses explications confuses.

— J'ai acheté cette breloque il y a trois ans, juste après notre rupture. Quand tu m'as demandé de t'épouser, j'ai été prise de panique. Comme l'autre jour... Ce papillon était pour moi une sorte de symbole, censé me rappeler que je ne pouvais être libre de voler de mes propres ailes que si j'étais seule et sans attaches. Que tout ce qui essayait de me brider devait être immédiatement écarté pour ne pas entraver mon envol... Le pire, c'est que je ne me suis jamais sentie libre, même à ce moment-là...

— Ça a un rapport avec ton enfance ?

Elle ouvrit la main, exposant la cicatrice à son poignet.

— On ne peut rien te cacher... Mon père était un homme dominateur et jaloux. Ma mère ne pouvait rien faire sans le consulter. Ni travailler. Ni fréquenter des amis. Ni dépenser de l'argent sans lui rendre compte de chaque centime sorti de son porte-monnaie.

Eli porta sa main à ses lèvres et baisa la cicatrice.

— C'est lui qui t'a fait ça ? demanda-t-il d'une voix sourde.

— Pas directement. Mais un jour il s'est mis en colère contre moi et a violemment jeté par terre ma tirelire en porcelaine. Elle a explosé en mille morceaux et un éclat m'a blessée au poignet. Ma mère a flanqué mon père dehors et je ne l'ai plus jamais revu, mais en grandissant j'ai pu observer mes amies en couple et les bagarres et les jalousies mesquines auxquelles elles étaient confrontées au quotidien. Et j'ai décidé que je ne serais plus jamais dominée par qui que ce soit. Ni mon père. Ni mes petits copains. Ni même l'homme que j'aimais plus que tout au monde.

Elle espérait qu'il comprendrait qu'elle parlait de lui.

— Pourquoi ne me l'as-tu jamais dit ?

— Je l'ignore. Je devais penser que ça ne changerait rien à ce que je ressentais. Que je resterais convaincue que les relations m'empêcheraient toujours d'être libre.

— Et tu le crois toujours ?

Elle soupira.

— J'ai toujours peur, je l'avoue. Mais je commence à réaliser que la vraie liberté n'existe que quand on peut se montrer vulnérable avec quelqu'un sans craindre d'être blessé, ridiculisé ou ignoré.

— Oh ! mon cœur, je regrette tant que ce monstre t'ait fait tant de mal. Si je savais où il habite…

— Il n'en vaut pas la peine. J'ignore où il se trouve, et je ne veux pas le savoir. Le plus affreux, c'est de me dire que j'ai laissé son comportement d'alors régir ma vie pendant ces trente dernières années. Je lui donnais encore du pouvoir sur moi. Mais c'est terminé.

— J'en suis heureux, dit-il, lâchant sa main pour tourner son visage vers lui et la contempler. Alors, qu'est-ce que ça implique pour toi maintenant ?

— Je veux croire que tu sauras être patient avec moi, et que tu m'accorderas une seconde chance. Et j'espère que tu as toujours des sentiments pour moi, parce que je n'ai jamais cessé de t'aimer. Et, si on a une chance, je souhaite qu'un jour tu me demandes une nouvelle fois d'être ta femme. Pas forcément maintenant. Ni l'année qui vient. Ni même les dix prochaines années. Je veux simplement savoir que nous serons ensemble. Avec ou sans certificat de mariage. Si tu veux toujours de moi.

Il se pencha et lui donna un baiser ardent, magnifique, plein d'espérance.

— Georgia, je n'ai jamais cessé de t'aimer, moi non plus. Mais dix ans, franchement, c'est trop pour moi.

Elle sentit la peur lui comprimer la poitrine. Était-il en train de dire qu'il l'aimait, mais ne voulait plus être avec elle ? Elle ne pouvait guère lui reprocher de ne pas lui faire confiance après ce qu'elle lui avait fait subir. Quand elle pensait à tout ce temps perdu, elle ne croyait pas pouvoir…

Il lui sourit, et elle sentit sa peur se dissiper comme par magie.

— Si je mets un genou à terre, vas-tu partir en courant ?

Voulait-il dire… *maintenant* ? Elle attendit d'être prise de panique, mais s'aperçut qu'elle n'éprouvait rien d'autre qu'un sentiment de paix. D'accomplissement. D'amour.

— Non, je ne vais pas m'enfuir. Pas cette fois, dit-elle dans un chuchotement à peine audible.

Elle avait si peur de rêver. De se réveiller pour constater que rien n'avait changé. Peur qu'Eli ne se trouve encore au chalet, et elle dans son minuscule appartement, à tripoter son pendentif chaque fois qu'une chose la rendait nerveuse.

— Dans ce cas...

Il glissa de sa chaise et s'agenouilla devant elle sur le sol caillouteux.

— Je n'ai pas de bague, mais on réglera ce détail plus tard. Georgia Ann Sumter, veux-tu m'épouser ? Je t'aime, et je promets de ne jamais te blesser, te ridiculiser ou t'ignorer. Je m'engage à ne jamais te faire peur, tant que nous vivrons.

En reprenant ses propres mots, il lui jurait de ne jamais se comporter comme son père. Et elle l'aimait pour ça. Et, surtout, elle le croyait. Elle savait qu'il la laisserait s'envoler aussi haut qu'elle voudrait, et qu'il serait toujours à ses côtés.

— Oui, Eli. Je veux bien t'épouser. Je t'aime.

Sur ce, il la souleva de sa chaise pour l'enlacer, et ils roulèrent ensemble sur le sol dur, les membres emmêlés. Et elle n'éprouva aucune claustrophobie, aucune sensation d'être piégée. Ils étaient ensemble et ils s'aimaient. Et il n'y avait pas de plus grande liberté.

Soudain il y eut un bruit d'éclaboussure, et Georgia capta un mouvement du coin de l'œil. Eli se redressa avec un grand rire en la serrant contre lui.

— On peut faire une pause une minute ? Je crois que j'ai une touche !

Jetant un coup d'œil derrière lui, elle vit qu'effectivement une des cannes à pêche ployait dangereusement et était entraînée vers l'eau. S'arrachant de ses bras, elle regarda Eli attraper la gaule et rembobiner le moulinet.

— J'espère que la prise est assez grosse pour notre repas, car je meurs de faim, tout à coup.

Il lui fit signe, et elle courut l'aider en entourant sa taille de ses bras pendant qu'il enroulait la ligne. À cet instant, l'autre ligne tressaillit, et la deuxième canne se plia en deux.

— Tu peux prendre l'autre ? demanda-t-il, essoufflé par l'effort. Je suis un peu occupé, là...

— Avec plaisir.

Ils passèrent les minutes qui suivirent à ramener leurs prises vers la rive. C'étaient deux magnifiques bars. Plus que suffisants pour leur dîner à deux. Mais quand il voulut récupérer son poisson elle posa la main sur son bras pour l'arrêter.

— Laissons-les partir, Eli.

Il dut lire quelque chose dans ses yeux, car il inclina la tête et, pataugeant dans l'eau, il décrocha l'hameçon du premier poisson puis du deuxième, et les regarda plonger et disparaître dans les profondeurs du lac.

— À la liberté !

Georgia sentit ses yeux s'emplir de larmes. Il avait compris son message tacite.

— Oui. À la liberté. Et à l'éternité.

Et, abandonnant les cannes à pêche où ils les avaient laissées, ils reprirent où ils en étaient restés en se promettant que cette journée était la première de bien d'autres à venir.

Et Georgia sut au fond de son cœur qu'ils tiendraient leur promesse.

Épilogue

La course annuelle organisée par l'hôpital à Knicker Park avait lieu aujourd'hui. Eli et Georgia y participaient tous les deux. Mais ils ne couraient pas. Ils marchaient main dans la main en parlant d'avenir, de leurs espoirs et de leurs rêves.

Eli avait fait réparer le collier de Georgia, et le petit papillon avait retrouvé sa place à son cou. Elle lui avait dit que, s'il symbolisait toujours la liberté si chère à ses yeux, cette liberté n'impliquait plus qu'elle soit seule. Eli était désormais son compagnon de voyage, sans doute le plus beau rôle qu'il ait eu à endosser de sa vie.

Elle lui avait aussi offert un cadeau de fiançailles. Un étroit bracelet tressé noir orné d'une perle en argent gravée d'un papillon. Il l'adorait et le portait tout le temps, sauf en salle d'opération.

Edna lui avait envoyé un message de Floride pour lui dire qu'elle allait bien et que, suivant scrupuleusement ses conseils de médecin, elle avait levé le pied. Elle était plus forte de jour en jour. Artie et elle avaient déjà réservé leurs billets pour une croisière en Alaska l'été prochain, et elle lui avait promis qu'ils s'arrêteraient les voir.

Deux semaines plus tôt, ils avaient assisté au service commémoratif célébré pour Brandon et, malgré sa tristesse, Ted s'était intéressé au programme Grands Frères-Grandes Sœurs après avoir vu un dépliant au cabinet d'Eli. Sa fonction cardiaque était bonne, et il regardait vers l'avenir. Il envisageait de se renseigner sur les programmes de mentorat existant à Dutch Harbor pour venir en aide aux jeunes à risque comme Brandon. Eli ne doutait pas que Ted ferait de l'excellent travail, et son implication l'aiderait aussi à combler le vide laissé par le décès de son fils.

Ils avaient été très occupés les deux dernières semaines, aussi bien dans leur vie professionnelle que sur le plan privé. Georgia avait résilié le bail de son appartement et s'était installée chez Eli. Elle voulait se marier le plus tôt possible, et ils passaient leurs journées au lit à éplucher les brochures et faire l'amour.

La mère de Georgia était venue de Kodiak pour aider sa fille à choisir sa robe de mariée. Elles avaient trouvé la perle rare le premier jour où elles avaient fait les boutiques, et Georgia était enchantée de son choix mais, tradition oblige, elle lui avait fait promettre de ne pas essayer de la voir avant le jour de la noce.

Cela ne dérangeait pas Eli. Au moins cette fois, il y aurait un mariage. Et il savait que le leur serait solide, comme leur amour. Ils avaient retrouvé Steve et Julia au chalet pour fêter leurs fiançailles devant de délicieux steaks grillés au feu de bois, dans une ambiance joyeuse et détendue.

Eli n'aurait jamais imaginé qu'il pourrait être aussi heureux.

Il lâcha la main de Georgia pour enlacer sa taille.

— Je crois que la ligne d'arrivée est juste devant.

— C'est important ?

— Non. Pas le moins du monde.

Ils atteignirent la ligne tracée au sol indiquant la fin de la course et s'embrassèrent encore. L'endroit n'était pas désert, mais ils ne craignaient pas de se donner en spectacle.

La ligne d'arrivée des concurrents était *leur* ligne de départ. Leur vie ensemble ne faisait que commencer. Ils venaient seulement de prendre leur envol.

Et seul le destin savait vers quel paradis il les porterait.

JULIETTE HYLAND

Passion entre amis

Traduction française de
CHRYSTELLE POULAIN

BLANCHE

HARLEQUIN

Titre original :
ONE-NIGHT BABY WITH HER BEST FRIEND

Prologue

Absolument fabuleux.

Si William avait beaucoup fantasmé à propos de Jessie, il avait toujours banni ces rêves inavouables. Cette femme était sa meilleure amie. Il s'était dit qu'il ne voulait pas la perdre, que leur amitié passait avant le désir. Mais ce soir-là tout avait basculé. Et maintenant il savait.

Les baisers de Jessie étaient la perfection absolue. Le paradis sur terre.

— William.

Rien qu'à l'entendre chuchoter son prénom d'une voix rauque, il eut de nouveau envie d'elle. Comment était-ce possible ? Ils venaient à peine de...

Jessie lui effleura le nombril d'une main taquine, lui arrachant un petit gémissement. Hallucinait-il ? Il n'en revenait pas que cette garde cauchemardesque – elle était médecin urgentiste, lui infirmier – se soit terminée de la sorte. Ce n'était pas la première fois qu'ils perdaient des patients et, jusqu'alors, le « débriefing » ne les avait jamais menés au lit.

— Tu es trop belle, murmura-t-il.

— Arrête, tu vas me faire rougir.

Roulant sur le côté, il glissa une jambe sous celles de Jessie. La passion furieuse qui les avait réunis laissait place à un désir plus joueur et plus tendre. À présent, il n'avait plus peur qu'elle le renvoie chez lui, affolée, sous prétexte qu'ils avaient commis une erreur. La magie ne durerait pas éternellement, mais elle se prolongeait un peu.

Sans hâte, il promena la main sur le ventre plat de Jessie, arrondit une paume sur sa hanche… et s'arrêta net. Il venait de palper une rangée de minuscules cicatrices.

— Jessie ?

— Code AA.

« AA » signifiait « avant Anchorage ». Ces deux lettres correspondaient aux choses dont ils ne souhaitaient pas parler. Leur amitié reposait sur cette base depuis le début.

Quand Jessie avait débarqué à l'hôpital Anchorage Memorial, jeune médecin fraîchement diplômée, William avait abrégé les questions personnelles. Les « D'où es-tu ? Pourquoi viens-tu te perdre en Alaska ? » semblaient l'agacer. Alors, pour détendre l'atmosphère, il avait plaisanté. Il lui avait demandé quel était son plat préféré. Elle s'était mise à rire. Ils avaient rompu la glace et, de fil en aiguille, ils s'étaient découvert une passion commune pour la randonnée.

Mois après mois, leur amitié était devenue une relation solide et profonde. Néanmoins, Jessie avait posé une limite claire. Elle ne parlait jamais du passé, ce qui convenait très bien à William puisqu'il en faisait autant.

Il s'était réfugié à Anchorage après la rupture de ses fiançailles. Il n'avait jamais évoqué cette histoire avec quiconque. Avant que son amie d'enfance Georgia ne soit engagée comme médecin par l'hôpital, tout le monde ignorait même qu'il venait de Kodiak.

Si le passé restait enfoui, Jessie et lui conjuguaient le présent sans réserve. Chacun connaissait par cœur les goûts vestimentaires, artistiques ou culinaires de l'autre. Jessie détestait le café. Elle préférait la tisane. Elle la buvait tiède.

Et maintenant William savait qu'elle poussait des soupirs délicieux avant d'atteindre l'orgasme…

Quand il effleura de nouveau sa hanche, Jessie lui captura le visage et l'embrassa à perdre haleine.

Il ne pensa plus aux cicatrices. Il ne les oublierait pas, mais pour l'heure il voulait se concentrer sur les baisers *absolument fabuleux* de Jessie.

1

Il était à peine 5 heures, mais le service affichait complet.

Comme à chaque garde, le Dr Jessie Davis avait couru toute la nuit sans pouvoir souffler. Elle avait plâtré deux bras cassés, perfusé une vieille dame qui souffrait de gastroentérite, accueilli des randonneurs nocturnes blessés. Elle avait aussi pris en charge les victimes d'un accident de la route et géré un arrêt cardiaque. La routine, en somme.

Certes, le rythme était soutenu, mais elle aimait les défis. Elle se sentait chez elle aux urgences et ne se voyait pas exercer dans un endroit plus calme.

— Tu as mauvaise mine, Jessie.

— Merci du compliment !

Elle prit la barre de céréales que lui offrait William avec une petite grimace. William Harris était l'homme pour qui l'adjectif « meilleur » semblait avoir été inventé. Meilleur infirmier de l'hôpital. Meilleur ami. Meilleur amant.

Six semaines s'étaient écoulées depuis l'unique – et inoubliable – nuit qu'ils avaient passée ensemble.

Ce soir-là, ils avaient traversé l'enfer aux urgences. Le jeune homme qui avait mis fin à ses jours, las de subir la pression familiale, avait rappelé à Jessie son défunt frère Bran. Ces deux-là avaient-ils trouvé la paix dans un monde meilleur où ils ne souffraient plus ? Elle l'espérait de tout cœur.

Le chagrin d'avoir perdu un patient, les souvenirs douloureux du passé, et plus tard la proximité de William dans sa voiture alors qu'ils rentraient dîner chez elle… tout avait concouru à ce qu'elle franchisse les limites.

Elle s'était garée, puis elle s'était penchée vers William et l'avait embrassé. Elle avait mis leur vieille amitié en péril, incapable de maîtriser une attirance toujours plus forte.

Le souvenir de cette nuit lui fit monter le rouge aux joues. Depuis un mois et demi, elle se battait pour cacher à William le désir qu'il lui inspirait. Il avait beau être son point d'ancrage, son roc, l'ami qu'elle ne pouvait pas perdre, rien n'y faisait : elle avait toujours envie de se jeter dans ses bras.

Toute sa vie, elle chérirait le souvenir de leurs étreintes comme un précieux trésor. Ils avaient partagé une connivence exceptionnelle, devinant d'instinct les besoins et les désirs de l'autre. Jamais elle n'avait connu une telle osmose avec un homme et, pour son malheur, cela ne se reproduirait pas.

Au petit matin, William et elle étaient tombés d'accord : ils ne voulaient pas gâcher leur amitié en couchant ensemble. Ce moment d'égarement n'aurait aucune suite, et d'ailleurs ils avaient décidé de ne plus en parler. Tant pis si elle se réveillait chaque nuit, le corps en feu et la tête à l'envers !

William était le seul être au monde dont elle se sentait proche. Elle était arrivée à Anchorage complètement repliée sur elle-même. Elle avait survécu à grand-peine à la mort de Bran, le frère dont elle ne parlait jamais. Il avait fallu que William lui sauve la mise, le premier jour, pour qu'elle retrouve le sourire.

Il avait désarçonné leurs collègues en interrompant la traditionnelle valse des questions. Il lui avait demandé quel était son plat préféré. Elle avait ri, ils avaient engagé la conversation… et l'histoire était partie de là.

Comment pourrait-elle mettre cet équilibre en danger ? À Anchorage, elle avait recommencé à vivre. Elle ne voulait pas tout risquer pour une relation « amoureuse » entre amis.

— Ça fait du bien de manger un peu ?

Une chaleur traîtresse s'insinua en elle. Le regard de William lui évoquait des souvenirs troublants, même s'il la dévisageait avec une sollicitude toute professionnelle.

— Oui, merci, marmonna-t-elle.

Elle se mordit la lèvre pour contenir une soudaine vague de nausée. Accepter cette friandise n'avait pas été l'idée du siècle. Tout ce qu'elle avalait depuis quelques jours avait le goût du plomb. Elle n'avait pas faim, elle était écœurée. Sans doute avait-elle attrapé la gastroentérite qui traînait aux urgences ? Le personnel soignant n'était pas immunisé contre tous les virus de la terre.

— Tu devrais rentrer si tu es malade, suggéra William.

Comme d'habitude, il avait compris. Elle se serait bien passée de cette clairvoyance.

— Ça va, je t'assure. J'aurais dû manger plus dans la journée, mais je n'ai pas eu le temps.

William la croirait sur parole : il connaissait le rythme infernal des urgences. Il se contenta d'ailleurs de hausser les sourcils sans répondre.

— Hé, vous deux, j'ai un souci...

Georgia Sumter, une des collègues préférées de Jessie, venait d'arriver en courant. Cette dernière s'appuya au comptoir d'accueil, inspira à fond, puis reprit :

— Je viens d'admettre une gamine de dix-sept ans pour des douleurs abdominales. Elle refuse de me parler.

— Tu crois qu'elle est enceinte ? demanda William.

— Je n'en sais rien. Le jeune gars qui l'accompagne est bizarre. Il prétend être son frère, mais...

—... tu as des doutes, compléta Jessie.

— J'ai un mauvais pressentiment. Remarquez, je me fais peut-être des films. La journée a été longue. Avec la fatigue, on manque parfois de recul. J'aimerais bien un deuxième avis.

Jessie opina. Elle appréciait le professionnalisme de Georgia, une amie d'enfance de William au caractère bien trempé. Sa rigueur ne l'empêchait pas d'avoir un solide sens de l'humour, doublé d'un instinct très affûté. Elle avait certainement de bonnes raisons de croire qu'il y avait un problème.

— Tu n'as aucun indice ? demanda William, penché sur sa tablette.

— Non. Je me fie à mon intuition d'habitude, mais là je sèche, admit Georgia. Les jeunes ont senti qu'il y avait un malaise. Ils sont muets comme des carpes.

— J'y vais, annonça Jessie. Je ne ferai pas de miracle, mais je pourrai peut-être glaner une ou deux infos.

— Je t'accompagne, intervint William. Vous dites toujours que je suis un gamin. Entre ados, on devrait bien s'entendre.

Jessie leva les yeux au plafond en souriant. Infirmier hors pair, William était la coqueluche de l'hôpital. On pouvait toujours compter sur lui pour aider ses collègues. Quant à elle, il la traitait comme si elle était en sucre !

C'était bizarre, tout de même. Elle avait dû attendre l'âge de vingt-cinq ans pour que quelqu'un s'occupe d'elle sans arrière-pensée. Car, si ses parents l'avaient surprotégée, c'était pour des raisons bien différentes.

Elle avait découvert très jeune qu'elle était un « bébé médicament ». Elle avait été conçue pour sauver son frère atteint de leucémie. Ses parents avaient donné tout leur amour à leur garçon, l'aîné de la famille. Et, s'ils avaient jalousement veillé sur sa santé à elle, c'était en pensant à Bran et non par affection pour elle.

Elle avait été conçue pour sauver son frère, le seul être qu'elle ait jamais aimé. Mais elle avait échoué…

Alors que, flanquée de William, elle atteignait le box 9, elle frappa un coup bref à la porte, puis ils entrèrent sans laisser aux occupants le loisir de répondre. Mieux valait agir vite si quelque chose clochait.

— Tiens, des nouveaux. Pourquoi ce changement ? demanda le jeune homme d'un ton méfiant.

Il agrippa la main de l'adolescente alitée et la serra trois fois. La patiente donna deux pressions en retour et Jessie en conclut que ces deux-là devaient avoir un code secret. Bran et elle en avaient créé un également. Une pression voulait dire « maman est énervée », deux, « papa est en colère », trois, « on va manger une glace », et quatre, « je t'aime ».

— Le Dr Sumter nous a expliqué qu'il y avait eu un petit malentendu entre vous. Alors elle a demandé au Dr Davis de venir. Et moi je l'accompagne parce que je suis très, très gentil, expliqua William avec un clin d'œil.

Il avait beau sourire de toutes ses dents, rien n'échappait à son regard affûté. Lui aussi avait remarqué le code.

— On a juste besoin d'un médicament pour les maux de ventre, répliqua le garçon. Il faudrait un truc qui agisse rapidement. On est en voyage. On va devoir partir assez vite.

Deux pressions sur sa main le réduisirent au silence. Pourquoi la jeune fille voulait-elle qu'il se taise ?

— Je vais essayer de te soulager, bien sûr, répondit Jessie en s'adressant à la malade. En revanche, je dois t'ausculter d'abord. Sinon, je ne te donnerai peut-être pas le bon traitement. Je veux comprendre pourquoi tu souffres.

La patiente se mordit la lèvre, mais ne détourna pas le regard. C'était un bon point.

— Recommençons depuis le début. Je suis le Dr Jessie Davis. Lui c'est William. Il est infirmier.

Jessie s'avança d'un pas, puis reprit :

— Je sais que tu as peur. Je ne te poserai aucune question pour l'instant. Tu es en sécurité ici, à l'hôpital. Nous sommes là pour t'aider.

La malade inspira à fond, regarda son accompagnant et se décida enfin à répondre.

— Je m'appelle Katie. Lui c'est Ian, mon frère.

— Ne serait-il pas ton petit ami, plutôt ? intervint William.

— Beurk !

L'air outré de Katie fit sourire le jeune homme.

— J'en ai autant à ton service, sœurette.

Jessie considéra le duo avec une pointe de nostalgie. Elle et Bran avaient partagé une relation fusionnelle autrefois. Il avait été son seul ami, le centre de son univers. Le monde s'était écroulé à sa mort. Elle s'était retrouvée seule pour gérer un chagrin indescriptible. Ses parents ne lui avaient pas adressé la parole pendant des semaines. Ils lui en voulaient tellement qu'elle avait voulu disparaître aussi...

— Explique-moi ce qui t'arrive, dit-elle, se reprenant.

— Tout le monde croit que je suis enceinte ! s'écria Katie, une larme roulant sur sa joue blême. Mais ce n'est pas vrai.

— Qui ça, tout le monde ? demanda William, posté de l'autre côté du lit. Le Dr Sumter a-t-elle parlé de cela ?

— Pas directement, mais elle m'a questionnée sur mon cycle. Quand je lui ai dit que j'avais des règles irrégulières...

Katie jeta un coup d'œil à Ian, qui vola à son secours.

— Votre collègue a insisté, compléta-t-il. Elle voulait en savoir plus. On n'a pas aimé ses questions, alors on s'est tus.

Jessie opina. Bran et elle auraient réagi de la même manière. Elle en était sûre.

— Je comprends. C'est normal.

— Remarquez, j'ai l'habitude, lâcha Katie dans un soupir. Ma mère a vu que j'avais grossi. Quand j'ai commencé à avoir mal au ventre, elle m'a accusée...

L'adolescente laissa échapper un sanglot et enfouit le visage dans les mains.

— Notre beau-père a manifesté sa désapprobation à coups de ceinture ! s'exclama Ian, rageur.

— Vous faites bien de nous le dire.

Jessie consigna le récit des jeunes gens sur sa tablette. Elle avait souvent géré des cas de maltraitance, mais elle ne s'y habituerait jamais. Cela la révoltait à chaque fois, et pour cause !

Georgia avait posé des questions médicales, ce qui était logique. Elle avait très bien joué son rôle de médecin en première intention : éliminer un diagnostic de grossesse était indispensable dans ces cas-là. Jessie avait trouvé un angle d'approche complémentaire, certes, mais elle devait rester focalisée sur la santé de Katie.

— Quand ces douleurs ont-elles commencé ?

— Il y a... un mois et demi environ. Cela ne faisait pas trop mal au début, j'avais juste des petites crampes. Je mettais une bouillotte, je prenais du paracétamol... Cette solution n'a pas marché longtemps.

Katie se redressa contre les oreillers en grimaçant. Le regard éloquent de William confirma les soupçons de Jessie : la patiente souffrait plus qu'elle ne voulait l'admettre.

— As-tu mal des deux côtés ?

— Non, juste à gauche. L'appendice est à droite, donc...

La jeune fille avait dû effectuer quelques recherches sur Internet. Jessie n'y voyait aucun inconvénient puisque ce réflexe était devenu fréquent chez les malades. Il arrivait d'ailleurs que les gens tapent dans le mille, ce qui lui faisait gagner du temps lorsqu'ils arrivaient aux urgences. Le Dr Mueller – un collègue plutôt grognon – y aurait trouvé à redire, mais par chance il était en congé.

— Acceptes-tu que je t'examine, Katie ? demanda-t-elle.

La patiente opina, puis souleva son T-shirt. Si elle avait pris du poids, elle avait dû être squelettique auparavant, car elle n'avait pas un gramme de graisse. Au moins, Jessie localiserait les organes sans difficulté...

À la palpation, le côté droit se révéla souple et non douloureux. Mais à la seconde où Jessie effleura le côté gauche la malheureuse Katie poussa un cri perçant. Oh ! non ! L'ovaire était au moins trois fois plus gros que la taille normale !

— Trouve-moi un gynéco, William. J'ai besoin d'une échographie vaginale, maintenant, tout de suite.

Dans la mesure du possible, elle évitait de donner ses consignes devant les patients pour ne pas les affoler, mais là le temps pressait. Sauf erreur, Katie avait besoin d'être opérée en urgence.

Alors que William se ruait dans le couloir, Katie éclata en sanglots.

— Je ne suis pas enceinte, pas enceinte ! cria-t-elle.

Ian secoua la tête. Il avait les larmes aux yeux.

— Si elle le dit, je la crois. Ma sœur n'est pas une menteuse.

— Je la crois aussi, répondit Jessie d'un ton doux. J'ai demandé un avis gynécologique parce que je suspecte une torsion ovarienne. Cela veut dire que l'ovaire et peut-être la trompe se sont enroulés dans les tissus qui les maintiennent. Cela fait horriblement mal.

— Allez-vous lui donner quelque chose pour la soulager ?

— Si mon diagnostic se confirme, il faudra l'opérer tout de suite. Nous préviendrons vos parents.

— Non !

— Non !

Le duo avait protesté en chœur. Jessie secoua la tête, l'air navré.

— Je comprends votre réaction, mais Katie est mineure.

— On... s'est enfuis, expliqua cette dernière d'une voix tremblante. Enfin... Ian est majeur, mais *moi* je me suis enfuie. Je ne peux pas y retourner. S'il vous plaît.

Le problème suspecté par Georgia s'avérait bien familial. Ces gamins étaient terrorisés. Le beau-père de Katie devait la maltraiter depuis un certain temps, mais hélas l'hôpital était tenu de respecter la loi.

— Ces malades mentaux refuseront l'opération, gronda Ian en donnant un coup de pied dans la table de chevet. Ils détestent les médecins. En fait, ils détestent... les gens. Ils fuient le monde entier.

— J'ai une solution, répondit Jessie d'un ton apaisant. L'opération de Katie est une urgence. Dans ces cas-là, on n'a pas besoin d'accord parental. Je dois juste les informer. Qu'ils donnent leur permission ou pas ne changera rien.

— Vous allez la soigner ?

— Bien sûr. Notre devoir passe avant tout.

— Ouf ! Merci...

Jessie allait répondre quand la porte s'ouvrit en grand, livrant passage au Dr Padma Lohar. Une manipulatrice radio suivait de près, poussant un échographe sur une table roulante, et William fermait la marche avec le chariot de soins.

Après que Jessie eut résumé la situation, Padma expliqua à Katie en quoi consistait l'échographie transvaginale.

— J'accepte, répliqua l'adolescente d'une voix faible. Ian, il faudrait appeler maman, histoire de la prévenir avant les médecins. Ce serait mieux.

— Hmm. Cela ne m'enchante pas, mais tu as raison.

Le jeune homme parti, William ferma la porte. En quelques instants, Padma confirma le diagnostic de torsion ovarienne.

— Tu dois l'avoir depuis un moment, Katie, déclara-t-elle. Tu as été courageuse de supporter une douleur pareille. Je vais t'opérer tout de suite. Jessie va te préparer pour l'intervention, ne t'inquiète pas. On se retrouve d'ici quelques minutes.

Sur ces mots, Padma se précipita hors de la pièce, direction le bloc. Jessie expliqua alors à Katie en quoi consistait une laparoscopie. Avec cette incision minimale, le chirurgien évitait d'ouvrir le ventre et le patient se rétablissait plus vite.

— Padma va détortiller l'ovaire et essayer de le sauver, précisa-t-elle. Mais ce sera peut-être difficile, car le problème ne date pas d'hier. Dans ce cas, elle l'enlèvera mais, rassure-toi, il te restera un ovaire en bon état. Tu pourras quand même avoir des enfants.

— Je n'en veux pas. Ma décision est prise !

— D'accord. C'est ton choix, il est respectable. J'ai des amies qui pensent la même chose que toi. Elles ont trente ans et pour le moment elles n'ont pas changé d'avis.

— Et vous ?

Jessie se mordit la lèvre. Elle aurait voulu devenir maman, sauf qu'elle n'était pas née sous une bonne étoile. Elle était venue au monde pour sauver son frère. Elle avait échoué. Quel genre de bagage était-ce pour avancer dans la vie ?

— Je suis célibataire. Je travaille beaucoup. Je... verrai plus tard. Bon, je vais te faire une prise de sang...

Elle se concentra pour réaliser en urgence les examens préopératoires. Elle venait juste de terminer quand Mary, une infirmière, se matérialisa dans la chambre.

— Bonjour, Katie, dit-elle gentiment. On m'a demandé de faire un excès de vitesse pour t'emmener au bloc. Mon record, c'est une minute et six secondes, mais je peux le battre.

Cette déclaration fit sourire Katie et, après lui avoir serré la main, Jessie se posta près du lit, prête à suivre le mouvement. Sa jeune patiente ne descendrait pas au bloc sans elle. C'était hors de question.

— Rentre si tu veux. Je vais rester, moi.

William se laissa tomber sur le canapé près de Jessie et la considéra, soucieux. Même si elle était épuisée, elle ne l'admettrait pas. Elle ne disait jamais qu'elle avait faim, froid ou soif et cette attitude frôlait l'inconscience. La plupart des soignants savaient s'arrêter quand leur corps disait « stop », mais pas elle.

Sidéré par son abnégation, il avait fini par acheter des barres de céréales, du chocolat et des fruits secs. C'était la « réserve Jessie », sa façon à lui de la chouchouter. Elle le méritait bien.

— Katie restera un bon moment en salle de réveil. J'ai expliqué à Ian qu'on lui avait retiré l'ovaire. Elle n'est pas passée loin de la septicémie. Tu sais qu'elle est entre de bonnes mains là-bas...

— Bien sûr, mais je préfère rester un peu. Je voudrais être là si la mère et le beau-père arrivent.

À son regard déterminé, William sut qu'elle défendrait ces gamins bec et ongles. Toutefois, elle n'aurait pas l'occasion de dire leurs quatre vérités aux parents.

— Ils ne viendront pas, répondit-il en soupirant. Ils savent ce qui les attend. Au fond, c'est aussi bien pour Katie et Ian.

Constatant que Katie portait encore des traces de coups sur le dos, Padma avait fait appeler la police. L'assistante sociale était arrivée et avait confié la garde provisoire de sa sœur à Ian, lequel se battait depuis un an pour l'obtenir.

Le jeune homme, qui travaillait depuis peu, venait de s'installer dans un petit appartement. Il accueillerait Katie et prendrait soin d'elle à sa sortie de l'hôpital, le temps qu'elle puisse retourner au lycée. Ces deux-là avaient connu l'enfer, mais ils étaient unis. Ils avaient de bonnes chances de s'en sortir avec un suivi adapté.

William soupira. Lui-même avait bien démarré, mais qui pouvait garantir le futur ? Il était tombé de haut en apprenant que sa vie rêvée d'adolescent cachait une autre réalité…

— Tu devrais aller dormir. Tu es K-O.

Il allongea le bras sur le dossier du canapé. S'ils n'avaient pas été en salle de repos, mais chez lui ou chez elle, Jessie aurait posé la tête sur son épaule. Elle aurait fermé les paupières. Elle se serait endormie… ou peut-être pas. Car depuis quarante-cinq jours il se demandait chaque matin si elle lui faisait encore confiance. Il s'efforçait pourtant d'être irréprochable !

Non, il n'avait pas oublié cette nuit magique. Non, il n'arrivait pas à se dire qu'il n'embrasserait plus Jessie. Mais sa vie amoureuse se résumait à une succession d'échecs, dont l'un avait tourné au drame. Il ne prendrait aucun risque avec sa meilleure amie. Elle était beaucoup trop précieuse.

— Tu manques de sommeil, murmura-t-il. En plus, tu te nourris mal.

— Arrête de jouer les nounous. Tout va bien, je t'assure.

Un délicieux frisson le parcourut lorsque Jessie lui tapota le genou. Néanmoins, il se hâta de reléguer ses souvenirs brûlants au fond de sa mémoire. Il n'était pas assez bien pour elle. Il n'aurait même pas dû se poser ce genre de question.

Chez les Harris, les hommes avaient hélas une fâcheuse tendance à se montrer toxiques.

À la quarantaine, son grand-père s'était entiché d'une jeune femme et avait quitté le domicile conjugal. Quant à son père… il avait joué les époux modèles, mais la vérité avait fini par éclater au grand jour.

William n'avait rien vu venir. Comment l'aurait-il pu ? Ses parents ne se querellaient jamais. Ils restaient seulement des journées entières sans communiquer. Il s'était habitué aux repas silencieux ou aux absences de son père, prétendument à cause du travail. Mais un jour cet univers en apparence tranquille avait volé en éclats.

Il venait de fêter son seizième anniversaire quand un certain William Harris avait pris contact avec lui via les réseaux sociaux. Non content d'être son demi-frère, ce garçon portait le même prénom que lui. Et *leur* père, confronté à ses propres mensonges, avait traité le sujet avec la même légèreté que s'il avait parlé de la météo.

Ce sinistre individu se moquait bien des autres. Son égoïsme forcené lui avait permis de mener une double vie sans sourciller et sans la moindre honte.

Par peur du scandale, sa mère n'avait pas divorcé. Elle avait juste arrêté de faire semblant. Elle avait aussi fait en sorte que William comprenne tout le mal qu'elle pensait des hommes de la famille.

Lui, s'était-il promis, serait différent. Il avait décidé d'être irréprochable s'il rencontrait un jour la femme idéale. Et il y avait tellement cru qu'il avait failli se marier. Mais l'histoire avait tourné au désastre et, au bout du compte, il avait détruit les rêves de son ex-fiancée.

Il n'avait pas été programmé pour le bonheur. Sachant cela, il préférait arrêter les dégâts. Il respecterait le pacte qu'il avait noué avec lui-même en demeurant l'ami fidèle de Jessie.

— Je suis juste un peu débordée, ajouta-t-elle, car il n'avait pas répondu.

— Tu es toujours débordée.

Elle ne vivait que pour l'hôpital, au point que, sur ses jours de repos, elle allait proposer ses services en pédiatrie. Elle lisait des histoires aux enfants, elle passait un moment avec eux. Pour l'avoir vue avec les plus jeunes, il était sûr qu'elle deviendrait une maman incroyable si elle fondait une famille. Ce ne serait pas avec lui, en tout cas…

Il mit un terme à ces réflexions déprimantes en voyant Padma entrer comme une tornade. Cette dernière fourra sa blouse jetable dans la poubelle d'un geste rageur, puis elle s'adossa au mur et laissa échapper un sanglot.

Avant que William n'ait pu réagir, Jessie se leva. Elle courut vers Padma et lui donna une longue accolade.

— Tu lui as sauvé la vie, chuchota-t-elle. Katie s'en remettra sans séquelles. Tu as fait le maximum.

Tout le monde, au bloc, avait dû dire la même chose à Padma. Mais une opération réussie ne suffisait pas toujours à remonter le moral des chirurgiens.

— Elle aurait dû être hospitalisée bien plus tôt, gronda Padma. Ses parents auraient dû s'occuper d'elle au lieu de la malmener. Je mets des enfants au monde presque chaque jour. Certaines personnes feraient mieux de ne pas en avoir ! Si j'étais intervenue avant-hier, peut-être même hier, j'aurais pu éviter l'ablation ovarienne. Mais non. Ces monstres ont juste cru qu'elle était enceinte. Au secours !

Padma laissa échapper un long soupir, puis reprit :

— Les signes de grossesse sont quand même différents, non ? La fatigue, la nausée, le manque d'appétit… Si Katie avait eu ce genre de symptômes, ils auraient pu s'interroger, mais là… Leur gamine souffrait le martyre et jamais, pas une fois, ils n'ont jugé bon de l'emmener chez le médecin.

La gynécologue alla déverrouiller son casier, puis elle récupéra ses affaires.

— Merci de m'avoir écoutée pendant que je vidais mon sac, dit-elle d'un ton plus calme. Je vais me changer, rentrer et essayer de me détendre devant un bon film.

— Tu as raison, approuva Jessie. Appelle-moi si tu veux discuter un moment.

— Merci beaucoup, répéta Padma avant de sortir.

À la grande surprise de William, Jessie se dirigea à son tour vers les casiers.

— On ne sert à rien ici, déclara-t-elle. Katie a besoin de Ian et de personne d'autre. Je passerai la voir demain matin. On devrait aller dormir, toi comme moi.

— Enfin une parole sensée ! Il était temps.

Après qu'il eut récupéré ses propres affaires, ils rejoignirent l'ascenseur.

Jessie avait changé depuis leur nuit d'amour. Il le remarquait chaque jour un peu plus, mais comment lui en vouloir ? Lui aussi avait été bouleversé. Vouloir rester naturel était une chose, y parvenir en était une autre.

— Ça va ? demanda-t-il dès que la cabine eut pris la direction du sous-sol, où se trouvait le parking.

Jessie leva les yeux au plafond. Six semaines plus tôt, elle aurait répondu par une boutade, mais leur camaraderie bon enfant n'existait plus. Il n'avait pas le choix : il devait tout faire pour combler le fossé qui les séparait.

— Je m'inquiète, insista-t-il. Tu as l'air au bout de ta vie. Tout t'écœure, tu ne manges rien... Si Padma était à ma place, elle dirait que tu es enceinte.

Il avait voulu jouer la carte de l'humour, mais en fut pour ses frais : au lieu de rire comme elle l'aurait fait d'habitude, Jessie se renfrogna.

Quel idiot ! Ils ne passeraient jamais à autre chose s'il manquait à ce point de subtilité. Et puisqu'ils avaient utilisé des préservatifs elle ne risquait pas d'être enceinte.

— Pardon, c'était totalement déplacé, maugréa-t-il. J'ai... beaucoup de mal à faire semblant.

— Je sais. C'est pareil pour moi.

Elle avait blêmi de manière inquiétante. Toutefois, il n'eut pas l'occasion de réagir, car elle se précipita hors de l'ascenseur dès l'ouverture des portes.

— Jessie, attends !

Il la rattrapa devant sa voiture. Elle lui posa la main sur l'épaule, mais à ce contact un frisson glacé supplanta l'habituelle vague de chaleur. Pourquoi le dévisageait-elle ainsi ? Allait-elle lui annoncer qu'ils avaient tout gâché et que leur amitié était morte ?

— Tu es… ma meilleure amie, balbutia-t-il, désespéré.

— C'est réciproque, murmura-t-elle. Je ne veux pas te perdre, William.

Il exhala un soupir de soulagement. Ils étaient sur la même longueur d'onde. Ils allaient s'en sortir.

Quand il lui entoura les épaules, elle ne se déroba pas.

— Tu ne me perdras jamais. On est unis comme les doigts de la main, Jessie. On a eu un petit loupé, mais cela arrive dans toutes les relations amicales.

Sauf que les « loupés » concernaient en général les sorties, les vacances, un désaccord sur la façon d'appréhender la vie… Il était assez rare que des amis fassent l'amour comme si l'univers les avait destinés l'un à l'autre !

Au petit matin, il avait fallu retomber sur terre. Jessie valait mieux qu'un homme tel que lui. Il s'estimait heureux qu'elle lui ait déjà tant donné depuis le jour de leur première rencontre.

— Tu ne me perdras jamais, répéta-t-il. Tu es ma meilleure amie.

Elle opina gravement, puis eut un petit sourire.

— On regarde un film chez moi dimanche soir ?

C'était leur rituel de fin de week-end lorsqu'ils étaient tous les deux en repos. Mais, comme par hasard, leurs plannings n'avaient pas coïncidé ces dernières semaines…

— Avec plaisir, répondit-il. Un film triste ou gai ?

Elle se frotta le menton comme elle le faisait toujours quand elle réfléchissait.

— Hmm. Si la garde de demain ressemble à celle d'aujourd'hui, j'aurai envie de pleurer. Il paraît que le dernier dessin animé sorti sur les plates-formes est assez émouvant.

Il s'esclaffa.

— Il n'y a que toi pour sangloter devant de pareilles mignonneries. Les gamins rigolent, eux.

Sans réfléchir, il s'adossa à la voiture et le regretta immédiatement quand un parfum fruité lui chatouilla les narines. Malgré sa fatigue, Jessie restait fraîche et pimpante. Il la trouvait même encore plus séduisante avec les quelques mèches rousses échappées de sa queue-de-cheval...

Le bruit d'un claquement de doigts le fit sursauter.

— Ici la Terre. Où es-tu parti ?

— Hmm, je suis... fatigué. La journée a été longue, en effet.

Elle lui tapota la poitrine, puis recula comme si elle s'était brûlée.

— Va vite te reposer. Bonne nuit, William.

Lorsqu'elle démarra, il lui fit un signe accompagné d'un sourire forcé.

Il avait raccompagné sa meilleure amie jusqu'au parking. Il n'y avait aucun mal à cela. Il aurait juste été plus heureux si elle l'avait invité à dîner.

2

Deux lignes roses.

Après cinq tests positifs, le doute n'était plus permis. Jessie était enceinte.

Elle observa avec consternation les petits tubes alignés sur la tablette du lavabo. Elle connaissait précisément la date où ce bébé avait été conçu. Sa dernière relation avant William remontait à plus de deux ans…

Après s'être habillée, elle envoya un message à Padma. Elle souhaitait voir la gynécologue à la cafétéria avant le début de leur service. Cette dernière lui répondit par un point d'interrogation, ce qui, somme toute, était assez logique puisqu'elles ne se fréquentaient pas. Et pour cause : Jessie avait du mal à se faire des amis.

Durant l'enfance, elle avait à peine eu le droit de mettre le nez dehors. À l'époque, ses parents avaient toujours peur qu'elle ne s'enrhume et ne contamine Bran. Elle avait grandi en vase clos avec son frère. Ils avaient suivi un programme d'école à la maison. Elle n'avait pas intégré les codes permettant de tisser du lien social.

Le jour où, fraîchement diplômée, elle était arrivée à Anchorage, elle avait paniqué devant les questions pourtant basiques de ses nouveaux collègues. Plus tard, quand elle avait demandé à William pourquoi il était venu vers elle, il avait haussé les épaules. « Tu semblais avoir besoin d'un ami », avait-il répondu. C'était vrai.

Elle n'avait pas pris la mesure de sa solitude avant que William n'entre dans sa vie. Gentil et patient, il avait réussi à l'apprivoiser.

Et puisqu'ils se connaissaient par cœur elle savait qu'il allait mal réagir en apprenant qu'elle était enceinte.

Au fil des années, il avait eu de nombreuses petites amies. Autrefois, Jessie riait en découvrant qu'il avait « une nouvelle copine ». Mais depuis un an environ elle ressentait une pointe de jalousie lorsqu'il annonçait avoir un rendez-vous galant. Elle savait bien, pourtant, que cette réaction était stupide.

William et elle ne voulaient pas la même chose. Il était allergique aux relations sérieuses alors qu'elle rêvait d'avoir un partenaire stable et des enfants. Il ne lui avait jamais expliqué pourquoi il refusait tout engagement, mais ses raisons dataient de l'époque « AA », avant Anchorage...

Je suis enceinte, Padma. J'aimerais en discuter avec toi.

Elle avait choisi de se montrer franche. Inutile de tourner autour du pot : elle avait besoin de réponses.

Une émoticône pouce levé, suivie d'une autre en forme de tasse, lui parvint en retour, lui arrachant un sourire malgré son stress. Elle n'était pas seule. Elle travaillait dans un hôpital. Elle avait des collègues ultra-compétentes. Elle ne devait s'inquiéter que d'une chose : la réaction de William.

— Je ne te croyais pas du style à utiliser des émojis.

Assise face à Padma dans un coin calme du réfectoire, Jessie gratifia sa collègue d'un sourire timide. Elle la connaissait peu, finalement.

— Ça va plus vite pour communiquer, répondit Padma en riant. Et tu le saurais si on échangeait plus de messages ! On pourrait aller boire un café de temps en temps, pour parler d'autre chose que du travail.

— Bien sûr, je... Tu as raison, bafouilla-t-elle, gênée.

— On en reparlera plus tard. Venons-en au scoop du jour ! De combien de semaines es-tu enceinte ?

Padma la dévisageait comme si elle était une patiente, ce qui ne l'étonna pas. Rien n'échappait au regard affûté de la gynécologue. Cette dernière avait dû remarquer son teint blême et ses yeux cernés !

Le matin, Jessie buvait du thé à la menthe, mais elle était incapable de s'alimenter. Il était rare pour une femme enceinte d'être malade si tôt. À ce train-là, elle risquait de développer un *hyperemesis gravidarum*, une forme sévère de nausées, qui nécessitait une hospitalisation, des perfusions et beaucoup de repos.

— Quand tu as parlé des symptômes de la grossesse hier, cela a fait « tilt », expliqua-t-elle. Je suis allée à la pharmacie en rentrant et j'ai acheté cinq tests. Cinq, Padma !

— Et donc ? Pour la date ?

— Six semaines et quatre jours. On a utilisé des préservatifs, mais... je ne te fais pas de dessin. L'efficacité totale n'existe pas. Bref. J'aurais dû avoir mes règles il y a dix jours. Comme j'ai été débordée aux urgences, cela m'est sorti de la tête.

De retour chez elle, la veille, elle avait consulté son calendrier. Tout avait soudain pris une signification nouvelle. La poitrine douloureuse, la fatigue, la nausée... Elle avait compris qu'elle était enceinte avant même de faire les tests.

Et dire que William avait plaisanté sur le sujet ! S'il avait su...

— William est-il au courant ?

— Non. D'ailleurs, je ne t'ai pas dit qui était le père.

— Oh ! pitié ! Tu sais que l'hôpital est un nid à commérages. Tout le monde vous trouve bizarres depuis quelque temps. Vous marchez sur des œufs en présence l'un de l'autre. J'imagine que vous n'aviez pas prévu de coucher ensemble ?

Jessie ouvrit la bouche et la referma, stupéfaite. Elle avait toujours apprécié la franchise légendaire de Padma mais, là, elle s'en serait bien passée.

— Je n'avais rien prévu, et surtout pas de tomber enceinte. Je suis perdue. J'ai besoin de temps pour digérer la nouvelle. Je voulais juste... que tu me recommandes quelqu'un pour mon suivi médical. Tu ne pourras pas être ma gynéco officielle puisqu'on est collègues.

— Mais bien sûr, avec plaisir ! Et tant qu'on y est je vais te donner mon avis éclairé. Il faut prendre soin de toi. Tu travailles dans un environnement stressant.

Jessie but quelques gorgées de thé et soupira.

— Je vais très bien, répondit-elle sans grande conviction.

— À d'autres. Tu as déjà l'air au bout de ta vie. La plupart des femmes n'ont aucun symptôme à six semaines.

— J'ai toujours été... à l'écoute de mon corps.

Disant cela, elle ne mentait pas. Elle avait trois ans quand le cancer de Bran avait récidivé. Jusqu'alors, la greffe de cellules souches - qu'on lui avait prélevées alors qu'elle était un nourrisson - avait donné un peu de répit à son frère. Sa famille avait connu une période heureuse, dont elle n'avait hélas aucun souvenir.

En revanche, elle se rappelait très bien l'hôpital, les infirmières, les piqûres. Elle revoyait l'air abattu de sa mère, les regards fixes de son père.

Au bout du compte, les nouveaux traitements avaient fait gagner dix ans à Bran. Mais les derniers mois il avait été l'ombre de lui-même. Il était décédé peu après son seizième anniversaire. Il répétait déjà depuis un moment qu'il n'apprendrait jamais à conduire, qu'il n'irait pas à l'université. Il lui avait demandé de vivre toutes ces choses à sa place...

Padma termina son café, puis la regarda droit dans les yeux.

— Puisque tu te connais par cœur, tu es bien placée pour savoir que tes symptômes sont problématiques. Il va falloir que tu dormes assez pour récupérer. Autrement dit, tu devras ralentir la cadence et te faire aider.

— Je suis... toute seule. Cela me paraît difficile.

Padma allongea le bras sur la table et lui pressa la main.

— Ne tarde pas pour le dire à William. Plus tôt il le saura, mieux cela vaudra.

Jessie se frotta l'abdomen d'un geste machinal. Elle avait toujours rêvé d'être maman. Un petit être grandissait là, bien au chaud dans son ventre. C'était son bébé. Quelle que soit la réaction de William, elle garderait cet enfant et le chérirait de tout son cœur.

Alors qu'elle réfléchissait, elle eut conscience d'un mouvement dans son champ de vision.

— Salut, les filles !

Georgia venait de s'asseoir près de Padma. Elle avait l'air tellement en forme que, par contraste, Jessie eut l'impression de sortir du lit.

Reprends tes esprits. Concentre-toi sur le travail.

— Katie va mieux ce matin, dit-elle. Je suis passée la voir en arrivant.

— L'histoire s'est bien finie, grâce à vous deux et à William, répondit Georgia. J'espère que la journée d'aujourd'hui sera plus calme. Ça va, vous avez pu récupérer ?

— Pas vraiment. Je suis enceinte, déclara Jessie.

Les mots lui avaient échappé et elle porta une main à ses lèvres. Qu'elle l'ait dit à Padma avant William, passe encore, mais à ce train-là tout le monde allait le savoir, sauf lui !

Georgia la dévisagea, bouche bée.

— Euh…

— Je m'excuse d'avoir lâché ma bombe sans prévenir. Je n'arrive plus à maîtriser mes émotions. J'ai du mal à digérer le choc, tout simplement.

— Pardon de m'être incrustée, répondit Georgia avec un rire nerveux. Si vous préférez que je vous laisse…

— Non, reste ! s'exclama Jessie. Simplement, ne dis rien à William. C'est lui le père, mais il n'est pas au courant.

Georgia se frappa le front.

— Bien sûr… D'accord.

— Et pour le café entre filles on devrait caler une date, intervint Padma. On pourrait aussi se faire un restaurant, une soirée cinéma… Ce serait sympa de se voir en dehors de l'hôpital.

— Tu as raison, approuva Georgia.

— Bonne idée, murmura Jessie, mais elle avait clairement la tête ailleurs.

— Puisque tu es dans la confidence, Georgia, je compte sur toi pour la surveiller, dit Padma. On sait déjà qu'elle ne va pas être raisonnable.

Georgia esquissa un salut militaire en riant.

— À vos ordres, capitaine ! J'ai intérêt à obéir, Jessie. Je t'aime bien, mais Padma est impressionnante quand elle s'y met.

Jessie se mit à rire. Ces deux-là étaient formidables. Elle ne regrettait pas de s'être confiée à elles. Un bonheur diffus supplantait maintenant l'inquiétude et la peur engendrées par sa situation.

— Il y a de l'ambiance par ici, dites-moi.

La voix grave de William déclencha une réaction immédiate chez Jessie : elle aplatit la main sur son ventre.

— Salut, vous trois ! J'arrive trop tard, apparemment. J'ai l'impression que vous avez fini.

Il se pencha sur le côté et, l'espace d'une seconde, Jessie crut qu'il allait l'embrasser. Mais il s'éloigna pour aller se poster derrière Padma.

— Je... Il faut que j'y aille ! bafouilla Georgia en se levant comme un ressort.

— Moi aussi, je suis en retard, renchérit Padma.

Dans le genre subtil, on avait vu mieux. Si William ne comprenait pas qu'il y avait un malaise...

Après ce départ précipité, il secoua la tête en souriant.

— Elles se sont levées du pied gauche ou alors je les fais fuir ? Enfin, ça leur passera. Tu as bu un thé noir ?

— Non, un thé vert à la menthe.

Elle se leva, puis ils rejoignirent le couloir menant aux urgences.

— Tu n'as pas oublié ton café à emporter. Tu dois en être à ton quatrième, au moins, commenta-t-elle.

— Quelle idée ! s'exclama-t-il, l'air faussement indigné.

Il avait beau protester, elle le connaissait par cœur. Il lui avait confié un tas de choses, notamment son refus catégorique d'avoir des enfants. Il ne lui avait jamais expliqué pourquoi et, fidèle à leur accord, elle s'était abstenue de le questionner.

— Padma se sent-elle mieux qu'hier ? demanda-t-il.

Quelle idiote ! Elle n'avait même pas demandé à sa collègue comment elle allait. Depuis quand était-elle devenue si égoïste ? Apprendre qu'on était enceinte n'excusait pas tout.

— Je… n'en sais rien.

Ils entrèrent en salle de repos, où William déverrouilla son casier. Il avait l'air perplexe.

— Ah bon. Je croyais que vous en aviez parlé ce matin, toutes les trois.

— Non.

Elle aurait dû mentir, mais elle en était incapable. Sa bouche refusait d'obéir aux ordres lancés par son cerveau. Elle n'arrivait plus à parler, encore moins à réfléchir.

— Jessie ?

— Je suis enceinte.

Elle exhala un profond soupir, puis se força à enchaîner :

— Je suis désolée, William. On en parlera plus tard si tu veux. Mon premier réflexe a été de contacter Padma, vu qu'elle est gynécologue. Tu comprends ? Bon, on en discutera tout à l'heure. Pardon. Je suis désolée.

Elle récupéra son stéthoscope dans son casier, puis se précipita vers la porte. Comment avait-elle pu être aussi stupide ? Elle aurait voulu préparer William, lui annoncer la nouvelle autrement. Existait-il pire façon de dire à un homme qu'il allait être père ?

Elle méritait la palme de la bêtise sur ce coup-là.

William aurait dû prendre son service depuis cinq minutes, mais ses pieds étaient cloués au sol. Il restait planté dans le couloir, incapable du moindre geste. Jessie allait avoir un bébé. Un bébé…

— Ici la Terre. Hé ho, William !

Il sursauta quand Georgia lui donna un vigoureux coup de coude.

— Hmm, je... rêvassais.

Georgia leva un sourcil dubitatif, mais s'abstint de tout commentaire. Elle avait pourtant dû sentir qu'il n'était pas dans son assiette. Ils avaient grandi ensemble. Elle connaissait une partie de son histoire. Elle savait notamment qu'il n'était pas retourné dans leur ville natale depuis l'âge de dix-huit ans.

— Je voulais te remercier pour Katie, dit-elle. J'ai mal géré la situation. J'ai traité un cas difficile la semaine dernière, une ado enceinte, et j'ai... extrapolé.

— Tu as bien fait ton travail, au contraire, protesta-t-il. Tu as senti qu'il y avait un problème. Tu as eu raison d'écouter ton instinct.

Il roula les épaules en arrière pour évacuer la tension qui s'y était installée. Georgia lui tendit une fiche, puis le considéra d'un air inquiet.

— Ça va aller ? Je sais qu'il y a de l'eau dans le gaz avec Jessie.

— On ne s'est pas disputés, rassure-toi. On ne se dispute jamais.

Ils se chamaillaient parfois au moment de choisir un film ou de commander le repas. Et puis, il n'avait pas apprécié son dernier petit ami, mais cela commençait à dater. Il s'était réjoui secrètement qu'elle ne fréquente personne depuis car, même s'il s'en défendait, il était un peu jaloux. Il n'avait pourtant aucun droit de l'être.

— Je n'ai jamais parlé de dispute. Mais, si on va par là, tout le monde finit par se disputer un jour ou l'autre, William.

— Même toi et Eli ?

Georgia et le Dr Eli Jacobsen avaient renoué lorsqu'elle était arrivée à l'Anchorage Memorial. Ces deux-là étaient devenus inséparables et, même s'il se réjouissait pour eux, il était un peu jaloux de ce bonheur. Pour lui, ils formaient le couple idéal. Ils incarnaient ce qu'il ne pourrait jamais avoir.

— Il nous arrive d'être en désaccord, répliqua Georgia. Rien n'est parfait dans la vie. C'est la même chose en amour... Et d'ailleurs n'essaie pas de détourner la conversation. Est-ce que tu vas bien ?

Il haussa les épaules.

— Je ne sais pas, admit-il.

— Voilà au moins une réponse franche. Je préfère ça.

Elle lui tapota le bras, puis reprit :

— Si tu peux commencer maintenant, j'ai besoin de toi. Je viens d'admettre un jeune de vingt-sept ans qui a sauté un « petit fossé », comme il dit, pendant une sortie en montagne. Il s'est mal réceptionné et s'est empalé le pied sur un bâton.

William jeta un coup d'œil sur la fiche en grimaçant. Il visualisait déjà le résultat.

— Ça ne doit pas être joli joli, commenta-t-il.

— Allons voir si on peut lui extraire ce bâton. D'après ce que j'ai vu sur les radios, c'est faisable.

Il opina et suivit Georgia, soulagé qu'elle ne dise plus rien. Il aurait été incapable de lui répondre. Au moins, s'activer aux urgences allait lui changer les idées. Il ne penserait plus à Jessie, qui portait son enfant.

Après avoir lâché sa bombe, elle s'était enfuie.

Où cela allait-il les mener ?

3

— On demande des couvertures propres en salle 3.

William sortait de traumatologie quand l'alerte se diffusa dans les haut-parleurs.

Ce message était en réalité un appel à l'aide déclenché par un soignant, via son bipeur. Or, William avait vu Jessie entrer dans le box 3 quelques minutes plus tôt !

Le protocole interdisait à quiconque d'agir avant les gardes. Mais Jessie avait besoin d'aide. Il était hors de question qu'il la laisse seule. Il s'expliquerait plus tard avec les responsables des ressources humaines.

Sitôt entré dans le box, il mesura le danger de la situation. Un homme visiblement furieux était penché sur une jeune femme alitée, le poing en l'air.

— Tout le monde va respirer et se calmer.

Jessie s'était exprimée d'une voix douce mais autoritaire. Quand William entra dans son champ de vision, elle ne tourna pas la tête. Elle n'avait d'yeux que pour le jeune couple.

— Si vous alliez en salle d'attente, monsieur ? suggéra William.

— Non. Cette idiote porte mon enfant.

— Et toi, tu n'en veux pas, balbutia la patiente.

Elle leva les genoux et s'y cacha le visage, mais William avait eu le temps de voir ses joues rouges et ses yeux gonflés.

— Bien sûr que je n'en veux pas ! Que va penser ma femme ?

— Bethany a besoin d'être soignée en urgence, intervint Jessie.

Son rythme cardiaque est trop élevé. Elle peine à reprendre son souffle...

— Et elle est enceinte de quatre mois. Dommage qu'elle ait attendu ce matin pour me le dire ! tonna l'individu.

Où est la sécurité ? Ils en mettent, du temps...

Soudain, l'homme se retourna et pointa l'index sur William.

— Apprendre que votre copine vous fait un gamin dans le dos, ça secoue, croyez-moi.

— Je me mets à votre place, répondit-il d'un ton calme.

Dans ce genre de situation, mieux valait faire croire à la personne agressive qu'on était de son côté. Cette attitude aidait à calmer le jeu. À cette minute précise, la priorité était d'éloigner l'homme de Bethany et de Jessie.

— Tu vas gâcher ma vie, espèce de salope ! hurla ce dernier en pivotant vers sa compagne. Tu as voulu me la faire à l'envers, mais ça va chauffer pour toi !

— Moi aussi, j'avais mon avenir tout tracé, dit William. Je ne voulais pas avoir une femme et un gosse dans les pattes. Quand ça vous tombe dessus, on a l'impression d'être piégé.

Il se sentait très mal d'avoir dû prononcer cette phrase devant Jessie, mais quel choix avait-il ? Ce type devait absolument croire qu'il avait trouvé du soutien. Sinon, les choses risquaient de dégénérer.

— La vie ne nous gâte pas toujours, nous pauvres hommes, reprit-il.

Tout en parlant, il s'était décalé pour se placer devant Jessie et Bethany. Au moins, si quelqu'un recevait un coup, ce serait lui.

— Exactement, approuva l'autre, insensible au chagrin de sa compagne.

Ce moins-que-rien avait dû lui promettre un amour éternel. Jessie veillerait à ce que la malheureuse reçoive de l'aide, mais en attendant il fallait traiter le volet médical.

— On pourrait en discuter autour d'un café, suggéra-t-il. Qu'en pensez-vous ?

Allez, mon gars, sors. Quitte cette pièce. Éloigne-toi de Jessie... et de notre bébé.

L'autre brandit de nouveau le poing, avant de se diriger vers la porte. William le talonna, le suivit dans le couloir et ferma le battant derrière eux.

— Sérieusement, quelle m...

L'importun n'eut pas le temps de finir sa phrase : deux gardes s'étaient matérialisés près de lui.

— Veuillez nous suivre, monsieur.

— Mais que...

— On y va. Maintenant. S'il vous plaît.

William recula. Il aurait eu beaucoup de choses à dire à cette ordure, mais cela n'aurait rien changé et il avait mieux à faire : il devait rejoindre Jessie.

Lorsqu'il pénétra de nouveau dans la chambre, elle ne se retourna pas.

— C'est bon, merci, dit-elle. Nora arrive. Je l'ai bipée.

Elle se focalisait sur Bethany, ce qui était normal. Mais elle aurait pu lever la tête dix secondes, non ?

Redoutait-elle, comme lui, la discussion qui les attendait ? Ils devaient parler du bébé. Le plus tôt serait le mieux.

Si seulement il avait su quoi dire...

— C'est une angine de poitrine.

Après avoir examiné Bethany, Jessie avait mené une batterie d'examens. Elle venait de récupérer les résultats quand, à sa grande surprise, le Dr Eli Jacobsen l'avait rejointe au poste des infirmières. Personne ne l'avait appelé puisqu'il était chirurgien cardiothoracique et non cardiologue. Mais comme il était venu voir Georgia, sa petite amie, il avait proposé ses services.

— Bethany est essoufflée depuis quatre jours. Elle a des douleurs dans la poitrine et des nausées. Chaque crise dure environ vingt minutes et survient lorsqu'elle fait un effort trop important, résuma Jessie.

En temps normal, elle se serait réjouie de voir Eli, dont la conscience professionnelle n'avait d'égal que le talent. Mais, là, elle avait hâte de passer le relais au cardiologue de garde. Elle avait besoin d'air. L'attitude de William l'avait tellement dégoûtée qu'elle avait peur de vomir là, derrière le bureau.

Qu'il soit choqué et même furieux, elle pouvait le comprendre. Mais il avait paru donner raison à cet homme horrible, le compagnon de Bethany. « Quand ça vous tombe dessus, on a l'impression d'être piégé ! » avait-il dit.

À ces mots, elle avait eu l'impression que son cœur se brisait. Si la situation n'avait pas été aussi dramatique, elle l'aurait chassé. Ou bien, elle aurait prié Georgia de venir la remplacer...

— Hmm. C'est limpide, en effet, déclara Eli. Ce genre de problème peut être causé par l'anémie ou le stress.

— Dans le cas de Bethany, c'est le stress. Tu sais que son petit ami nous a fait une frayeur, je suppose ?

— Non. J'étais au bloc jusqu'à maintenant.

Elle lui résuma ce qui s'était passé, sans omettre le rôle de William. Pourquoi avait-il fallu qu'il entre dans cette pièce ? Il avait fait voler son univers en éclats. Il lui avait prouvé qu'elle l'avait définitivement perdu.

Quand leur complicité avait été fragilisée par leur nuit d'amour, elle avait fait contre mauvaise fortune bon cœur. Elle s'était dit que ce malaise était passager et que les choses s'arrangeraient. Un vœu pieux, hélas.

Elle était tombée enceinte de son meilleur ami, mais il ne voulait pas d'enfant. Elle était sûre que tout était fini entre eux.

— Heureusement que William est intervenu ! s'exclama Eli. Il a détourné l'attention de ce malade. Je comprends mieux pourquoi Bethany est dans cet état.

— Dès qu'on aura un avis cardio, on la fera transférer en maternité. Elle aura besoin d'un suivi jusqu'à la fin de sa grossesse.

— En principe, un traitement à la nitroglycérine devrait régler le problème. Il y a de bonnes chances que les symptômes disparaissent après l'accouchement.

— Espérons-le. Elle aura déjà tellement de choses à gérer ! Elle sera mère célibataire, sans soutien familial puisque ses parents désapprouvaient cette relation. Il y a de quoi paniquer.

— Je vais aller discuter avec elle pour la rassurer.

— Merci beaucoup, Eli.

— Je t'en prie, c'est normal.

Après le départ du chirurgien, Jessie mit sa tablette en charge et se faufila derrière le comptoir. Elle allait sortir, respirer un peu. Si la nausée se calmait, elle descendrait boire un thé à la menthe.

Alors qu'elle récupérait sa veste dans son casier, William se matérialisa près d'elle.

— Je te cherchais, dit-il d'un ton calme. Tout va bien ?

Il n'avait pas l'air perturbé le moins du monde. C'était comme si la bombe qu'elle avait lâchée un peu plus tôt le laissait indifférent.

— Oui. Bethany va être hospitalisée en maternité. Ils la garderont sous monitoring pendant vingt-quatre heures. Ils sont au courant de la situation, donc ils vont faire surveiller la chambre. Son désormais ex-petit ami ne pourra pas entrer.

— Il ne reviendra pas.

Cette réponse catégorique l'énerva. William donnait-il raison à cet homme ?

— Même s'il est marié, ils ont conçu un bébé ensemble, objecta-t-elle. Les faits sont là. Il devra assumer.

— Un tribunal pourra le contraindre à payer une pension alimentaire. En revanche, rien ne l'obligera à s'impliquer personnellement. S'il ne veut pas voir son gamin, l'histoire s'arrêtera là. Cela vaudrait peut-être mieux d'ailleurs.

Pensait-il à leur propre situation ? Avait-il déjà prévu de lui envoyer un chèque tous les mois sans s'intéresser à leur enfant ?

Une vive douleur lui serra la poitrine et, de manière réflexe, elle effleura son abdomen. Quoi que l'avenir leur réserve, elle gérerait.

Le chagrin d'avoir perdu son meilleur ami ne disparaîtrait pas, mais elle devrait faire avec. Elle n'aurait pas le choix.

Elle sursauta. William venait de lui poser une main sur l'épaule, l'arrachant à ses tristes réflexions.

— On devrait parler, non ? dit-il doucement.

La douceur de son regard brun lui fit monter les larmes aux yeux. Non, il ne ressemblait pas au petit ami de Bethany. Oui, il avait voulu calmer le jeu en donnant l'impression de soutenir cet homme. Mais il l'avait fait de manière un peu trop convaincante !

— Jessie ?

Elle inspira à fond, puis recula.

— L'équation est claire : tu ne veux pas d'enfant. Tu me l'as dit et répété maintes fois.

Pour sa part, elle avait appris très jeune le sens du mot « sacrifice ». Elle avait refoulé ses souhaits, ses rêves, ses désirs. Elle avait été conçue pour sauver la vie de son frère, mais cela n'avait pas marché. Il était mort en lui tenant la main...

Ivre de chagrin, sa mère lui avait reproché d'être une fille inutile. « Tu n'aurais jamais dû naître et pourtant, toi, tu es encore là. C'est injuste. »

Oui, elle était là et bientôt elle allait devenir mère. Elle avait toujours rêvé de fonder une famille. Elle voulait être une maman chaleureuse, attentive, aimante. Elle donnerait à son enfant tout ce qu'elle n'avait pas eu.

— Jessie...

William peinait visiblement à trouver les mots. Elle en eut confirmation lorsqu'il se balança d'un pied sur l'autre en fixant le sol.

— Ne t'inquiète pas, ça va, dit-elle. Je respecte ton point de vue, mais cela ne changera rien. Je vais garder le bébé.

Sans lui laisser le temps de répondre, elle empoigna sa veste, courut vers la porte et sortit. Elle venait de s'enfuir pour la deuxième fois de la journée, incapable d'affronter la situation en adulte responsable.

Pour une future mère, elle se posait là. Elle allait devoir rectifier le tir. Le plus tôt serait le mieux.

Un concert de klaxons arracha William à sa rêverie. Le feu était passé au vert, mais il n'avait pas démarré.

Il leva la main en un geste d'excuse, puis il enclencha la première et bifurqua vers le centre commercial. Il conduisait depuis une bonne heure maintenant. S'il ne mangeait pas quelque chose, il allait frôler l'hypoglycémie.

Après sa garde, il avait récupéré sa voiture et s'était mis à rouler au hasard, incapable de prendre une décision. Il aurait voulu aller voir Jessie, mais pour dire quoi, au juste ? Il n'en savait rien. Il était perdu.

Il se gara devant le supermarché. Qu'achetait-on un jour comme celui-là ? Ses parents auraient pris une ou deux bouteilles de gin. Ils s'étaient mis à noyer leurs problèmes dans l'alcool quand les mensonges de son père avaient éclaté au grand jour. Son ex-fiancée, elle, avait passé les dernières heures de sa vie à boire.

Non, il ne s'engagerait pas sur cette voie. Cela lui rappelait de trop mauvais souvenirs.

Et dire que, gamin, il avait idolâtré son père ! Il l'avait pris pour un travailleur acharné et un homme généreux. Mais tous les beaux cadeaux offerts à William, tous les bijoux de prix destinés à sa mère cachaient une réalité sordide. Le « grand travailleur » passait en fait la moitié de son temps avec d'autres femmes. Il avait même eu d'autres enfants.

William avait une demi-sœur qui vivait dans le Massachusetts et qui, d'après ses informations, n'avait jamais rencontré leur père. Son demi-frère, qui se faisait appeler « Will », habitait toujours l'Alaska. Ils se ressemblaient fortement. Du moins, avant que William ne se fasse couvrir le corps de tatouages...

Un jour que, révolté et furieux, il avait demandé à sa mère pourquoi elle restait, elle avait haussé les épaules. « Les Harris sont des coureurs de jupons et des bons à rien », avait-elle répliqué, ajoutant qu'elle l'avait « toujours su ». Mais, malgré ses nombreuses conquêtes, son père l'avait épousée, elle. Il avait de l'argent. Elle menait une vie confortable. Elle ne s'imaginait pas recommencer à zéro au risque de tout perdre.

À une époque, William s'était cru capable de relever le niveau. Il avait rencontré Tess à l'université. Ils s'étaient plu, ils étaient tombés fous amoureux. Ils s'étaient fiancés. Et à sa manière il l'avait tuée. Rattrapé par ses démons, il avait scellé le destin funeste de la femme qu'il aimait.

Aucun enfant ne méritait d'avoir un père pareil. Et pourtant Jessie était enceinte…

Une vague de chaleur inattendue le submergea. Sa meilleure amie portait son bébé. Ce bout de chou aurait il les cheveux roux et le magnifique regard émeraude de sa mère ? Ou alors serait-il brun aux yeux noisette, comme lui ?

Quoi qu'il en soit, Jessie serait une maman formidable. Il en était convaincu. Mais, si elle découvrait son passé, elle refuserait peut-être de le laisser s'impliquer dans l'éducation de leur enfant. Ou pas. Après tout, elle était l'incarnation de la bienveillance et de la tolérance. Pouvait-il espérer qu'elle l'inclue dans cette nouvelle vie ? Il aurait voulu le croire…

Il descendit de voiture, entra dans la supérette et se dirigea tout droit vers le rayon pâtisserie.

Jessie avait un faible pour les cookies recouverts d'un glaçage coloré. L'été, on en trouvait en forme de tongs, de fleurs ou de cornets de glace. Il resta un moment planté devant le comptoir, puis il prit une décision.

Il n'était pas – et ne serait jamais – comme son père. En pareille situation, ce dernier aurait coupé les ponts avec sa petite amie. Ou alors, il lui aurait suggéré d'avorter. Il n'aurait pensé qu'à lui-même. Comme toujours.

William savait à quel point Jessie rêvait d'être mère. Il ignorait ce qu'elle avait vécu « avant Anchorage », mais il était presque sûr que l'existence ne l'avait pas gâtée. Alors non, il ne se défilerait pas. Au contraire, il se démènerait pour qu'elle ait une grossesse heureuse. Il l'accompagnerait sur le chemin de la maternité.

Après avoir choisi des cookies, il gagna le rayon puériculture, surpris de constater que ses genoux ne tremblaient pas. Il se sentait confiant, sûr de lui. Cela ne durerait peut-être pas, mais c'était un bon début.

Les sages-femmes de l'hôpital recommandaient aux futures mères d'acheter plusieurs paquets de couches à l'avance, afin d'être parées pour les semaines suivant l'accouchement. Toutefois, il ne les avait jamais entendues citer une marque plutôt qu'une autre. Le choix était vaste...

Il sélectionna le paquet le plus cher, taille « naissance », ajouta deux boîtes de lingettes et un hochet de dentition. Puis, après avoir fait quelques courses au rayon épicerie, il poussa son chariot vers les caisses.

Il avait raté assez de choses dans sa vie. Cette fois, il n'échouerait pas.

Son paquet de couches sous un bras, son sac à provisions dans l'autre main, William traversa l'allée fleurie qui conduisait à la demeure de Jessie.

Au cœur de la ville, cette petite bâtisse en briques dégageait un charme fou avec ses jardinières suspendues et son élégante façade. Au fil des années, William en avait fait sa deuxième maison, son havre de paix et de bien-être. Sauf que, récemment, tout avait changé.

Même s'il possédait la clé, il n'osait plus s'en servir. Il frappait avant d'entrer. Cela faisait partie des choses qui, depuis six semaines, prouvaient à quel point leur amitié était en péril.

Au moment de soulever le heurtoir, il eut l'impression d'entendre des coups de marteau. Ne recevant aucune réponse, il réitéra son geste une seconde, puis une troisième fois.

— Tu aurais pu entrer sans frapper, William ! Viens donc !

La voix de Jessie lui parut lointaine, comme si elle se trouvait à l'autre bout de la maison. Lorsqu'il pénétra dans le hall, il la vit agenouillée au fond du couloir, près de l'escalier menant à la cave. Elle s'affairait à poser des balustres, sans doute pour installer un garde-corps.

— Comment savais-tu que c'était moi ? demanda-t-il.

— Je ne reçois personne d'autre.

Il abandonna son chargement dans l'entrée, puis s'avança.

— Qu'est-ce que tu fabriques ?

Les colonnettes en bois brut semblaient ternes comparativement au vert de l'escalier et au rose fuchsia des murs. Il disait souvent, pour rire, que Jessie s'était aménagé une « maison des fées ». La gaieté et le bon goût régnaient en maîtres dans cet intérieur coloré, chaleureux, mais aussi très bien agencé.

— J'ai encore failli tomber en descendant à la cave, marmonna-t-elle. Trop, c'est trop. J'aurais dû installer cette rambarde depuis longtemps. Je la peindrai plus tard, mais en attendant je sécurise les lieux... Quel bon vent t'amène ?

Sans attendre la réponse, elle prit une nouvelle planche, qu'elle fixa adroitement à l'aide d'une visseuse.

— Je voulais... prendre de tes nouvelles, discuter. Je voulais aussi m'excuser.

Elle hésita, posa ses outils. Au bout d'un moment qui lui parut une éternité, elle se retourna enfin.

— Tu n'as rien à te reprocher. Ce serait plutôt à moi de m'excuser, William. Même s'il existe mille façons de dire qu'on est enceinte, je ne remporterai pas l'Oscar du meilleur scénario. J'ai eu tout faux sur ce coup-là.

— Je t'ai apporté quelques provisions, des cookies... et un paquet de couches, expliqua-t-il, voyant qu'elle regardait les sacs. Et tu n'as pas à t'excuser non plus. Tu étais sous le choc.

Le regard de Jessie s'éclaira.

— Des cookies ?

— Oui, ceux que tu aimes bien, avec les jolis glaçages.

Il la suivit vers la cuisine, heureux de l'avoir fait sourire. Il avait gagné la première bataille. Elle allait enfin manger quelque chose. Restait à savoir si elle accepterait de lui parler.

Dès qu'il eut déposé le sac sur la table, elle prit un cookie en forme de sandale et le croqua avec appétit.

— Hmm, ce sont les meilleurs ! Je vais utiliser la grossesse comme prétexte pour en manger tous les jours.

Elle regarda fixement le paquet de couches, puis reprit :

— C'est gentil, mais ce n'était pas la peine. J'étais sincère tout à l'heure. Je sais que tu ne veux pas d'enfant.

— Je n'en voulais pas, mais...

— Chut, coupa-t-elle en levant la main. Donner des coups de marteau m'a permis de réfléchir. J'ai trouvé une solution. Tu pourras jouer le rôle du tonton gâteux si tu le souhaites.

— Du tonton gâteux ? C'est-à-dire ?

— Tu auras la possibilité de t'investir, mais sans pression. On n'aura pas besoin de dire à cette petite cacahuète que tu es son père, jusqu'à ce qu'il ou elle soit en âge de comprendre. Tu resteras mon meilleur ami. Tu viendras quand tu voudras. Ton degré d'implication envers le bébé dépendra de toi.

« Sans pression », avait dit Jessie. Cette proposition semblait idéale sur le papier. Il aurait dû se réjouir, alors pourquoi avait-il envie de pleurer ?

— C'est... ce que tu veux ? bafouilla-t-il.

Jessie posa la main sur son abdomen ultraplat. Rien n'indiquait qu'elle était enceinte, et pourtant, d'ici sept mois et demi, elle aurait un minuscule colocataire. Ce bout de chou allait grandir auprès d'une mère géniale.

— Tu ne veux pas d'enfant. C'est *le* sujet sur lequel tu es intraitable. Je te vois mal changer d'avis.

Si elle avait su ! Tess, son ex-fiancée, avait cru pouvoir le convaincre. Deux semaines avant le mariage, il avait surpris une discussion entre elle et sa témoin. Tess expliquait à Martha que fonder une famille était une question de temps, qu'elle le ferait céder.

Bouleversé, il avait rompu. Il avait annulé la cérémonie, trouvant injuste de priver Tess de son rêve. Il avait cru à l'époque qu'ils étaient sur la même longueur d'onde, mais il avait fait fausse route. Et il s'était détesté pour ne pas s'être montré assez clair, assez honnête avec la femme qu'il aimait.

Dévastée par la rupture, Tess avait passé la soirée à boire des cocktails dans un pub. Elle avait pris le volant. Elle avait eu un accident et...

Non, non, non. Il ne voulait pas penser à Tess.

— Je me suis toujours dit que je serais un mauvais père, répondit-il en soupirant.

Jessie écarquilla les yeux.

— Hein ? C'est n'importe quoi. Tu serais un très bon père, William. Les médecins t'appellent dès qu'ils ont une urgence pédiatrique. Tu es incroyable avec les gamins.

Elle porta une main à ses lèvres, puis enchaîna :

— Pardon, je mélange tout. Bien gérer les enfants au travail ne veut pas dire que tu es prêt à fonder une famille. Je le sais, je l'ai toujours su. Je vais élever ce bébé, ne t'inquiète pas. J'aimerais juste que tu continues à faire partie de ma vie.

— Je suis ton meilleur ami ! s'exclama-t-il. Et ça, effectivement, c'est pour toujours. Je t'aiderai, pour le bébé. Je serai le tonton gâteux.

— Super. Si on est d'accord, tout va bien.

Il aurait voulu crier que, non, il n'était pas d'accord. Qu'il voulait davantage qu'un rôle secondaire. Qu'il voulait être un vrai père pour leur bébé et autre chose qu'un ami pour elle.

S'il n'avait pas perdu Tess, il aurait été plus téméraire, mais ce drame l'avait impacté de manière durable. Il ne se donnait plus le droit d'espérer. Il avait fait assez de mal comme cela.

— Si tu veux un cookie, c'est maintenant.

Jessie avait empoigné le paquet, faisant mine de tout manger d'un coup. Il le lui arracha sans difficulté, se servit malgré ses protestations et le lui rendit.

L'espace d'un instant, il avait retrouvé sa meilleure amie. Il n'osait espérer que cela dure, mais il était prêt à se battre pour récupérer « sa » Jessie. C'était d'autant plus vital qu'ils n'étaient plus seuls dans l'équation.

Ils allaient avoir un bébé.

4

Ce soir-là, William entra directement chez Jessie après avoir frappé.

Malgré sa gêne, il avait décidé de revenir à leur « vie d'avant ». Aussi, quand elle l'avait invité pour la traditionnelle séance de cinéma du dimanche soir, avait-il accepté sans se faire prier.

Lorsqu'elle s'avança dans le hall, vêtue d'un short de yoga et d'un débardeur bleu qui épousait ses courbes, il la trouva plus ravissante que jamais. Comme elle était jolie avec sa tresse à-moitié dénouée, dont s'échappaient quelques mèches flamboyantes ! Elle avait l'air détendue, sereine. C'était une belle personne dans tous les sens du terme.

S'il avait toujours admiré son physique et son allure sexy, il appréciait également son intelligence, sa douceur et son empathie. Et puis, elle avait le chic pour s'émerveiller d'un rien. Elle n'avait pas peur de montrer ses émotions. Elle savait pleurer ou rire aux éclats devant un film…

Il dut crisper les poings pour se retenir de l'embrasser. Il n'était pas venu pour cela. Elle l'avait cantonné au rôle de meilleur ami et de « tonton gâteux ». Il devrait faire avec.

— Coucou, Jessie.

— Salut ! dit-elle gaiement. On est parés.

Elle portait un grand saladier rempli de pop-corn, un complément indispensable à leurs soirées télé. Et, comme à chaque fois, William la suivit jusqu'au salon, où ils s'installèrent sur le canapé.

— Alors, drame ou comédie ? demanda-t-il.

— Comédie, bien sûr. Je ne suis pas d'humeur à pleurer. Mais avant on doit faire quelque chose…

Joignant le geste à la parole, elle attrapa la tablette et le stylet posés sur la table basse.

— On doit passer en revue les problèmes de santé de nos familles. J'ai rendez-vous avec ma gynécologue la semaine prochaine, pour remplir mon dossier médical et chercher les éventuels facteurs de risque. De mon côté, je sais à quoi m'en tenir.

— Tu as peur que le bébé n'ait les mêmes soucis que toi ?

Pendant qu'ils faisaient l'amour, il avait palpé les cicatrices sur sa hanche. Elle s'était raidie quand il les avait touchées et il s'était empressé de lui prodiguer des caresses plus agréables. Néanmoins, cette question lui trottait dans la tête depuis.

— Moi, je n'avais rien. C'est mon frère Bran qui a eu une leucémie.

Elle s'assit en tailleur, ses longues jambes repliées sous elle. Son regard émeraude brillant d'émotion lui serra le cœur.

— Le moment est venu de rompre le code AA, ajouta-t-elle d'une voix rauque.

— Tu as donné de la moelle osseuse à ton frère. J'ai senti les cicatrices quand nous…

Il s'interrompit, consterné. Il s'était promis de ne plus faire allusion à cette nuit.

— Oui, dit-elle. Bran a eu besoin de greffes.

Sa voix s'était mise à trembler. Il lui enleva la tablette avec douceur et la posa sur le guéridon, puis il lui captura les deux mains.

— C'est la première fois que tu me parles de Bran.

— Je ne t'en aurais sans doute jamais parlé, si… Bref. Mon frère a déclaré une leucémie à l'âge de trois ans. Les médecins n'ont trouvé aucun donneur compatible, alors mes parents ont eu recours à une FIV pour avoir un autre bébé. Moi, en l'occurrence.

Oh ! non. Les familles s'élargissaient pour tout un tas de raisons, mais celle-ci était *très* particulière. Concevoir un enfant médicament soulevait des questions éthiques.

— Le point positif, c'est qu'on m'a fait des tests au labo, dans l'éprouvette. Mon patrimoine génétique n'a aucun secret pour moi, déclara Jessie.

Il secoua la tête. Elle avait très rarement évoqué ses proches. Tout au plus lui avait-elle confié qu'elle ne voyait jamais ses parents, ni pour Noël ni pour son anniversaire. Mais il avait toujours pensé qu'elle était fille unique.

— Où est Bran, maintenant ?

Elle ferma les paupières, et soudain les larmes jaillirent. Il sut alors ce qui était arrivé, et une immense douleur le transperça. Comme il aurait voulu balayer son chagrin !

— Je n'ai pas pu le sauver, balbutia-t-elle. J'ai échoué. Ma famille comptait sur moi, mais je les ai déçus. Ils m'en ont tenue pour responsable.

Jamais il n'aurait cru possible de détester à ce point de parfaits inconnus. Que des parents puissent concevoir un bébé médicament l'énervait déjà, mais qu'ils lui reprochent le décès d'un autre enfant… Ces personnes étaient des monstres. Ni plus ni moins.

Il attira Jessie contre lui et la berça.

— Tu n'as pas échoué. Ce n'était pas ta faute. Tu es bien placée pour savoir que, dans certains cas, la médecine est impuissante.

Elle appuya la tête sur son épaule, le corps secoué de sanglots.

— J'ai été mise au monde pour une seule chose. J'avais une mission, mais Bran est décédé. Ma présence n'a rien changé. Je lui tenais la main quand il a rendu son dernier souffle. Mes parents auraient préféré que je sois à sa place.

Il l'étreignit de toutes ses forces. Qu'aurait-il pu dire ? Les médecins étaient formés pour prendre leurs distances et garder la tête froide. Sauf que les repères explosaient quand un pareil événement touchait la sphère familiale.

— Pardon, chuchota-t-elle. On mettra ça sur le compte des hormones.

— Ne t'excuse pas, voyons.

Il voulut lui capturer la main, mais elle s'était déjà penchée pour reprendre sa tablette. Elle brandit son stylet et esquissa un sourire tremblant.

— On devrait parler de *toi.* Y a-t-il des choses particulières à savoir sur le plan médical ?

— Pas que je sache, mais c'est sans garantie. Mes parents et la communication, cela fait deux. Heureusement que les relations toxiques ne sont pas ancrées dans les gènes ! Remarque, grandir avec le mauvais exemple sous les yeux donne le même résultat…

Quand Jessie déposa un baiser sur sa joue, il se prit à rêver d'une étreinte moins platonique. À quoi songeait-il ? Le moment était mal choisi pour avoir ce genre de pensées.

— Veux-tu parler de ta famille ? proposa-t-elle. J'ai rompu le code AA aujourd'hui. Tu as le droit de faire la même chose.

— Sans façon, merci.

Il n'avait aucune envie d'évoquer le passé. À quoi bon révéler à Jessie que les hommes de sa famille – lui inclus – étaient des moins-que-rien ? Bien sûr, il n'était pas comme son père. Néanmoins, s'il s'était montré plus honnête avec Tess, elle serait peut-être encore en vie.

— Alors, on le regarde ce film ? enchaîna-t-il. Mets-nous le truc le plus amusant que tu puisses trouver.

— Ça marche.

Ils avaient mérité de se détendre. Il n'y avait rien de tel qu'un bon fou rire pour décompresser.

— Je vais prendre quelques bouteilles si c'est trop lourd.

D'habitude, Jessie et William portaient chacun leurs affaires de randonnée. Mais ce matin-là, malgré ses protestations, il avait tenu à récupérer une grande partie de son matériel.

Comme souvent l'été, ils avaient choisi de monter au Rabbit Lake. Après quatre heures d'ascension parfois difficile, on atteignait ce lac exceptionnel, une merveille aux eaux cristallines nichée au cœur d'une petite montagne.

Certaines fois, Jessie venait toute seule. Elle plantait la tente et dormait sur place, loin du bruit et de l'agitation des urgences. Elle n'avait pas trouvé plus bel endroit pour se ressourcer en paix.

— Non, je gère, assura William.

Il lui avait dit la même chose avant de partir, lorsqu'il avait refait leurs paquetages. En conséquence, elle ne portait plus qu'une trousse de secours, une paire de chaussettes et une lampe frontale.

— L'exercice physique est recommandé aux femmes enceintes. Tu le sais aussi bien que moi, insista-t-elle.

Depuis qu'elle prenait des antinauséeux, elle se sentait un peu plus en forme. Il faudrait du temps avant qu'elle ne se jette sur des cookies – les précédents l'avaient rendue malade –, mais elle pouvait au moins avaler des crackers, des barres protéinées et boire du thé à la menthe.

— Il paraît, oui, marmonna William en ajustant les sangles de son sac.

Pour un homme qui refusait de s'impliquer, elle le trouvait très protecteur. Heureusement qu'elle le connaissait bien, ou elle aurait pu se faire des films. Son rêve de gosse – avoir un compagnon, une jolie maison et des enfants – ne risquait pas d'être exaucé avec lui. Elle serait bien inspirée de s'en souvenir.

Ses propres parents s'étaient aimés, c'était indéniable. En revanche, ils ne lui avaient témoigné aucune affection et, dès qu'elle avait pu fréquenter le collège, elle s'était donné des objectifs. Elle avait attrapé des microbes comme tout le monde. Elle avait fait du sport. Quelques années plus tard, elle était sortie major de sa promotion au lycée, avec une bourse d'études substantielle. Elle s'était échappée pour toujours...

En cette période incertaine, elle n'était sûre que d'une chose. Elle aimerait son enfant de tout son cœur. Elle ne lui dirait jamais qu'il était arrivé « par accident ». Quelle importance puisqu'il ou elle serait la prunelle de ses yeux ?

Quand elle entendit William reprendre son souffle au bout de vingt mètres, elle s'arrêta de marcher.

— Pose-moi ça, ordonna-t-elle. On va rééquilibrer les poids. Si tu n'es pas d'accord, je fais demi-tour et je rentre.

Comme elle le fixait, les mains sur les hanches, plusieurs randonneurs leur lancèrent des regards amusés.

— Je suis sérieuse, William.

— Je n'en ai jamais douté.

Il pointa du doigt un petit belvédère, trois cents mètres plus haut.

— Si on faisait une pause là-bas ? On pourrait s'installer sur un banc au lieu d'ouvrir nos sacs ici. Il y a beaucoup de monde.

Elle aurait voulu protester, mais il avait raison. Ils n'allaient pas se donner en spectacle au milieu du chemin.

— D'accord, concéda-t-elle.

Ils avaient à peine atteint l'endroit convenu que William se délesta de sa charge. Le sac atterrit lourdement sur l'herbe sans qu'il cherche à le retenir.

— Toi, tu as mal partout ! lança-t-elle, accusatrice. Va t'asseoir. Maintenant. Tout de suite.

Il s'exécuta sans se faire prier et elle se posta derrière lui. Puis, sans hésiter, elle inséra le coude derrière son omoplate gauche et appuya fortement.

— Oui… Ah, c'est génial !

Elle eut soudain très chaud et se félicita qu'il ne puisse pas voir son visage enflammé. Il avait gémi de la même façon lorsqu'ils avaient fait l'amour.

— L'avantage des études de médecine, c'est qu'on a des cours en commun avec les kinés. Je connais tous les points de pression.

William tourna la tête sur le côté pour lui donner accès à sa nuque.

— Quel sérieux, docteur Davis.

Elle réprima un soupir. Il la connaissait trop bien. Avait-il deviné qu'elle aurait voulu jouer au « docteur » d'une autre manière ?

S'ils avaient été en couple, elle se serait penchée sur lui. Elle lui aurait chuchoté à l'oreille qu'elle aimait ses gémissements. Qu'elle avait hâte de rentrer pour lui prodiguer un massage plus intime. Puis elle aurait fait pleuvoir une multitude de baisers sur son cou…

Elle inspira à fond, contourna le banc et s'assit le plus loin possible de William.

En tant que médecin, elle savait que la libido des femmes enceintes devenait parfois envahissante à la fin du premier trimestre. La faute aux hormones, bien sûr. Voilà pourquoi elle avait si chaud. C'était la seule explication logique.

— Ça va mieux ? demanda-t-elle.

William se palpa les épaules du bout des doigts.

— Pas trop mal, merci.

Ses yeux noisette brillaient de malice. Quand elle baissa la tête, gênée, son regard tomba sur les tatouages qu'on devinait sous le T-shirt blanc anti-UV qu'il portait. Elle les trouvait incroyablement sexy. Ils lui donnaient un côté sauvage…

Stop. Qui pensait à un ami de cette façon ? Elle ne serait pas tombée enceinte si elle avait respecté les limites.

— On ouvre les paquetages ? demanda-t-il.

— Euh, je… Oui, bien sûr.

Elle récupéra quelques objets et les ajouta distraitement aux siens. Lorsqu'elle se mit debout, William passa derrière elle pour lui attacher la lanière ventrale de son sac.

— Ça va comme ça ? demanda-t-il.

Il l'avait à peine touchée, et pourtant elle avait eu l'impression de prendre feu. Toutefois, elle ne devait pas attacher d'importance à ce geste banal. William la traitait comme une amie, respectant la promesse qu'ils s'étaient faite après leur nuit d'amour.

Elle avait cru agir au mieux, mais s'il lui avait donné le moindre signe d'encouragement, s'il lui avait chuchoté des mots tendres à l'oreille, elle aurait capitulé. Elle avait espéré un geste qui, hélas, n'était jamais venu.

— Bien sûr que ça va. Tu as gardé la plupart de mes affaires. Bon, on repart ?

Sans attendre sa réponse, elle s'engagea sur le chemin, consciente qu'un rideau de larmes obscurcissait sa vision. William était son alter ego. En d'autres circonstances, ils auraient formé un couple, mais le destin, ici et maintenant, leur avait écrit une histoire différente.

Elle venait de comprendre à quel point elle le regrettait.

Jessie était toujours magnifique. Mais à la voir assise là, au bord de l'eau, le soleil jouant dans ses cheveux roux, William sentit sa gorge se nouer. Il aurait pu passer des heures à l'admirer, sauf qu'il n'en avait pas le droit.

Elle était son amie. Elle avait presque sursauté quand il lui avait ajusté les brides de son sac. Il avait dû enfoncer les poings dans ses poches pour se rappeler qu'un « tonton gâteux » n'était pas censé devenir fou de désir.

L'été suivant, elle viendrait peut-être au lac avec *leur* enfant dans un porte-bébé, accompagnée d'un autre homme. William en serait malade, mais il devrait l'accepter. Elle méritait de rencontrer un partenaire digne de ce nom…

Il prit un caillou et le lança sur l'eau pour faire des ricochets. Il ne voulait pas gâcher cette belle journée en imaginant un avenir où il n'aurait aucune place.

— À quoi penses-tu, Jessie ?

— Je me demande si le métavers existe.

— Pardon ?

Il s'était attendu à beaucoup de choses, mais pas à cela.

— Le métavers. D'après une hypothèse scientifique, il existerait des univers parallèles au nôtre. Nous y serions présents avec une vie différente, expliqua-t-elle d'un ton docte.

— Oui, je connais. C'est un classique dans les films de super-héros.

— Ha ha, c'est vrai. Nos jeunes patients n'arrêtent pas d'en parler. Mais moi… je me posais la question sérieusement.

Elle prit un caillou à son tour et le lança dans les eaux claires du lac. S'interrogeait-elle sur la possibilité d'un monde meilleur ? Vivaient-ils une histoire d'amour dans le scénario qu'elle avait imaginé ?

— Si la théorie se vérifie, alors mon frère est vivant quelque part. Il se réjouit de me voir enceinte… Il aurait fait un tonton génial, conclut Jessie en soupirant.

— Qui sait ? Dans ce monde parallèle, Bran n'est peut-être jamais tombé malade.

— Du coup, je n'existe pas puisque j'ai été conçue pour le sauver. Mes parents sont plus heureux sans moi.

— Ils ne savent pas ce qu'ils perdent, répliqua-t-il avec force. Et pour revenir à ici, maintenant, ceux qui ne veulent pas de toi dans leur vie sont des imbéciles !

— Tu ne veux pas de moi non plus…

Elle avait parlé d'une voix si faible qu'il se demanda s'il avait bien compris.

Choqué et bouleversé, il fixa le caillou qu'il tenait à la main. Il détestait l'idée que Jessie soit malheureuse par sa faute. D'ailleurs, elle se trompait sur toute la ligne. Il aurait tant voulu qu'elle soit la femme de sa vie…

Ce scénario idéal, il en rêvait depuis des semaines, des mois, des années. Mais elle méritait mieux. Il ne reproduirait par l'erreur qu'il avait commise avec Tess.

Pourvu que la théorie du métavers soit juste. Si c'était le cas, Tess vivait heureuse quelque part, avec un mari et des enfants. Elle avait peut-être trouvé le bonheur dont il l'avait privée.

Il n'en saurait jamais rien, mais une chose était sûre : « ici et maintenant », il ne prendrait aucun risque. Mieux valait qu'il s'en tienne à un concours de ricochets avec Jessie, sa meilleure amie pour l'éternité.

C'était plus sûr.

5

William assurait le tri des cas pour la troisième journée consécutive.

À force de travailler avec lui, Jessie savait qu'il n'appréciait guère ce poste. Il préférait intervenir en traumatologie, sur les cas lourds, plutôt que de gérer la salle d'attente. Car l'infirmier chargé du tri évaluait chaque cas pour désigner les patients prioritaires. Il devait donc composer avec la mauvaise humeur de personnes qui, pour la plupart, espéraient être soignées avant les autres.

Que William se soit porté volontaire ne pouvait signifier qu'une chose : il l'évitait. Elle pouvait le comprendre puisque leur dernière randonnée avait tourné au fiasco. Elle avait montré des sentiments qu'elle aurait voulu garder enfouis. Elle n'avait pas réussi à se contenir.

Depuis ce jour-là, elle était résolue à garder ses distances avec William, mais à ce petit jeu il ne l'avait pas attendue. Il avait pris les devants. Du coup, elle se sentait un peu vexée…

— Dame, soixante-douze ans, douleurs lombaires. Box 8. J'ai besoin d'un médecin immédiatement, s'il vous plaît.

La voix de William s'était élevée dans les récepteurs que tout le monde portait à la ceinture.

— Pour un mal de dos ? Sans moi, déclara le Dr Mueller.

Jessie lança un regard noir à son collègue. Si seulement il avait pu rester en congé ! Il n'avait manqué à personne pendant son absence. Aucun urgentiste n'appréciait ses airs supérieurs et ses manières abruptes.

— J'arrive, dit-elle.

Elle avait compris à l'intonation de William que le « mal de dos » devait cacher un problème plus grave. Méticuleux et expérimenté, il surpassait parfois les médecins en termes de diagnostic. Elle lui avait d'ailleurs suggéré plusieurs fois de reprendre ses études.

Lorsqu'elle pénétra dans la chambre 8, la patiente était de dos, occupée à ranger ses vêtements dans un fauteuil. Entendant la porte, celle-ci se retourna... et Jessie retint un cri de stupeur. La malheureuse avait le visage et les bras bleuis. Quant à son ventre, il apparaissait si enflé sous la chemise d'hôpital que, n'eût été son âge, on aurait pu la croire enceinte.

Cette dame présentait une ascite, soit un épanchement de liquide dans l'abdomen causé par une défaillance du foie. Il n'était pas étonnant que William se soit alarmé.

— Bonjour, madame. Je suis le Dr Jessie Davis.

La patiente s'assit sur le lit en soupirant.

— Elaine Mathews. J'aimerais vous dire « enchantée, docteur », mais je mentirais.

Cette simple phrase semblait avoir épuisé Elaine, qui reprit longuement son souffle.

— Je comprends, répondit Jessie d'un ton doux. Ce n'est jamais agréable de venir aux urgences. William, notre infirmier, nous a dit que vous avez mal au dos ?

— « Mal » n'est peut-être pas le mot juste. J'ai des brûlures affreuses. Je dois avoir des boutons ou des plaques là-derrière.

— On va regarder ça.

Après s'être lavé les mains, Jessie enfila une paire de gants. Elle se rapprochait du lit quand Elaine fut prise d'une violente quinte de toux. Les spasmes, très rauques, étaient pour le moins inquiétants.

— Depuis combien de temps toussez-vous ?

— Je n'sais pas. À peu près un an.

Un an ? Quoi ?

Jessie s'obligea à garder l'air neutre avant de poser la question suivante.

— Avez-vous consulté ?

Elle lut la réponse dans le regard d'Elaine, qui la fixa en haussant les épaules. Ce fut à ce moment-là qu'Eli entra dans la pièce, stéthoscope autour du cou. Il s'avança vers le lit, se présenta... mais la patiente secoua la tête.

— Je n'ai pas besoin d'un spécialiste Par pitié !

Un petit rire lui échappa, suivi d'une autre quinte de toux rauque. Jessie croisa le regard soucieux d'Eli et hocha la tête de manière imperceptible. La situation était catastrophique.

— On verra, dit-elle d'un ton calme. Puis-je voir votre dos, s'il vous plaît ?

La malade se redressa, leva sa chemise... Oh ! non ! La pauvre souffrait d'un énorme zona. Les vésicules partaient des lombaires pour s'arrêter sous l'omoplate droite.

— Vous avez un zona, annonça-t-elle.

Cette pathologie – une réactivation du virus de la varicelle – était souvent douloureuse. Heureusement, Elaine ne l'avait pas au visage, car cette localisation pouvait être mortelle.

— Génial. Enfin... je m'en doutais, marmonna celle-ci. Faites-moi une piqûre, que je puisse rentrer chez moi.

— Il n'existe pas d'injectables pour cela. Je vais vous prescrire un traitement antiviral par cachets.

Eli, qui prenait des notes, était en train d'observer les doigts, les poignets et les chevilles enflés de la vieille dame.

— Cette toux ne me plaît pas, murmura-t-il. Et puis, il y a ce ventre et ces extrémités enflés... Puis-je vous ausculter ?

— Si vous voulez, mais je connais déjà le verdict. J'ai un gros problème au cœur. Même si je ne vais pas chez le médecin, j'ai compris l'essentiel.

Que répondre à cela ? Elaine semblait accepter d'être gravement malade, mais qu'éprouvait-elle au juste ?

— Il faudrait qu'on vous hospitalise, dit Jessie. Le temps de…

— Non. Je suis venue pour mes brûlures dans le dos – pour ce zona. J'ai soixante-douze ans. Ce n'est pas si vieux, mais je ne suis quand même plus toute jeune. Je n'ai aucune intention de m'accrocher à la vie. Je prendrai juste les antiviraux et aussi un antidouleur, si vous voulez bien me le prescrire.

Jessie se mordit la lèvre pour refouler son émotion. Elle aurait voulu protester, mais la patiente avait fait un choix. Elle n'avait pas le droit de s'y opposer.

— Bien sûr que je vais vous en prescrire. Je vais aussi contacter notre service d'hospitalisation à domicile pour que les infirmières passent vous voir tous les jours.

— Elles sont gentilles, au moins ?

— Très, répondit-elle en souriant. Elles ne parlent jamais de régime. Elles n'embêtent pas les malades sur leur consommation de tabac ou d'alcool. Elles sont là pour aider.

— Hmm. De vrais anges gardiens.

— Tout à fait. Vous allez bien les aimer.

Eli et elle prirent congé, non sans avoir promis à Elaine qu'ils viendraient lui dire au revoir.

Jessie aurait voulu faire davantage, mais avec l'expérience elle s'était habituée à prendre du recul. On ne pouvait pas traiter un patient contre son gré. Le devoir des médecins était de l'accepter.

— Donc, elle ne veut pas soigner son problème cardiaque ?

William lança un regard navré à Eli, lequel venait de le rejoindre au poste de tri.

Depuis trois jours, ce bureau minuscule était devenu son QG. Il l'occuperait encore le lendemain, avant de rebasculer vers la traumatologie. Une semaine de pénitence suffisait. Néanmoins, il n'avait pas eu le choix : il avait dû s'éloigner de Jessie.

Quel imbécile. Pourquoi n'avait-il pas réagi quand elle avait murmuré, d'une voix à peine audible, qu'il ne voulait pas d'elle ?

Il aurait dû protester, la contredire, exprimer les sentiments qu'il cachait depuis si longtemps. Mais non. Comme un idiot, il s'était tu. Et rien que pour cela il avait mérité la punition qu'il s'était infligée.

— Non, répliqua Eli. Mme Mathews a décidé en son âme et conscience. Elle veut se débarrasser du zona, mais elle n'a pas l'intention de faire traiter son insuffisance cardiaque. Son compagnon est décédé il y a trois ans. Elle dit qu'ils ont eu une belle vie, qu'elle a hâte d'aller le retrouver...

Comme Jessie arrivait, le chirurgien se décala de l'autre côté de la porte.

— Merci beaucoup, Eli, dit-elle. William a dû tomber au bon moment pour que tu arrives si vite.

— Il a demandé à Georgia de m'appeler. Apparemment, elle vous devait une petite faveur depuis la semaine dernière.

— Haha ! Donc, il ne faut pas que je m'habitue à te voir accourir à chaque fois.

— Ne rêve pas trop, en effet, rétorqua Eli en riant.

À peine avait-il fini sa phrase que son bipeur sonna. Il consulta le message, puis s'éclipsa en secouant la tête. Les spécialistes étaient toujours débordés et il ne faisait pas exception.

— Merci à toi aussi, William, dit Jessie.

Son sourire lumineux lui alla droit au cœur. Quand elle le regardait comme cela, l'univers était en place. Il aurait tout donné pour elle, mais il avait tellement peur de lui faire du mal...

Soucieux de masquer son trouble, il jeta un coup d'œil vers la salle d'attente contiguë au bureau. Aucun nouveau patient n'était arrivé. Il allait pouvoir respirer deux minutes.

— Que regardes-tu là-bas ? Tu veux déjà te débarrasser de moi ? demanda Jessie, pince-sans-rire. Rassure-toi, j'ai capté le message. Amuse-toi bien avec le tri !

Sans lui laisser le loisir de répondre, elle tourna les talons et disparut dans le couloir. Mais quelle galère... Plus il voulait arranger les choses, plus il s'enfonçait. Il allait sortir et respirer un peu d'air frais, histoire de se remettre les idées en place.

Il atteignait le hall quand un cri en provenance du box 1 le fit sursauter.

— Arrête, papa ! Arrête !

Il se précipita, écarta le rideau et découvrit un monsieur âgé, très agité, qui repoussait la main de son accompagnante – sa fille, si William avait bien compris.

— Agnes ! Agnes ! cria le vieil homme, les larmes ruisselant sur ses joues.

William se précipita. Lauren, une de ses collègues, essayait de maintenir le patient sur son lit.

— Bonjour, monsieur, madame, dit-il doucement. Que se passe-t-il ?

— James Parsons, soixante-dix-neuf ans, chuchota Lauren. Début d'alzheimer. Il est déshydraté. Mlle Parsons, sa fille, m'assure qu'elle peut le calmer. Cela m'arrangerait car je n'ai pas très envie d'appeler la sécurité.

Au moment où Jessie pénétrait dans la pièce, M. Parsons poussa violemment sa fille, laquelle tomba sur le carrelage. L'idée de ne pas prévenir les gardes était bonne en théorie, mais ils n'auraient peut-être pas le choix...

— Je suis le Dr Davis, dit Jessie en levant les deux mains. Agnes se repose. Avant de s'endormir, elle m'a dit de vous transmettre un message. Elle aimerait que vous preniez soin de votre santé.

— Ma mère... aimait beaucoup chanter, dit Mlle Parsons dans un sanglot.

Ainsi, les soupçons de William se confirmaient. Agnes était morte, mais l'homme qui la réclamait n'en avait aucun souvenir.

— Si on chantait pendant que le docteur t'examine, papa ? reprit Mlle Parsons.

Elle se mit à fredonner les premières mesures d'un air traditionnel que la grand-mère de William avait beaucoup chanté autrefois. Comme il les connaissait toujours par cœur, il ajouta les paroles à la mélodie et, au bout de quelques instants, il eut la satisfaction d'entendre la voix de M. Parsons se mêler aux leurs.

De nombreuses études avaient démontré les bienfaits de la musique sur les sujets atteints de démence. Il fallait espérer que M. Parsons resterait calme assez longtemps pour que Jessie parvienne à l'ausculter.

— Qui êtes-vous ? demanda soudain le vieil homme en dévisageant sa fille postée près du lit.

— Je m'appelle Etta.

Son air triste fit mal au cœur à William. Le fait de ne plus être reconnu par un parent était toujours difficile à accepter.

— Etta… C'est beau, déclara M. Parsons. Si j'avais eu une fille, je l'aurais appelée Etta en l'honneur de la chanteuse Etta James. Elle avait une voix magnifique. Mais… qu'est-ce que je fabrique ici ?

Sa fille lui tapota doucement le genou.

— Je t'ai conduit à l'hôpital parce que tu ne bois pas assez. Comme tu es déshydraté, tu as du mal à te rappeler certaines choses.

— Avez-vous remarqué d'autres symptômes ? s'enquit Jessie.

— Il ne va pas beaucoup aux toilettes. Et ce matin il y avait du sang dans sa couche.

— Je ne porte pas de couches, protesta le malade en glissant la main sous le drap. Ah, mais si ! Depuis quand ?

— Tout va bien, papa. Ce n'est pas grave…

Etta parut vaciller et porta une main à sa tempe gauche.

— Tout va bien, tout va bien…

William se dépêcha de contourner le lit. Il eut juste le temps de retenir Etta pour éviter qu'elle ne se cogne la tête en tombant.

— Agnes ! Agnes ! hurla M. Parsons.

Réactive comme à son habitude, Jessie avait déjà appuyé sur l'alarme. Georgia arriva comme une tornade au moment où William déposait Etta sur un brancard roulant.

— On l'amène en salle 2, ordonna Georgia. William, j'ai besoin de toi pour me briefer. Lauren, Jessie, ça ira ?

— Oui, bien sûr, dit Jessie.

Georgia repartait déjà et William la suivit, poussant la civière. Il était sûr que tout irait bien, que Jessie allait gérer comme une cheffe. Et pourtant il aurait voulu rester avec elle.

Son instinct protecteur se manifestait à nouveau. C'était plus fort que lui.

Sorti de la salle 2, William gagna le bureau des infirmiers pour souffler quelques minutes.

Etta s'était évanouie à cause du stress et de la fatigue. L'histoire se terminait bien, mais il s'en était fallu de peu que la patiente – qui avait une tension très haute – ne se blesse dans sa chute. Georgia avait d'ailleurs décidé de la garder en observation pour la nuit.

Malgré son épuisement, Etta avait protesté, car elle était seule pour s'occuper de son père. Georgia était donc partie voir l'assistante sociale afin de trouver une solution. Mais à la grande surprise de William son amie d'enfance reparut presque aussitôt.

— Jessie a déjà tout réglé, annonça-t-elle. Elle a remué ciel et terre pour trouver un hébergement provisoire. M. Parsons va passer huit jours dans une maison de retraite médicalisée. Elle a aussi fait inscrire Etta sur la liste des aidants prioritaires. À partir de maintenant, son père sera accueilli en urgence dès qu'elle aura besoin de répit. Franchement, Jessie m'épate. Elle est incroyable.

— Je suis bien d'accord avec toi, répondit-il en soupirant.

— Quand arrêteras-tu de te conduire comme un imbécile avec elle ?

— Je… n'en sais rien.

— Tu es honnête, c'est déjà quelque chose, déclara Georgia en lui donnant un petit coup de poing. Mais tu aurais pu protester un peu, tout de même. Je me serais fait une joie de te remonter les bretelles.

— Désolé de t'enlever ce plaisir. Le mensonge n'a jamais été mon fort.

Il n'avait menti qu'à lui-même lorsqu'il avait cru pouvoir rendre Tess heureuse. Et avec quelles conséquences !

— Je me demande ce qui te retient d'aller voir Jessie. Ne gâche pas votre amitié, William. La vie est trop courte, il ne faut pas perdre de temps. On est bien placés pour le savoir ici.

Il opina en silence. Georgia secoua la tête, puis consulta sa montre.

— Allez zou, c'est parti pour la mise à jour des dossiers. L'équipe de nuit arrive dans une heure et je n'ai pas écrit une ligne.

Lui aussi aurait dû se remettre en action, mais après le départ de Georgia il resta assis derrière le bureau. Il avait l'impression de porter le poids du monde sur les épaules. Qu'adviendrait-il s'il était incapable d'assurer son rôle d'ami ? S'il n'était plus à la hauteur, il perdrait Jessie. Il devait se ressaisir avant qu'il ne soit trop tard.

Alors qu'il se levait, l'objet de ses pensées se matérialisa devant lui.

— Tu m'avais l'air bien songeur, assis là dans ton fauteuil, commenta Jessie. Tu te demandais quoi manger ce soir ?

— Absolument. En fait... je me disais qu'on pourrait dîner ensemble, comme de vieux amis.

— On *est* et on restera de vieux amis, William. Ce n'est pas la peine de le dire à chaque fois. Et... on peut dîner ensemble si tu veux.

Elle avait hésité, preuve qu'elle était aussi gênée que lui. Mais, s'ils voulaient repartir de zéro, il fallait bien commencer quelque part.

— Super, répondit-il gentiment. Je te laisse réfléchir au menu.

Quand William rejoignit le vestiaire, une heure plus tard, il remarqua tout de suite le papier jaune scotché sur son casier.

Désolée pour le dîner, je préfère me coucher tôt. On verra ça une autre fois.

Il froissa la petite note et appuya le front contre son placard, malheureux et frustré.

— Attention de ne pas te cogner la tête ! Et, si tu vois Jessie, fais-lui un bisou de ma part. J'espère qu'elle ira mieux demain.

Pivotant, il avisa Georgia qui récupérait sa veste et son sac.

— Qu'elle ira mieux ?

— Oui. Elle est devenue blême et elle est partie en courant. J'ai fini la mise à jour de ses dossiers.

Son amie d'enfance continuait de parler, mais il ne l'entendait plus. Georgia savait-elle que Jessie était enceinte ? Si oui, le secret était bien gardé. La jeune médecin était, avec Jessie, la personne la plus discrète qu'il ait jamais rencontrée.

— Je... lui dirai, bafouilla-t-il. Je vais passer chez elle pour lui apporter une soupe.

Après le départ de Georgia, il composa un SMS.

Je pensais m'arrêter chez le traiteur et te prendre une soupe. Dis-moi laquelle tu préfères.

La réponse lui parvint au moment où il enfilait sa veste.

Ne t'embête pas, j'ai tout ce qu'il faut. Merci quand même. Bonne soirée.

Il aurait dû s'y attendre. Pourquoi avait-il posé la question ? Si on écoutait Jessie, elle n'avait jamais besoin de rien. Eh bien, il lui porterait de la soupe, qu'elle le veuille ou non. Elle avait besoin d'être chouchoutée un peu.

Toc, toc.

Jessie agrippa le rebord de l'évier en fermant les paupières. Qui que soit le visiteur, il devrait repasser. Si elle bougeait, elle risquait de vomir les deux gorgées d'eau qu'elle venait d'absorber.

Son thé à la menthe était en train de refroidir, mais elle le réchaufferait plus tard. Ce soir-là, elle avait la nausée du siècle. Si elle attrapait l'imbécile qui avait réchauffé du poisson dans le micro-ondes de la salle commune, il entendrait parler du pays !

Toc, toc.

Elle crispa les mains sur le plan de travail lorsqu'elle entendit la clé tourner dans la serrure. William n'avait tenu aucun compte de son SMS. Elle aurait dû s'y attendre.

— Jessie !

Jamais elle n'oublierait son air catastrophé. Elle devait vraiment avoir une sale tête.

— Quelqu'un... a réchauffé un plat de poisson dans la tisanerie, au boulot. J'y étais allée pour boire un thé, mais j'aurais mieux fait de m'abstenir.

— Je sais que certaines odeurs provoquent des nausées aux femmes enceintes, mais là c'est quand même inquiétant.

Quoi qu'il en dise, elle ne se laisserait pas abattre. Elle avait vécu tellement pire !

Elle avait eu mal à la hanche pendant des semaines à la suite du prélèvement de moelle osseuse pour Bran. Ses parents l'avaient priée de souffrir en silence, arguant que son frère était le plus à plaindre. Au moins, à quelque chose malheur était bon. Les épreuves d'autrefois l'avaient endurcie. Elle ne capitulerait pas devant un stupide mal de cœur.

— Ça va aller, fit-elle.

— Oui, à un moment. Mais pour l'instant ça ne va pas.

William s'avança puis, à sa grande surprise, lui entoura les épaules.

— Si je m'installais ici jusqu'à la naissance du bébé ? Je suis son père et, toi, tu es ma meilleure amie. Qui est le mieux placé que moi pour te soutenir ?

Elle aurait dû se montrer reconnaissante, sauf qu'elle ne pouvait pas accepter. Elle voulait davantage qu'un arrangement amical. Elle allait devenir folle si William dormait sous son toit. Ses espoirs et ses rêves risquaient de devenir incontrôlables.

— C'est gentil, mais non merci. Un tonton gâteux n'a pas à faire ce genre de choses.

— Comme tu veux, répondit-il d'une voix rauque. Mais je resterai cette nuit. C'est non négociable.

Osant enfin lâcher le plan de travail, elle vit que William tenait à la main un grand gobelet de soupe fermé par un couvercle en plastique.

— J'ai pris orge et légumes verts, c'est ta préférée, dit-il. Veux-tu que je la mette au réfrigérateur pour plus tard ?

— Oui, s'il te plaît. Je ne peux rien avaler dans l'immédiat.

Dès qu'il eut rangé la soupe, il revint vers elle, puis l'attira dans ses bras. Elle s'abandonna à la chaleur de son étreinte, la tête sur son épaule, les paupières closes. Devait-elle lui avouer qu'elle le voulait dans sa vie… et pour la vie ?

Non, cela n'aurait aucun sens. Elle risquait de le faire fuir sans espoir de retour. Or, elle n'avait aucune envie d'avoir le cœur brisé.

6

Jessie laissa courir la main sur son estomac en priant pour que son thé au gingembre reste là où il devait être.

Ce matin-là, elle avait grignoté quelques noix avant de partir. On ne pouvait pas vivre de crackers, d'amandes et de tisanes, mais depuis quelques jours elle s'en contentait.

— Ça n'a pas l'air d'être la forme olympique, commenta Padma en déverrouillant son casier.

— Non, je confirme. Les antinauséeux atténuent les symptômes, mais je suis bien malade. Enfin, ça passera. Du moins je l'espère. Désolée, je rouspète de bon matin.

Elle avait un peu honte de se plaindre, elle qui avait tant espéré devenir mère. À sa décharge, elle n'avait jamais imaginé un pareil début de grossesse…

— C'est normal, ne t'inquiète pas, répondit Padma d'un ton doux. On m'attend en salle d'accouchement, mais au besoin n'hésite pas à m'appeler plus tard dans la journée.

— Merci beaucoup.

Padma venait juste de partir quand William entra. Il avait l'air en pleine forme et Jessie lui envia son air frais et reposé.

— Salut. Tu es toujours au tri ?

Elle avait parlé un peu sèchement, et pour cause : il continuait de l'éviter. C'était même pire depuis qu'il avait dormi chez elle. Peut-être était-il vexé qu'elle ne veuille pas de sa présence tous les soirs ? Quoi qu'il en soit, cette attitude commençait à lui taper sur les nerfs.

— Non, pas cette semaine, répondit-il. On pourrait passer la soirée ensemble si tu veux ?

— William…

— Tu as le droit de dire non, Jessie. Je ne me vexerai pas. J'aimerais juste trouver une solution pour que les choses redeviennent comme avant, mais c'est compliqué.

— On n'y arrivera pas. Ça aurait été plus facile sans cet heureux événement, mais là… On a un bébé en route. Rien ne sera plus jamais comme avant.

Son bipeur sonna, dispensant William de répondre. Le service avait besoin d'elle et, au fond, c'était tant mieux. L'hôpital n'était pas le meilleur endroit pour régler des problèmes personnels.

— Incendie domestique. Dame, trente-cinq ans, enceinte de vingt semaines. Brûlures aux bras, aux pieds et au cou. Box 17. Garçon de deux ans, brûlures aux pieds. Box 18. Garçon de huit ans, brûlures aux mains et au cou. Box 19 ! annonça Lauren dès qu'elle la rejoignit.

Georgia se précipitait déjà vers la salle 19 tandis que Serenity Bishop, une pédiatre urgentiste, fonçait vers la 18.

— Appelle la gynécologie, s'il te plaît, demanda Jessie à la standardiste. Ils auront une surveillance obstétricale à faire dès que j'aurai traité les brûlures. William, tu viens avec moi !

Huit semaines plus tôt, elle n'aurait pas eu besoin de le dire. Il se débrouillait toujours pour travailler avec elle. Mais rien n'était plus pareil…

Quand ils pénétrèrent ensemble dans le box 17, elle s'efforça de garder l'air impassible en découvrant l'ampleur des dégâts : la patiente était brûlée au deuxième degré au visage, et au troisième degré sur les pieds ! La malheureuse sanglotait, adossée aux oreillers.

— Mes garçons ! Où sont-ils ?

Elle voulut se lever et poussa un cri de douleur.

— Vos enfants sont dans les salles voisines. Mes collègues s'occupent d'eux, ne vous inquiétez pas. Je suis le Dr Davis et voici mon infirmier, William. Surtout, restez bien tranquille.

Jessie se lava rapidement les mains, puis elle enfila une paire de gants stériles.

— Soignez mes petits d'abord ! Lincoln a marché dans l'huile bouillante. Ses pauvres petits pieds... Et Noah a essayé d'éteindre le feu. Ses bras, son visage... S'il vous plaît, faites-les passer en premier.

— Mes collègues s'occupent d'eux, répéta patiemment Jessie. Des médecins et des infirmières très compétents sont à leur chevet. Mais ici, dans cette pièce, *vous* être notre priorité.

Il arrivait souvent qu'il faille dire plusieurs fois les mêmes choses aux patients en état de choc. Et là c'était pire. Cette dame était enceinte.

William s'avança, son éternel sourire aux lèvres. Il avait toujours eu le don de rassurer les gens. Il avait beau s'en défendre, il dégageait un charisme incroyable.

— Comment vous appelez-vous ? demanda-t-il.

— Stephanie.

— D'accord, Stephanie. Je veux que vous restiez bien calme.

— Je... n'ai jamais eu aussi mal de toute ma vie !

— C'est bon signe, répliqua Jessie d'un ton doux. Cela veut dire que les nerfs répondent toujours. Vous souffrez de brûlures au troisième degré. Je vais vous transférer vers le service des grands brûlés.

Les sanglots de la patiente redoublèrent.

— Non ! J'ai trop de choses à faire chez moi. Il faut que je rentre.

— Le papa des garçons pourrait peut-être aider ?

Stephanie eut un rire sans joie.

— Il était censé m'aider ce matin. Il devait préparer Lincoln pour la crèche et Noah pour l'école, histoire que je puisse dormir un peu. Je lui avais juste demandé de gérer le petit déjeuner. Résultat, il a laissé le bacon cuire dans l'huile bouillante sans éteindre le gaz. Il est pendu au téléphone pour le travail du matin jusqu'au soir.

Les larmes ruisselaient sur les joues de la blessée, qui poussa un gémissement rauque.

— Mes petits sont brûlés à cause de moi. Tout ça parce que je voulais me reposer. Certaines fois, je me dis qu'il vaudrait mieux être mère célibataire.

— Ce n'était pas votre faute, voyons, protesta Jessie.

Dans un couple, une femme devait pouvoir s'appuyer sur son conjoint et vice versa. Elle-même éduquerait son enfant seule, mais elle avait fait un choix et jamais elle ne le regretterait.

— Arrêtez de vous tracasser, Stephanie, reprit-elle. Dans l'immédiat, il faut penser à votre santé. Vos brûlures doivent être nettoyées et traitées. Mes collègues le feront sous anesthésie générale pour vous éviter de souffrir, mais avant cela je dois obtenir le feu vert des gynécologues. Après cette intervention, vous serez au repos pendant plusieurs semaines.

Voyant la jeune femme sur le point de protester, elle leva la main.

— Je sais ce que vous allez me dire. Mais il va falloir trouver une solution. Vous n'aurez pas le choix. Nous expliquerons tout cela à votre mari quand il arrivera. Les pompiers ont dû le prévenir.

— Mais... si je suis au bloc opératoire, qui va le recevoir ?

— Moi, intervint William. Je me charge de l'accueillir.

Quelque chose, dans son intonation, mit la puce à l'oreille de Jessie. William pouvait se montrer très ferme quand la situation l'exigeait, mais elle espérait qu'il n'aurait pas à en venir là. Elle avait toujours détesté les situations tendues, pour elle-même et surtout pour ses patients.

La pauvre Stephanie n'avait pas besoin d'un stress supplémentaire.

— Où sont ma femme et mes gosses ?

Un homme de haute taille venait de faire irruption dans le

hall des urgences, complètement paniqué. Fidèle à sa promesse, William alla à la rencontre du visiteur.

— Noah et Lincoln sont ici, monsieur. Ils vont bientôt être transférés en pédiatrie. Votre épouse est déjà au bloc.

L'homme inspira plusieurs fois pour reprendre son souffle. Il pleurait à chaudes larmes.

— J'ai répondu au téléphone. Je… réponds toujours. Stephanie me reproche d'être marié à mon portable. Mais quand je lui demande si elle a besoin de quelque chose elle répond toujours non.

L'époux catastrophé s'était mis à faire les cent pas. William lui posa la main sur le bras.

— Je sais que c'est dur, mais essayez de vous calmer. Comment vous appelez-vous ?

— Patrick.

— D'accord. Regardez-moi, Patrick. On va respirer ensemble à fond, comme ceci. Voilà.

Au bout de quelques minutes, le père de famille reprit des couleurs.

— Ma femme, mes gars, ma petite puce dans le ventre de sa maman…

— Tout le monde a vécu une terrible épreuve ce matin. Et votre famille n'est pas au bout de ses peines.

Mentir n'aurait servi à rien : les brûlures allaient laisser des séquelles. Les enfants auraient besoin d'un suivi psychologique afin que leur croissance et leur épanouissement personnel ne soient pas trop impactés.

Sentant une présence, William sursauta. Focalisé sur le visiteur, il ne s'était pas rendu compte que Jessie les avait rejoints. Depuis quand était-elle là ?

— Il faut voir le bon côté des choses, dit-elle. Vos proches sont tous en vie. Soyez juste conscient que votre épouse aura besoin d'un gros soutien jusqu'à la fin de sa grossesse.

— J'ai fait beaucoup d'heures supplémentaires pour gagner plus, bafouilla Patrick. Le bébé… n'était pas prévu au programme.

Stephanie était d'accord. Chaque fois que je lui posais la question, elle me répondait « tout va bien ».

Il s'essuya les yeux, puis reprit :

— J'ai grandi dans la misère, alors je voulais que ma famille ne manque de rien. Et finalement j'ai tout raté.

— Vous raterez quelque chose si vous ne changez rien, mais il n'est pas trop tard, répliqua Jessie d'un ton ferme. Une catastrophe est arrivée. Vous ne pouvez rien y faire. Il ne tient qu'à vous de bien gérer la suite.

Quand William se tourna vers elle, il retint à grand-peine un cri de stupeur. Elle était blême. Dès qu'il aurait emmené Patrick voir ses enfants, il reviendrait vers elle. Et il ne se contenterait pas d'un « ça va » en guise de réponse !

— J'essaie d'être un bon mari, un bon père, bredouilla le jeune homme. Je pensais que, s'il fallait changer quelque chose, Stephanie me le dirait. Mais en fait, non, la vie ne marche pas comme ça. C'était à moi de voir les choses et de m'adapter. Au lieu d'être un vrai soutien, j'ai tout gâché.

William ne sut que répondre. Patrick avait mis le doigt sur un vrai problème, mais au moins il prenait conscience de ses responsabilités et il les acceptait. C'était bon signe pour l'avenir de sa famille.

Après l'avoir confié à Georgia à la porte du box 19, il se dépêcha de faire demi-tour. Il voulait voir Jessie, vérifier qu'elle pouvait travailler sans problème. Mais à peine avait-il fait trois pas dans le couloir que le Dr Mueller lui tomba dessus.

— J'ai besoin d'un infirmier, illico !

Quand il était contrarié, le médecin était ronchon. Mais il devenait vraiment pénible lorsqu'il se mettait en colère.

— Comment puis-je vous aider ? demanda William avec un sourire qui, il le savait, allait agacer son interlocuteur.

— Préparez du matériel de suture en salle 6. Puisque votre meilleure copine est rentrée chez elle, j'ai le double de travail.

Vu le nombre de médecins de garde, c'était faux, mais William s'abstint de tout commentaire. Il ne pouvait penser qu'à une chose : Jessie était malade. Elle était partie sans le prévenir.

Il jeta un coup d'œil sur la pendule murale. Il restait six longues heures avant la fin de sa garde. Dès qu'il aurait terminé, il se rendrait chez Jessie et, cette fois, il ne se vexerait pas si elle le congédiait.

Au lieu de se replier sur lui-même, il entamerait une discussion. Il essaierait de trouver un moyen d'aider Jessie sans s'imposer à elle. Il se montrerait présent et solidaire quoi qu'il advienne.

C'était cela, fonder une famille. Et même s'ils n'avaient pas atteint ce stade ils étaient liés pour la vie.

Il ne devait jamais l'oublier.

7

Assise sur le carrelage de la salle de bains, Jessie appuya le dos contre la baignoire.

Elle avait entendu la sonnette, mais elle ne risquait pas de bouger. Elle avait vomi le peu qu'elle avait mangé ce matin-là. Quiconque insistait pour la voir devrait repasser.

— Jessie !

William l'appelait depuis le bas de l'escalier. Qu'avait-il encore inventé ? D'habitude, il ne sonnait pas en arrivant. Soit il soulevait le heurtoir pour signaler sa présence, soit il utilisait la clé qu'elle lui avait confiée.

Cette nouveauté l'intriguait, mais elle se sentait trop mal pour se poser une tonne de questions. Son ami fidèle était venu. C'était le plus important.

— Will...

Submergée par une nouvelle vague de nausées, elle se décala vers le bidet.

Quelqu'un avait encore fait réchauffer du poisson dans le micro-ondes de la tisanerie. Georgia soupçonnait le Dr Mueller, sans toutefois avoir de preuve concrète. Comme elle détestait ce collègue, elle était forcément de parti pris !

Quoi qu'il en soit, Jessie avait l'intention de mener l'enquête. Cela ne pouvait plus durer. L'odeur l'avait rendue horriblement malade. Elle se demandait par quel miracle elle n'avait pas vomi en voiture sur le chemin du retour.

— Jessie...

Des doigts tièdes se refermèrent sur sa nuque, puis William écarta délicatement les mèches qui lui tombaient sur le visage. Elle se rassit et inspira à fond.

— Depuis quand sonnes-tu à ma porte ?

— Ce n'était pas moi. C'était un représentant. Il voulait te vendre un aspirateur.

— Quelle idée.

— Pour m'en débarrasser, je lui ai répondu que le ménage était ma spécialité à la maison, et que j'avais tout le matériel requis !

— Ha Ha. La belle blague.

Pour faire le ménage *chez elle,* il aurait fallu que William habite *avec elle.* Un rêve qui n'était, hélas, pas près de se concrétiser.

— Si tu prenais une douche ou, mieux encore, un bain ? suggéra-t-il.

— J'aimerais bien, mais ça risque de mal tourner. À chaque fois, je pense que c'est fini et... ça recommence.

— Tu n'es pas bien là, par terre.

Avant qu'elle n'ait pu réagir, il s'assit près d'elle, l'enlaça doucement et lui fit basculer la tête sur ses genoux. Elle ferma les paupières quand il se mit à lui caresser le visage du bout des doigts.

— Hmm. Ça fait du bien.

— Ma mère me caressait les joues chaque fois que j'étais malade. Elle s'installait près de moi sur le canapé. On regardait un dessin animé ensemble.

Jessie rouvrit les yeux, surprise. William n'avait jamais parlé de sa famille. Elle aurait bien aimé en savoir davantage, mais elle craignait qu'il ne se ferme si elle le questionnait. Elle n'en avait d'ailleurs pas le courage.

— Tu gardes de bons souvenirs de cette époque, alors.

— Oui. Maman me soignait très bien quand j'étais malade. Elle serait devenue une excellente infirmière si elle avait fait des choix différents.

Sa voix triste serra le cœur de Jessie. Il ne pouvait y avoir qu'une explication…

— Quand est-elle décédée ? chuchota-t-elle.

— Elle n'est pas morte ! Elle vit à Kodiak, où elle organise de somptueuses garden-partys pour les clients de mon père. Elle a appris à fermer les yeux en le voyant courir tous les jupons qui passaient. Je l'ai beaucoup entendue rouspéter, mais elle n'a jamais rien fait pour changer de vie.

La dureté des mots frappa Jessie. Que dire, que répondre ? Ses propres parents s'étaient toujours aimés et soutenus dans l'épreuve. C'était *elle* qu'on avait laissée pour compte…

— Quand j'ai découvert l'existence de Will, j'ai supplié ma mère de partir. Je trouvais qu'elle méritait mieux.

— Qui est Will ? demanda-t-elle, perplexe.

— Mon demi-frère. Il a trois ans de moins que moi. Il me ressemble comme deux gouttes d'eau. Du moins, il me ressemblait avant que je ne me fasse peindre tout le corps.

— J'aime bien ces tatouages. Les couleurs sont magnifiques. Donc, tu…

Prise d'un nouveau spasme, elle se redressa. Elle n'avait plus rien à vomir, mais les haut-le-cœur refusaient de disparaître.

Après la crise, elle se réinstalla contre les jambes de William, qui se remit à lui caresser la joue.

— Moi aussi je les aime bien, répliqua-t-il. J'ai fait faire le premier sous le coup de la colère. Qui donne le même prénom à ses enfants ? J'imagine que mon père l'a fait pour éviter de se tromper ! Moi, j'ai toujours refusé qu'on m'appelle Will. J'ai laissé ce diminutif à mon frère.

— Waouh. Si mon père avait fait ça, ma mère l'aurait tué sur place et se serait débarrassée du corps, lâcha-t-elle, mi-sérieuse, mi-plaisantant.

— J'aurais préféré que la mienne se mette en rage.

— Elle l'a choisi *lui* plutôt que toi…, murmura-t-elle.

— En réalité, elle m'a accusé d'être égoïste. Mon père gagnait bien sa vie. Le reste n'avait pas d'importance. D'après elle, tous les Harris étaient des coureurs de jupons, et elle le savait avant de se marier. En gros, si elle acceptait mon père avec ses failles, je devais faire la même chose. Sauf que je n'ai pas accepté. Et depuis elle m'en veut.

Il tapota nerveusement le bord de la baignoire, puis reprit :

— Notre famille était bâtie sur un château de cartes. Tout... s'est écroulé. On ne pouvait rien reconstruire.

Elle eut l'impression que William occultait une partie de l'histoire. Mais alors qu'elle cherchait une manière de relancer la discussion il se leva.

— Allez, on tente la douche, dit-il gentiment. Si tu arrives à tenir debout trois minutes, c'est gagné. Je reste derrière la porte. Appelle en cas de besoin.

Derrière la porte. Si près et en même temps si loin. Elle aurait préféré qu'il reste avec elle, mais elle ne se voyait pas le lui demander.

William avait tenu Jessie dans ses bras toute la nuit.

Elle s'était endormie rapidement, la tête posée sur sa poitrine, ses longs cheveux encore humides de la douche. Il avait rangé dans le réfrigérateur la soupe qu'il avait apportée. Jessie ne pouvait plus manger que des crackers. Elle buvait aussi de l'eau, à toutes petites gorgées, pour éviter la déshydratation.

Si cet épisode durait trop longtemps, elle devrait être hospitalisée et perfusée. Elle protesterait sans doute, mais il la conduirait lui-même aux urgences. Sa santé et celle du bébé étaient en jeu.

Malgré sa pâleur, il la trouvait magnifique dans son sommeil. La dernière fois qu'ils s'étaient retrouvés au lit, ils avaient fait bien autre chose que dormir...

Une émotion violente s'empara de lui. Jusqu'alors, il avait refoulé ces souvenirs, mais comment ne pas y penser ?

Il désirait toujours Jessie. C'était une évidence. Néanmoins, vu la situation, d'autres sentiments plus profonds avaient pris l'ascendant.

La tête nichée dans le cou de Jessie, il effleura son ventre plat. Elle avait reconnu avoir besoin de réconfort, la veille, au moment de se coucher. Elle s'était écroulée de fatigue, et lui n'avait pas bougé d'un pouce. Il s'était senti incapable de rompre le lien même pour aller manger.

Il n'avait pas été très présent depuis leur fameuse randonnée au lac. Ils s'étaient vus à l'hôpital. Il était passé chez elle une fois, la sachant malade, mais il n'avait rien fait d'autre. Il était temps d'enclencher la vitesse supérieure pour lui apporter une aide digne de ce nom.

Quand son estomac se mit à gargouiller, Jessie s'étira et le dévisagea longuement. Malgré une longue nuit de sommeil, elle avait encore les yeux cernés.

— Avoue que tu m'as menti hier soir, dit-elle. Tu n'as pas dîné.

— Depuis quand es-tu si malade ?

— Ne change pas de sujet, s'il te plaît.

Elle roula sur le dos. Il crut qu'elle allait s'asseoir, mais elle n'en fit rien. Avait-elle encore la nausée ?

Alors qu'il la dévisageait, l'air faussement sévère, elle aplatit la main sur sa chemise.

— Les antinauséeux aident, mais je ne supporte pas certaines odeurs, expliqua-t-elle. Hier, un de nos chers collègues a encore fait réchauffer du poisson. Si je l'attrape...

Une intense vague de chaleur le submergea lorsqu'elle se mit à tracer de petits cercles sur sa poitrine. Il avait l'impression que ses doigts le brûlaient, et finalement il se leva. L'heure n'était pas aux batifolages. Il devait s'assurer que Jessie pouvait s'alimenter.

— Tu as raison, je n'ai pas dîné, concéda-t-il. Je culpabilisais de manger alors que, toi, tu étais si mal.

— N'importe quoi. Si tu sautes autant de repas que moi, tu vas tomber d'inanition.

Elle se leva en grimaçant.

— Waouh. Le ventre est hyper tendu après une demi-journée de spasmes.

— Tu pourrais peut-être augmenter la dose d'antinauséeux pendant quelques jours ? suggéra-t-il.

— Bof. Je préfère éviter.

— Mais pourquoi ?

Ces médicaments ne pouvaient pas nuire au fœtus, contrairement à la déshydratation ou au manque de nourriture !

Jessie baissa le nez vers le plancher. Après avoir inspiré à fond en s'étirant d'un côté, puis de l'autre – sans doute une routine matinale antinausées –, elle reprit :

— J'ai beaucoup de mal... à avaler des cachets. Je n'en ai quasiment jamais pris étant petite. Je n'avais pas le droit de tomber malade, comprends-tu. Mes parents m'ont élevée sous cloche... Bref. Je n'ai pas l'habitude des médicaments. Je les déteste. Ils me donnent des haut-le-cœur, ce qui, dans le cas présent, aboutit à l'inverse de l'effet recherché.

William, qui détestait déjà les parents de Jessie sans les connaître, sentit une violente colère monter en lui. Comment pouvait-on traiter une enfant de la sorte ? Ces gens avaient une fille merveilleuse et ils avaient fait n'importe quoi !

— Je comprends, répondit-il d'un ton doux. Ne t'inquiète pas, on va gérer. Si j'allais te préparer un thé au gingembre et une ou deux tartines grillées, sans beurre ?

— Je veux bien, merci. Je vais aller m'habiller.

Parvenue à mi-chemin du dressing, elle s'arrêta et se retourna.

— Merci d'avoir passé la nuit avec moi. Je... ne voulais pas rester toute seule. Je suis désolée.

Sans réfléchir, il s'avança vers elle et la prit dans ses bras.

— Tu n'as pas à être désolée, Jessie.

Quand elle éclata en sanglots, il la berça doucement. Elle avait besoin d'évacuer son stress, son angoisse, son chagrin. Il avait remarqué qu'elle n'allait pas bien, et pourtant il avait pris les « ça va » pour argent comptant. Mais il n'agirait plus ainsi désormais. Sa responsabilité était de prendre soin d'elle. Il *voulait* veiller sur elle.

Au bout d'un moment, elle redressa la tête.

— Pardon, chuchota-t-elle.

— Arrête de t'excuser sans arrêt. Tu avais besoin de moi, j'ai répondu présent. Point final. C'est aussi simple que ça.

Se penchant, il l'embrassa sur le front pour la réconforter. Mais ce geste banal suffit à lui faire battre le cœur plus vite et il recula, bouleversé, en enfonçant les mains dans les poches.

— Bon, je... vais aller le préparer, ce petit déjeuner.

— Hmm. Du pain grillé sans beurre ni confiture. Tu me gâtes, dis-moi.

— Tu le mérites, répliqua-t-il. À tout de suite.

Il quitta la chambre, soulagé d'avoir un but

Il avait besoin de passer un moment seul pour reprendre ses esprits.

8

Jessie s'étira en inspirant à fond.

En général, les exercices conseillés par Padma donnaient de bons résultats, mais ce matin-là c'était plus difficile. Peut-être son organisme réagissait-il à la nuit passée dans les bras de William ?

Pour la première fois depuis des semaines, elle avait eu l'impression de retrouver leur complicité perdue. Ils avaient de nouveau été sur la même longueur d'onde. Leurs cœurs avaient battu à l'unisson. Ils s'étaient enfermés dans leur bulle de bien-être.

Quand William l'avait embrassée sur le front, elle avait failli lever la tête pour chercher sa bouche. Ce qui, bien sûr aurait été une erreur. Ils allaient devenir une famille par la force des choses, mais ils n'étaient pas un couple.

Pour la première fois, la veille, William lui avait parlé de ses parents. Elle s'était toujours dit que son histoire devait être compliquée – personne ne coupait les ponts avec sa famille sans raison –, mais la réalité dépassait l'entendement. Qui donnait le même prénom à ses deux garçons, dont un fils adultère ? C'était écœurant.

De son côté, elle n'avait guère eu plus de chance. On l'avait baptisée « Jessica » parce que sa mère – qui n'avait rien prévu – avait demandé quelques idées à la sage-femme. Elle était devenue « Jessie » à la fac, car dans sa promotion une douzaine d'étudiantes s'appelaient comme elle...

Son enfant, au moins, ne connaîtrait pas le même mépris. Elle avait acheté un dictionnaire des prénoms, lequel trônait sur sa table de nuit. Et, vu le passif révélé par William concernant sa famille, elle lui demanderait son avis pour ne pas commettre d'impair.

Une fois habillée, elle descendit avec son livre sous le bras. Ce sujet de conversation serait plus intéressant que ses nausées !

Lorsqu'elle le rejoignit dans la cuisine, William lui présenta une tasse fumante.

— Ça sent bon, merci, dit-elle. Je vais faire griller du pain.

— Je m'en occupe, assieds-toi. Qu'est-ce que tu lis ?

— Un dictionnaire des prénoms. Même si tu n'es que le « tonton gâteux », je me suis dit que… tu aurais peut-être des préférences.

Il eut l'air abasourdi, puis il secoua la tête.

— Tout sauf William, répondit-il avec un rire sans joie.

Le pauvre. Il essayait de plaisanter, mais ce sujet était difficile pour lui.

— On s'abstiendra, en effet, répondit-elle doucement. Et s'il y a d'autres prénoms à éviter j'aimerais le savoir. Tu as ton mot à dire même si tu ne souhaites pas t'impliquer.

Il s'adossa contre le plan de travail. Une lueur étrange éclairait son regard brun.

— J'ai peut-être changé d'avis, murmura-t-il.

Avait-elle bien entendu ? Les mots semblaient venir du plus profond de lui-même. Elle voyait bien, à son expression, qu'il n'était pas sûr de les avoir prononcés. C'était pourtant le cas, et elle sentit une chaleur intense lui réchauffer le corps et le cœur.

William serait un papa merveilleux. Leur bout de chou allait connaître l'amour de ses *deux* parents.

— J'ai toujours voulu que tu t'impliques. Je veux que notre enfant te connaisse, que tu l'aimes, que tu t'investisses dans son éducation. Mais la paternité te faisait fuir…

— Seuls les imbéciles ne changent pas d'avis.

Quand les tartines remontèrent dans le grille-pain, il les empila sur une assiette puis vint s'asseoir en face d'elle.

Elle commença à grignoter un toast, espérant que la discussion allait se poursuivre. Mais au lieu de cela un silence interminable plana.

— Merci d'être resté avec moi cette nuit, dit-elle enfin.

— J'allais justement t'en parler.

William croisa les bras sur la poitrine. Il affichait l'air déterminé qu'il prenait parfois devant des malades récalcitrants.

— Tu as refusé que je m'installe ici l'autre jour. Mais que tu le veuilles ou non tu as besoin d'aide. Tu vis seule. Si jamais tu fais un malaise ou que tu te déshydrates…

— Je sais, coupa-t-elle. Tu as raison.

— N'essaie pas de… Quoi ? Qu'as-tu dit ? Tu es d'accord avec moi ?

— En fait… oui.

Elle jeta un coup d'œil sur sa tartine. Elle n'avait pu manger que deux petites bouchées. Gérer le quotidien devenait une épreuve de force. Elle aurait dû accepter plus tôt la proposition de William.

— Super, commenta-t-il, l'air satisfait.

— Puisque c'est réglé, revenons à notre sujet, dit-elle en tapotant le livre. Y a-t-il des prénoms à éviter ?

— Frank et Eleanor, ceux de mes parents.

— Aucun des deux ne me plaît, mais c'est bon à savoir.

— Alors comme ça tu as déjà des idées ?

Elle but un peu de thé pour se donner une contenance. Chez un couple « normal », ce moment aurait dû être un échange drôle, tendre, plein d'amour. Elle pouvait difficilement espérer qu'il en soit ainsi avec William.

— C'est un peu tôt, je sais…, bafouilla-t-elle. Je l'ai acheté sur un coup de tête et d'ailleurs je l'ai à peine ouvert. Mais pour un garçon, par exemple, j'ai toujours bien aimé Reese et Cole.

— Pourquoi pas ? Les deux me plaisent. J'ai une légère préférence pour Reese, mais de peu. Et si on a une fille ?

— J'ai pensé à Teressa. On pourrait l'appeler Tess. Je…

Elle s'interrompit. William était devenu si pâle qu'elle eut peur de le voir s'évanouir.

— William ?

— Non, non !

Il jeta un coup d'œil sur sa montre. Puis il se leva si brusquement qu'il faillit renverser sa chaise.

— Je vais filer. Il faut que je me dépêche. Je dois me changer, préparer mon sac…

— OK, d'accord.

— Je m'installerai dans la chambre d'amis, sauf si tu as besoin de moi dans la…

Il rougit, commença à nettoyer le plan de travail impeccable et finit par lancer l'éponge dans l'évier.

— William.

— Je serai là pour toi, pour notre bébé. Je ferai tout ce que tu voudras. Je vais récupérer des vêtements chez moi et… Ah oui, je ferai des courses. Sérieusement, Jessie. Tes placards sont vides. Allez, j'y vais.

— William !

Il était déjà dans le hall quand elle le rattrapa.

— J'en ai pour deux heures, maximum. Envoie-moi un SMS si tu as besoin de quelque chose, conclut-il.

Sur un dernier signe de la main, il sortit en claquant la porte. Mais que lui arrivait-il ? Elle ne l'avait jamais vu dans cet état.

Elle prit son téléphone dans sa poche pour envoyer un SMS à Georgia. L'amie d'enfance de William était la seule à pouvoir – peut-être – lui donner une explication.

Qui est Teressa… ou Tess ?

La réponse lui parvint presque immédiatement.

L'ex-fiancée de William.

Quoi ? William avait toujours dit qu'il ne se marierait jamais. Il avait reçu un verre d'eau en pleine figure, un soir, parce qu'une jeune femme qu'il avait invitée à dîner n'avait pas apprécié sa franchise. L'incident, enregistré par un convive, avait fait le tour des réseaux sociaux. William avait fini par en rire, mais cet épisode l'avait conforté dans son choix : célibataire il était, célibataire il resterait.

Un nouveau signal de SMS apparut sur son téléphone. Georgia venait de lui envoyer un avis d'obsèques. Oh ! non. Tess était morte.

Il a quitté Kodiak trois jours après les funérailles. Il ne parle jamais d'elle.

Jessie comprenait mieux pourquoi il s'était mis dans tous ses états. Le prénom Tess lui évoquait de très mauvais souvenirs. Cette histoire remontait à l'époque « AA », dont elle ne savait rien puisqu'ils avaient convenu de laisser dormir le passé.

Avait-il d'autres secrets du même genre ? Celui-là, en tout cas, l'avait choquée. Il avait connu un deuil. Il avait perdu la femme qu'il aimait et qu'il avait eu l'intention d'épouser. Alors même si c'était absurde, et plutôt malvenu, elle se sentait un peu jalouse.

Tess avait dû être exceptionnelle pour que William accepte de franchir le pas. Elle avait réussi là où les autres avaient échoué. Elle avait su conquérir une forteresse imprenable.

Pourquoi refusait-il catégoriquement de se lier depuis ? Serait-il possible qu'il change d'avis un jour ?

Jessie remercia Georgia, puis posa son téléphone en soupirant.

William avait fixé les règles du jeu. Elle serait folle de se bercer d'illusions.

Fidèle à sa promesse, William revint chez Jessie au bout de deux heures.

Il aurait pu faire plus vite, mais il était resté un moment chez lui avant d'aller à la supérette. Il avait eu besoin de cette pause pour se remettre de ses émotions. Car entendre le prénom « Teressa » l'avait bouleversé à un point inimaginable.

Néanmoins, la culpabilité habituelle l'avait laissé tranquille pour la première fois depuis le drame. Il avait été choqué, bien sûr, mais très vite un espoir fou lui avait gonflé le cœur. Après avoir confié à Jessie qu'il voulait s'impliquer auprès de leur enfant, cela faisait beaucoup pour un seul homme...

Je veux tout. C'est simple, non ?

Il appuya la tête sur le volant, abasourdi. Il voulait Jessie, leur enfant, la vie de famille qu'il avait refusée à Tess. Quel genre d'homme était-il ? Ce changement faisait-il de lui un monstre ?

La sonnerie de son téléphone le fit sursauter. Il sut avant même de décrocher qui l'appelait.

— Avais-tu besoin de quelque chose au supermarché ? Parce que je n'y suis plus, malheureusement.

— Je sais, répliqua Jessie.

Il leva les yeux : elle l'observait, postée à la fenêtre de la cuisine. Depuis quand le regardait-elle ? Elle devait trouver bizarre qu'il ne descende pas de voiture.

— Que se passe-t-il, William ? Tu hésites ? Dans ce cas...

Elle lui laissait une porte de sortie. Comme toujours, elle s'inquiétait de lui au lieu de penser à elle.

— Pas du tout, répondit-il d'un ton ferme. J'arrive.

— Je vais t'aider à rentrer les courses. Je suis enceinte, pas invalide.

Elle raccrocha sans lui laisser le loisir de protester. Le temps qu'il attrape son sac de voyage sur le siège avant, elle avait descendu les marches du perron.

— Waouh ! s'exclama-t-elle quand il eut ouvert son coffre. Tu as acheté tout le magasin.

Il s'esclaffa.

— Dois-je te rappeler qu'il n'y a rien dans tes placards ? À quand remonte ta dernière expédition au supermarché ?

— Je ne m'en souviens pas, marmonna-t-elle.

Il la laissa porter quelques paquets et, bagage à l'épaule, empoigna le reste. Sitôt dans la cuisine, il lâcha tout sur le carrelage en grognant.

— Tu aurais dû faire plusieurs voyages, commenta Jessie. Et d'ailleurs quelle idée de prendre autant de provisions ! On est en été, les bateaux circulent. On ne risque pas de manquer.

— C'était un concours. Je voulais battre mes voisins de Caddie.

Sans réfléchir, il lui prit la main et l'attira contre lui. Puis il repoussa une mèche folle qui lui tombait sur le visage en souriant. Il n'aurait jamais dû la toucher, mais ces gestes tendres lui paraissaient si simples, si naturels...

— Je vois le genre, murmura-t-elle, les joues rosies. Tu voulais être le meilleur.

— Dis-moi que cela ne t'est jamais arrivé.

Elle eut un petit rire de gorge.

— Je mentirais en prétendant le contraire.

Il lui embrassa le bout des doigts, puis la lâcha.

— C'est bien ce qu'il me semblait... Allez hop, rangement ! On a du boulot.

Après avoir vidé deux sacs, elle s'assit sur le plan de travail.

— Je suis au courant pour Tess, dit-elle d'un ton calme. J'ai envoyé un SMS à Georgia. Je suis désolée, William.

Il la fixa, tétanisé, incapable de répondre.

— J'ignorais que tu avais failli te marier. Perdre ta fiancée dans ces circonstances...

— J'avais annulé le mariage une semaine avant la date. Ses parents ont eu la gentillesse de mettre mon nom sur l'avis de décès. J'étais quand même en deuil, malgré tout.

Parce qu'il aimait Tess, il avait voulu la libérer d'une union qui ne correspondait pas aux idéaux qu'elle s'était fixés. Que penserait-elle en le voyant aujourd'hui ? Serait-elle furieuse, amusée ? Il ne le saurait jamais. Une chose était sûre, pourtant : Jessie avait le droit de connaître la vérité.

Il s'adossa au comptoir et croisa les bras sur la poitrine.

— Tess m'avait garanti qu'elle était d'accord pour ne pas avoir d'enfants. Je lui avais posé la question plusieurs fois. Je voulais être sûr qu'on était sur la même longueur d'onde. Mais huit jours avant la cérémonie je l'ai entendue parler à sa meilleure amie au téléphone. Elle lui disait qu'avec le temps elle réussirait à me faire changer d'avis. Elle était sûre que je serais un bon père.

— Tu seras un père formidable. Elle avait raison, répondit Jessie d'un ton ferme.

— On verra. Je l'espère.

— Donc, tu as rompu avant le mariage ?

— Oui. Je trouvais injuste que Tess ait de faux espoirs. J'aurais peut-être changé à la longue, qui sait ? Mais à l'époque j'étais sûr du contraire.

Jessie secoua la tête, l'air navré.

— Elle n'a pas été franche avec toi. Elle aurait dû te le dire.

— J'ai pensé la même chose. Mais après le drame je me suis effondré. J'ai culpabilisé. Je culpabilise toujours, d'ailleurs. Tess a tellement mal vécu la rupture...

— Et toi ? Qu'as-tu ressenti en la quittant ?

Il fixa Jessie, bouche bée. C'était la première fois que quelqu'un lui posait cette question. Personne ne s'était préoccupé de ses états d'âme, et pour cause. Il avait rompu ses fiançailles. C'était lui, le méchant.

— J'ai eu le cœur brisé, dit-il enfin. J'aimais Tess. D'une certaine manière, je l'aimerai toute ma vie. Je ne peux pas me résoudre à accepter sa mort. Quel gâchis. C'était ma faute !

— Mais...

— Le soir de sa mort, elle était au pub. Elle m'a appelé vers minuit, mais je n'ai pas répondu. J'étais trop...

— Triste ? Frustré ? En colère ?

— Les trois, je pense. Quoi qu'il en soit, j'avais prévu de la rappeler le lendemain matin à tête reposée. Mais... elle a pris le volant cette nuit-là. Elle avait beaucoup trop bu et...

Jessie sauta du plan de travail, puis elle se rapprocha et le prit dans ses bras.

Jamais il n'avait reçu le moindre réconfort à l'époque. Les parents de Tess avaient eu la gentillesse de ne lui faire aucun reproche. Leurs amis, en revanche, lui avaient témoigné une sorte de mépris silencieux le jour des obsèques. Tout le monde aurait sans doute coupé les ponts s'il était resté à Kodiak.

— J'aurais dû décrocher. C'est moi qui l'ai tuée.

— Quoi ? s'écria Jessie.

Elle recula et le regarda droit dans les yeux.

— Arrête de culpabiliser. Tess a choisi de conduire après s'être enivrée. Tu ne l'as pas assise en voiture, enfin !

— Mais si j'avais répondu...

— Les choses auraient peut-être tourné différemment, ou pas. Tu ne sauras jamais si elle voulait que tu ailles la chercher au bar. Elle voulait peut-être te faire des reproches ou bien te déclarer sa flamme. Avec l'alcool, tout est possible.

William appréciait le soutien de Jessie. Mais hélas il savait à quoi s'en tenir.

— Chez les Harris, les hommes ont une fâcheuse tendance à être toxiques. On n'y peut rien. Crois-moi, c'est dans les gènes.

Elle lui prit la main avec fermeté et l'aplatit sur son ventre.

— Tess a fait un mauvais choix aux conséquences dramatiques. Et malgré tout elle avait raison sur un point. Tu vas être un papa formidable. Comme tout le monde, elle avait compris que tu es un chic type, attentionné, avec un cœur gros comme ça et un sourire à faire fondre les glaciers.

— N'en jette plus, mes chevilles vont enfler.

Il secoua la tête. Sans être vaniteux, il était conscient d'avoir un physique agréable. Les remarques flatteuses sur sa haute taille, sa musculature ou son visage ne le gênaient pas, dans la mesure où il s'agissait d'une enveloppe extérieure. En revanche, les compliments qui touchaient à sa personnalité le mettaient mal à l'aise. Il avait envie de détromper les gens. Il aurait voulu leur dire « si vous saviez »...

Du pouce, Jessie lui caressa le dos de la main. Il eut l'impression que des milliers d'étincelles couraient sur sa peau pour remonter jusqu'au cœur.

— Tes chevilles ont besoin d'enfler un peu, déclara-t-elle. Tu n'es pas responsable de la mort de Tess. Cette histoire de génétique est ridicule.

Il ne put s'empêcher de rire lorsqu'elle tapa du pied en fronçant les sourcils.

— Je suis sérieuse, William.

Incapable de résister, il l'étreignit longuement.

— Je sais. Et j'apprécie ton soutien, crois-moi. Je n'en reviens pas... qu'on ait attendu toutes ces années avant de se raconter nos vies.

— Il était temps.

— Oh ! que oui.

Submergé par une chaleur bienfaisante, il resserra son étreinte. Son corps et son cœur lui criaient de s'abandonner, d'implorer Jessie de lui donner une chance. Pouvait-il s'y risquer ? Au point où ils en étaient, qu'avait-il à perdre ?

Pendant leur randonnée au lac, elle avait murmuré qu'il ne voulait pas d'elle. C'était évidemment faux. Il n'envisageait plus la vie sans elle, mais comment le lui dire ?

— Tu m'as manqué, chuchota-t-il.

Lorsqu'elle leva la tête vers lui, il se pencha et, mû par un instinct irrésistible, effleura ses lèvres. Elle demeura immobile, sans réaction, puis elle le dévisagea avec une intensité bouleversante.

Demande-lui de changer les règles, William. Explique-lui ce que tu veux.

Son cerveau lui donnait des ordres qu'il était incapable d'exécuter. Il ne pouvait plus ni parler ni bouger.

— Tu m'as manqué aussi, répliqua Jessie d'un ton doux.

Elle lui tapota l'épaule, puis recula. Il avait loupé le coche cette fois, mais sans doute y aurait-il d'autres occasions ?

Pour la première fois depuis des semaines, il voyait enfin la lumière au bout du tunnel.

9

— Le jeune homme en salle 7 joue les durs devant sa petite amie. Il dit que tout va bien malgré ses deux côtes cassées. Oh ! j'oubliais : il faudra lui recoudre la cuisse gauche.

Jessie récupéra la tablette de William en souriant. Vus de l'extérieur, ils devaient ressembler à des collègues « normaux ». À l'hôpital, au moins, elle gardait ses émotions sous contrôle. Mais lorsqu'ils rentraient chez elle c'était une autre histoire.

Elle s'était mise à espérer l'impossible depuis qu'ils s'étaient embrassés. Pourtant, William n'exprimait toujours rien et chaque soir elle allait se coucher le cœur lourd en croisant les doigts pour que la situation évolue.

— Un gars qui cherche à impressionner une fille. C'est un air connu, répliqua-t-elle. Tu m'assistes pour les sutures ?

— Je vais y aller !

La voix sèche et désagréable du Dr Mueller fit sursauter Jessie, qui se retourna. Posté à l'autre bout du comptoir d'accueil, le médecin dévisageait William en fronçant les sourcils.

— Une patiente vous réclame en salle 11, Harris ! gronda-t-il. Elle en est à son troisième passage chez nous en un mois. Elle a refusé que je l'examine.

— On se demande bien pourquoi. Il est tellement agréable, ironisa Jessie dès que son collègue eut le dos tourné. Qui est cette patiente ? ajouta-t-elle, voyant que William étudiait la fiche laissée par le Dr Mueller. Tu la connais ?

Les gens qui venaient plusieurs fois aux urgences souffraient parfois de pathologies chroniques, de maladies mentales ou, tout simplement, de solitude.

— Molly Breckin. Elle pensait avoir un problème cardiaque, mais à sa dernière visite l'électrocardiogramme était normal. Malgré tout, j'ai senti que quelque chose clochait. J'ai appelé Georgia en renfort. Malheureusement, quand elle est arrivée, le Dr Mueller avait déjà laissé Mme Breckin sortir.

— Se pourrait-il que cette dame ait fait une crise de panique ? Les symptômes ressemblent à ceux d'un infarctus.

William haussa les épaules.

— Je n'ai pas eu cette impression. Ce jour-là, je me suis juste dit qu'on passait à côté de quelque chose.

— C'est frustrant quand la visite se termine comme ça... Allons voir Mme Breckin. On va tout reprendre depuis le début.

La patiente les accueillit par un sourire qui révélait un soulagement visible.

— Merci d'être venu, William, dit celle-ci. Le Dr Mueller m'a presque traitée de folle. Mais les palpitations sont bien réelles, je vous le garantis.

Jessie se présenta, puis scruta le monitoring.

— Votre rythme cardiaque semble normal. C'est déjà une bonne chose.

L'air déçu de Molly était révélateur : la patiente aurait voulu qu'on lui pose un diagnostic immédiat. Mais de toute évidence son cas était complexe. Sinon, elle n'aurait pas eu besoin de venir trois fois.

— Ce n'est pas psychologique. Je le sais, lâcha cette dernière dans un sanglot.

Jessie secoua la tête en souriant.

— Pour l'instant, on ne peut rien exclure. Ce ne serait pas si terrible, vous savez. L'anxiété, la dépression, les crises d'angoisse peuvent générer certains symptômes...

— Non. Non.

Molly sauta à bas du lit, puis arracha les électrodes du monitoring. William se précipita pour éteindre l'alarme qui s'était mise à sonner.

— Arrêtez, Molly. J'aimerais vous ausculter, dit Jessie.

— Non. Je ne suis pas folle !

— Personne n'a dit que vous l'étiez, voyons.

Le terme « fou » ou « folle » avait toujours révolté Jessie, qui le trouvait incroyablement péjoratif. Les maladies mentales devaient être soignées sans jugement aucun, ni de la part du corps médical, ni de la part des familles.

— Ne partez pas, s'il vous plaît. Il faut conduire d'autres examens pour trouver la cause de ces palpitations.

— Tout va bien maintenant. Vous l'avez dit vous-même. Je vais signer une décharge et rentrer chez moi.

— On ne peut vous obliger à rien, mais à votre place je resterais, intervint William d'un ton doux. Jessie est la meilleure urgentiste de l'hôpital. Elle va vous aider.

— Très bien, murmura la patiente.

Elle venait de se rasseoir sur le lit quand une infirmière écarta les rideaux du box.

— Code bleu ! Deux blessés par balles dans le sas d'entrée ! Quelqu'un les a conduits ici en voiture. Tout le personnel est requis en trauma.

— Ne bougez pas, Molly, on revient, dit Jessie. Vous serez ma priorité ce matin, dès qu'on aura soigné ces blessés.

— Si vous le dites...

— Faites-lui confiance, insista William. À tout à l'heure, Molly.

William roula sur le côté et attira Jessie contre lui.

Les paupières closes, il enfouit le visage dans ses cheveux, enivré par leur fragrance fruitée. En général, ses rêves n'étaient pas aussi beaux. Il se réveillait toujours un peu triste, conscient que ces nuits magiques n'existaient que dans son imagination.

Dans un demi-sommeil, il promena la main sur le dos de Jessie. Le débardeur de coton qu'elle portait lui donnait l'air fragile et sexy à la fois. Ce rêve prenait vraiment une tournure idéale. En remontant un peu le tissu, William pourrait effleurer sa peau soyeuse. Il pourrait...

Allons, il fallait retomber sur terre. Prolonger cette délicieuse fantaisie ne lui donnerait que des regrets.

Il ouvrit les yeux et resta bouche bée. Jessie était toujours là, avec lui, dans le lit de la chambre d'invités qu'il occupait depuis son installation chez elle.

— Jessie ?

Elle poussa un long soupir, s'étira... et rougit délicieusement lorsqu'il lui caressa la joue.

— Pardon, marmonna-t-elle. Je me suis réveillée à 2 heures du matin.

La veille, leur garde aux urgences avait été l'une des pires de cette dernière année. L'équipe n'avait pas pu sauver les deux jeunes hommes blessés par balles. Quant à Molly Breckin, elle avait signé une décharge pour s'en aller. Elle ne les avait pas attendus.

— Ne t'inquiète pas, répondit-il gentiment. Tu as fait des cauchemars ?

Elle nicha la tête sur son épaule.

— Oui.

— Toi, Georgia et le Dr Mueller avez fait le maximum pour ces gars, Jessie. Tu n'as rien à te reprocher.

— Je sais. Ça n'enlève pas le chagrin d'avoir perdu deux patients. On a beau se blinder, ça reste difficile par moments de cloisonner les choses.

— Je suis d'accord avec toi. Ces gamins avaient l'avenir devant eux. Les jours comme hier nous rappellent qu'il *faut* prendre le temps de vivre pour ne rien regretter.

— Cela t'inquiète, parfois ?

Si elle avait su... Il s'inquiétait sans arrêt. Il avait peur de gâcher leur relation. Il craignait de lui faire du mal, et qu'elle ne finisse par le haïr !

— Oui, lâcha-t-il dans un souffle.

— Moi aussi, William.

Quand elle se redressa, son regard émeraude lui parut aussi lumineux que les eaux d'un torrent. Pouvait-elle lire au plus profond de son âme ? Elle le connaissait par cœur…

Avant qu'il n'ait pu répondre, elle lui captura le visage et l'embrassa sur les lèvres. Il se perdit dans la douceur de ce moment, qui hélas prit fin beaucoup trop tôt à son goût.

— William, murmura Jessie d'une voix rauque.

— Ne t'inquiète pas, je comprends. On a passé une journée affreuse hier.

La dernière fois que cela leur était arrivé, ils avaient couché ensemble. Ils avaient voulu se réconforter dans les bras l'un de l'autre. Mais, depuis, leur relation avait pris une tournure nouvelle. Il ne voulait pas refaire l'amour avec Jessie pour de mauvaises raisons.

Elle secoua la tête.

— Cela n'a rien à voir avec hier, William.

— Mais…

De ses doigts délicats posés sur sa bouche, elle le réduisit au silence.

— Je ne veux pas vivre avec des regrets, justement, reprit-elle. J'ai besoin de réponses.

Il lui embrassa le bout des doigts.

— Tu n'as posé aucune question.

— Très bien, je me lance… Si on se donnait une chance tous les deux ? Si on essayait vraiment ?

— Une chance ? répéta-t-il, médusé.

Son cœur s'était mis à chanter dans sa poitrine, mais sa raison l'empêchait de suivre son instinct…

— Si tu n'es pas d'accord, dis-le franchement. Il n'y a aucun souci.

Elle avait commencé à s'écarter. Il lui enroula un bras autour de la taille pour l'attirer plus près.

— Si, je suis d'accord ! protesta-t-il. Et en même temps j'ai peur. Je me demande si je dois fuir ou te couvrir de baisers.

— Hmm. Ai-je mon mot à dire ? chuchota-t-elle en se penchant vers lui.

Il anticipait avec délices un nouveau baiser, mais soudain Jessie devint blême. En trois secondes, elle sauta à bas du lit, puis elle se précipita vers le couloir. Il entendit claquer la porte de la salle de bains et se mordit la lèvre.

Quel idiot ! Il avait oublié les nausées matinales.

Depuis quelques jours, Jessie et lui avaient mis au point une tactique efficace. Elle se levait à 7 heures. Elle descendait boire le thé au gingembre qu'il lui avait préparé. Elle grignotait une demi-tartine grillée et prenait un antivomitif. Ensuite, elle montait se préparer le temps que la molécule agisse. Elle pouvait alors manger quelques toasts beurrés, agrémentés de confiture certains jours.

Mais ce matin-là ils s'étaient laissé distraire.

Il attendit cinq minutes avant d'aller frapper à la porte de la salle de bains.

— Ça va mieux ?

— Je... Oui.

Il entra et, sans demander son avis à Jessie, ouvrit les robinets de la douche.

— Respire, vas-y doucement, dit-il. Je vais préparer ton thé.

Il descendit à la cuisine, embrassa la pièce du regard et sourit. Sa cafetière à dosettes et son mug préféré trônaient désormais sur le plan de travail. Jour après jour, il avait apporté un peu plus d'affaires personnelles. Il s'était installé en douceur. Il avait ajusté son quotidien sans même y penser.

La culpabilité et l'angoisse ne l'avaient pas encore rattrapé. La peur de mal faire le laissait tranquille.

Il se sentait bien. Il était en paix avec lui-même.

Il avait l'impression d'avoir, enfin, trouvé sa juste place.

10

Comment gâcher une relation avec l'homme idéal en dix secondes ?

Jessie s'habilla, un sourire désabusé aux lèvres. Pour le romantisme, on repasserait. Elle se demandait souvent pourquoi William ne prenait pas ses jambes à son cou.

Elle descendit à la cuisine où, selon un rituel désormais bien rodé, il l'accueillit en lui tendant une tasse fumante. Après avoir mis du pain à griller, il prit le mug de café noir qu'il s'était préparé.

— Qu'y a-t-il ? Tu as mal au cœur ? demanda William, comme elle le dévisageait.

— Non. Je pensais au café. Je n'en ai quasiment jamais bu, mais le tien sent bon.

— Ah ! En veux-tu un ? demanda-t-il en riant.

Elle lui tira la langue.

— Le café n'est pas recommandé aux femmes enceintes.

— Mais elles peuvent en boire de temps en temps. C'est l'apport en caféine qu'il faut limiter. Tu le sais bien, *docteur.*

Il abandonna son mug, puis se rapprocha d'elle. Son regard, d'abord empreint de sollicitude, devint vite chaleureux, au point qu'elle sentit une vague incendiaire lui réchauffer l'abdomen.

— Tu es tellement jolie, murmura-t-il en lui ouvrant les bras.

Elle posa sa tasse et, sans réfléchir, alla se blottir contre son torse musclé.

— J'ai les cheveux mouillés et décoiffés. Tu m'as vue au plus bas ce matin, juste après une misérable tentative de séduction. On ne doit pas avoir les mêmes critères de beauté.

Il secoua la tête et lui releva le menton du bout de l'index.

— Tu es magnifique, Jessie. Tu es une personne incroyable, au physique comme au mental. Porter notre bébé te rend malade, mais pour moi tu es encore plus belle. Et *misérable* n'est pas le mot qui convient pour décrire ce qui s'est passé.

Elle le fixa, les larmes aux yeux. Plus que le compliment, deux petits mots l'avaient bouleversée.

— Jessie ?

Elle lui captura le visage à deux mains.

— *Notre bébé.* Tu as dit « notre bébé », chuchota-t-elle. C'est la première fois.

Il aplatit la main sur son abdomen en souriant.

— Oui. On l'a fait ensemble. Tous les deux.

Incapable de résister, elle l'embrassa. Puis elle lui jeta les bras autour du cou, ivre de bonheur, pour mieux laisser libre cours au désir qui la consumait. Elle avait réduit son instinct au silence pendant de longues semaines. Elle en avait assez de cacher ses sentiments.

William était son tout, son alter ego. Elle avait besoin de lui.

Jamais sonnerie de grille-pain ne lui parut plus agaçante. Elle poussa un gémissement de frustration quand William recula. Il lui embrassa le bout du nez.

— Si je m'écoutais, je t'emmènerais là-haut et on passerait la journée au lit. Mais je veux que tu manges. Tu sais que j'ai raison, ajouta-t-il, comme elle allait protester. Il faut prendre soin de toi.

— Oui, pour le bébé.

Elle soupira. Tout le monde la considérait comme une chose fragile. Georgia et Padma jouaient les mères poules à l'hôpital, et à présent William s'y mettait aussi.

— Je fais au mieux pour notre cacahuète, reprit-elle. Je n'ai pas grossi, mais je ne maigris plus. Je dors bien. Mon niveau de stress fluctue selon les journées de travail. Comme tu le sais, on ne maîtrise rien aux urgences. Mais je gère, William. Je sais m'économiser pour le bien des autres. Je l'ai fait toute ma vie.

William la suivit des yeux tandis qu'elle s'installait sur un tabouret de bar. Elle avait l'impression qu'il lisait en elle comme dans un livre ouvert.

— Je me préoccupe du bébé, naturellement. J'aime beaucoup le surnom « cacahuète » d'ailleurs... Mais que tu le veuilles ou non je m'inquiète aussi pour ta santé. Tu es importante.

— Je suis enceinte. Je dois me surveiller en pensant au bébé.

Elle se frappa le front et s'esclaffa.

— Désolée, je me répète.

— Tu ne dois rien à la vie ni à personne, insista William. Je sais que tu n'as pas l'habitude de raisonner de cette manière. Il va falloir, quand même ! Si tu t'écoutais un peu pour changer ?

Gênée, elle grignota un morceau de tartine. Il la connaissait trop bien...

Avant qu'elle n'ait pu répondre, il fit pivoter son tabouret. Puis il ouvrit les jambes pour la caler contre lui, tout en maintenant le siège en place. Elle ferma les paupières, enivrée par une subtile odeur d'after-shave.

— Regarde-moi, Jessie. Tu es précieuse parce que tu es *toi,* et pour aucune autre raison.

Bouleversée par l'éclat de ses prunelles sombres, elle redressa le menton d'un air provocateur afin de masquer son trouble.

— Si tu m'embrassais au lieu de me regarder ?

William promena la main sur sa cuisse, à la lisière de son short en coton.

— L'un n'empêche pas l'autre, murmura-t-il.

Sans lui laisser le temps de protester, il lui ouvrit les genoux et se plaqua contre elle.

Leurs lèvres se frôlèrent, mais cet effleurement presque timide, loin d'étancher sa soif, exacerba son désir. Les doigts de William sur sa peau nue la brûlaient. Il remontait vers l'intérieur de sa cuisse à présent, sans toutefois s'aventurer vers le point chaud et intime qui, déjà, réclamait toute son attention…

— William.

— Mon prénom est ultra-sexy dans ta bouche, chuchota-t-il.

Il lui mordilla le lobe de l'oreille, puis s'aventura sous son T-shirt pour capturer un sein dans sa paume tiède.

— Hmm. Tu ne portes pas de soutien-gorge, dit-il d'une voix ensorcelante.

Elle glissa une main entre eux, éprouva la force de son érection et sourit.

— Je suis à la maison, en tenue décontractée. Un soutien-gorge me gênerait plus qu'autre chose.

— Je suis bien d'accord avec toi.

Tout en traçant de petits cercles autour du mamelon durci, il se pencha. Le baiser qui suivit propulsa Jessie dans un univers si parfait qu'elle crut perdre la raison.

Ivre de désir, elle batailla avec la fermeture du jean de William pour le déshabiller. Elle n'avait ressenti cette urgence fébrile qu'une fois auparavant. C'était la nuit où ils s'étaient livrés corps et âme l'un à l'autre, sans penser à rien.

— Jessie.

Il lui enleva la main de son pantalon, puis lui embrassa les doigts l'un après l'autre.

— Si tu continues, je n'aurai pas le temps d'assouvir mon fantasme.

Sans le quitter des yeux, elle le débarrassa de sa chemise.

— Quel fantasme ?

Au lieu de répondre, il la souleva et l'emmena au salon, où il l'allongea sur le canapé. Puis il tira sur le bas de son T-shirt.

— Chacun son tour. Lève les bras, Jessie.

Elle obéit, se soulevant afin qu'il puisse la dévêtir. Elle crut prendre feu sous son regard brûlant comme de la lave.

— J'ai envie de toi, William.

Jamais elle n'aurait cru vivre un jour les bouleversements

liés à la grossesse. Pendant son stage en gynécologie, elle avait entendu certaines futures mères se réjouir d'avoir un flux sanguin plus important dans le bas du corps. Elle comprenait mieux, à présent, pourquoi ces femmes étaient si heureuses…

Quoi qu'il en soit, elle avait désespérément besoin de sentir William en elle. Sauf qu'il prenait tout son temps !

Après s'être débarrassé de son pantalon, il s'agenouilla devant elle sur le tapis. Alors, l'air de rien, il fit pleuvoir des petits baisers joueurs sur ses cuisses. Et soudain il glissa les mains sous son short et captura ses fesses nues.

— Pas de soutien-gorge et pas de culotte, murmura-t-il. Hmm. C'est de mieux en mieux.

Elle se tortilla en gémissant lorsque ses doigts experts s'insinuèrent en elle.

Quand il se pencha pour lui lécher l'intérieur de la cuisse, un kaléidoscope de couleurs dansa devant ses yeux. Elle le voulait, maintenant, tout de suite.

— William. William !

En trois secondes, il la rejoignit sur le canapé. Sans même retirer son short, elle entremêla les jambes aux siennes et fusionna leurs corps frémissants avec un cri rauque.

— Jessie.

Il avait raison. Entendre son prénom dans la bouche de son amoureux était la chose la plus sexy de la terre.

Elle se pencha pour l'embrasser, consciente de vivre un moment magique. La peur du lendemain avait disparu. Elle n'existait plus que par, et pour William.

Demain serait un autre jour. Et l'homme de ses rêves serait là, avec elle.

— Docteur Davis ? On peut y aller.

William captura la main de Jessie et se leva en même temps qu'elle.

— Tu es prêt ? demanda-t-elle en souriant.

— Oui.

Pour la première fois, ils allaient rencontrer ensemble l'obstétricienne recommandée par Padma. Jessie s'était rendue seule aux deux premiers rendez-vous, mais il ne voulait plus rater la moindre étape du suivi de grossesse.

Les dix jours précédents avaient été le paradis sur terre. Ils avaient basculé dans une relation amoureuse de manière sereine, avec la certitude qu'ils faisaient le bon choix.

Jessie dormait dans ses bras toutes les nuits. Il la réveillait chaque matin en lui donnant une foule de baisers. Il l'embrassait à la moindre occasion, et en retour elle lui prodiguait de merveilleux gestes tendres.

Leur vie était si belle qu'il s'était fait une promesse : il n'allait rien gâcher cette fois. Il resterait toujours avec Jessie. Il ne la décevrait pas.

— Respire, chuchota-t-elle.

Il déposa un baiser papillon sur sa joue.

— Je suis un peu nerveux. C'est ridicule, non ? On est du métier, après tout.

— Tu veux que je te dise ? Je n'en mène pas large non plus.

L'infirmière qui les avait guidés vers la salle de consultation les regarda et sourit.

— Quel que soit leur métier, les futurs parents appréhendent toujours un peu. C'est normal, vous savez. On passe de l'autre côté de la barrière.

— Exactement, approuva William.

Alors que Jessie s'installait sur la table d'examen, il inspira à fond. Il avait tenu à venir même s'il s'agissait d'un contrôle de routine. L'obstétricienne, qui avait mis en place une surveillance renforcée en raison des vomissements, voulait s'assurer que le bébé se développait bien.

— Attention, ça va être un peu froid.

Jessie avait relevé son T-shirt pour que l'infirmière enduise son ventre de gel conducteur. Cela fait, la jeune femme promena la sonde de l'échographe cardiaque sur sa peau.

— Cent cinquante-deux pulsations par minute, annonça-t-elle au bout d'un moment. C'est parfait. On a un petit cœur en pleine forme.

Submergé par l'émotion, William cligna des paupières. Quand Jessie entremêla les doigts aux siens, il se pencha pour l'embrasser sur la joue. Aurait-il pu rêver plus bel instant ?

— Le Dr Keller va arriver, dit l'infirmière. Je vous abandonne pour aujourd'hui. À bientôt !

— Merci beaucoup, répondirent-ils en chœur.

Resté seul avec Jessie, il l'embrassa de nouveau.

— Ça va ? demanda-t-elle.

— Oui, on ne peut mieux.

Il était sincère en disant cela. Il avait pris un chemin qu'il n'avait pas choisi, celui de la paternité, mais pour rien au monde il ne reviendrait en arrière. Il n'avait jamais été aussi heureux de toute sa vie.

— Bonjour ! Sandra m'a dit que le futur papa était là. Comme j'ai un peu de temps, je vais faire une petite échographie. Ce n'était pas prévu aujourd'hui, mais vous pourrez voir le bébé ensemble.

William se présenta au Dr Keller et remercia chaleureusement l'obstétricienne. Ils avaient droit à un bonus ce matin-là. Appartenir au corps médical avait parfois des avantages…

Fasciné, il se concentra sur l'écran. Le fœtus, à peine plus gros qu'une pêche, avait déjà la forme d'un bébé.

— Il ou elle suce son pouce, commenta le Dr Keller en souriant. C'est assez fréquent à quatorze semaines et demie. Les petits aiment bien se toucher le visage.

Main dans la main, Jessie et lui scrutèrent l'écran, émerveillés. Le Dr Keller effectua toutes les mesures nécessaires, imprima les clichés, puis essuya le ventre de Jessie à l'aide d'une serviette en papier.

— Où en sommes-nous avec ces nausées ?

Jessie haussa les épaules.

— Ce n'est pas pire.

— Patience, elles vont bientôt disparaître, répondit gentiment l'obstétricienne. Le plus dur est fait. Vous entrez dans le second trimestre.

Elle consulta sa tablette, puis reprit :

— Vous étiez en sous-poids lorsque vous êtes tombée enceinte. Pour l'instant, vous avez pris 250 grammes, cela me convient. Le nouvel objectif est de prendre 500 grammes par semaine. Et bien sûr il ne faut surtout pas maigrir.

William croisa le regard insistant du Dr Keller. La médecin venait, sans le dire, de lui confier une mission. Il devrait diversifier l'alimentation de Jessie et lui proposer tout ce que son organisme pourrait tolérer.

— Puisque vous êtes là, monsieur Harris, j'en profite pour vous poser la question : y a-t-il des pathologies connues dans votre famille ?

— Je ne sais pas.

— Serait-il possible de vous renseigner ?

La main de Jessie se referma sur la sienne. Il eut conscience de s'y agripper comme à une bouée de sauvetage.

— Je demanderai à ma mère, dit-il d'une voix blanche. Je ne garantis pas qu'elle répondra. Nous avons quelques soucis familiaux.

— Je comprends. Faites au mieux, répliqua le Dr Keller d'un ton doux.

La gynécologue pivota vers Jessie afin de lui prodiguer quelques conseils supplémentaires. Soucieux de liquider rapidement sa « corvée » du jour, William prit son mobile dans sa poche.

Bonjour. J'ai besoin de savoir s'il y a des problèmes de santé héréditaires dans la famille. Merci.

Si sa mère posait des questions, il s'expliquerait. Dans le cas contraire, il ne lui dirait rien. À quoi bon puisqu'ils étaient devenus des étrangers ?

Absorbé par ses réflexions, il entendit vaguement le Dr Keller donner rendez-vous à Jessie pour la semaine suivante. Il eut conscience de saluer l'obstétricienne, puis il se retrouva seul avec Jessie. À sa grande surprise, elle avait les larmes aux yeux. Tout allait bien, pourtant...

Il s'assit près d'elle sur la table. Elle éclata en sanglots lorsqu'il la prit dans ses bras.

— Ma chérie... Que se passe-t-il ?

— Je suis désolée. J'ai fait un rêve.

— L'activité cérébrale nocturne augmente avec la grossesse. C'est normal.

— Oui, mais... J'ai rêvé de Bran. Il savait... que j'allais avoir un bébé.

— Et ?

— Il me demandait si je serais capable de sauver mon enfant alors que, lui, je l'avais laissé mourir !

Bouleversé, il la berça jusqu'à ce que les sanglots s'espacent.

— D'après ce que j'ai compris, Bran t'aimait énormément. Il n'aurait jamais dit une chose pareille.

— Tu n'en sais rien. Je n'ai pas été à la hauteur. Je...

Il lui agrippa les épaules pour l'obliger à le regarder.

— Arrête tout de suite, Jessie. Tu as été merveilleuse avec Bran. Et tu seras merveilleuse avec notre fils ou notre fille.

La peur se lisait dans son regard et, pour la rassurer, il posa la main sur son ventre encore plat. La vie n'offrait aucune garantie. Ils étaient tous les deux bien placés pour le savoir. Mais, par leurs métiers respectifs, ils savaient aussi qu'on ne pouvait pas vivre éternellement dans la crainte d'un scénario catastrophe.

— Le Dr Keller t'a proposé une amniocentèse, que tu as acceptée, dit-il d'un ton calme. En fonction des résultats, nous prendrons ensemble la décision qui s'impose, s'il faut en prendre une. Et s'il y a un problème ce ne sera pas ta faute, Jessie. Tu n'as jamais laissé tomber personne. Ni Bran, ni notre bébé, ni moi.

Elle opina sans répondre. Elle ne semblait pas convaincue, mais elle n'avait pas protesté. C'était déjà une petite victoire.

— On va y aller, dit-elle. Ils doivent avoir besoin de la salle pour une autre patiente.

Il lui enlaça la taille pour la guider vers la sortie.

Quoi qu'il advienne, elle pourrait s'appuyer sur lui. Il voulait être son roc dans les bons comme dans les mauvais jours.

Tant qu'ils resteraient ensemble, tout irait bien.

11

— Arrête de regarder ton téléphone. Cela ne sert à rien.

William entoura délicatement la taille de Jessie, puis il l'embrassa sur la joue.

Elle seule pouvait comprendre sa frustration. Il avait envoyé quatre SMS à sa mère depuis la veille, mais cette dernière n'avait pas répondu.

— Ce silence est pire que tout, marmonna-t-il. J'aimerais mieux qu'elle m'envoie promener.

— Tu avais de bonnes raisons de couper les ponts avec ta famille. Les années ont passé. Ta maman a peut-être voulu tourner la page de son côté. Quoi qu'il en soit, ce n'est pas ta faute. Oublie.

Il secoua la tête. Abandonner si vite n'était pas une option. Il devait se montrer à la hauteur de l'enjeu, pour Jessie comme pour leur enfant à naître.

> J'ai une bonne raison de vouloir un historique médical. Ma conjointe attend un bébé. S'il y a un problème grave, nous aimerions le savoir. Mais si tu ne réponds pas je ne t'embêterai plus. Tu as ma parole.

Jessie, qui avait lu par-dessus son épaule, lui lança un regard malicieux.

— Ta conjointe, hein ? Pas ta petite amie ?

« Petite amie » avait une connotation provisoire qu'il détestait. Jessie était devenue sa partenaire. Il n'envisageait plus la vie sans elle.

— Tu as des objections ?

S'ils n'avaient pas été à l'hôpital, il l'aurait embrassée à perdre haleine. Il avait toujours besoin de la toucher pour s'assurer qu'il ne rêvait pas...

— Hmm. Je réfléchis, murmura-t-elle, taquine.

— Je t'appellerai comme tu voudras, ma chérie. Tu n'as qu'un mot à dire.

— J'aime quand tu m'appelles « ma chérie ».

Il eut l'impression qu'un rayon de soleil venait d'illuminer le vestiaire. Il aurait dû penser au travail, mais il ne voyait que Jessie et son sourire éclatant. Qu'elle était jolie en blouse et pantalon bleus, sa chevelure relevée à la hâte en un chignon flou ! Elle était son phare, son point d'ancrage, son repère absolu à tous les moments de la vie.

Je l'aime. Je l'ai toujours aimée.

Pourquoi avait-il mis si longtemps à se l'avouer ? Quand avait-il compris ? Au fond, il avait peut-être toujours su...

Il verrouilla son casier, puis invita Jessie à le précéder dans le couloir. Une nouvelle garde commençait. Il espérait qu'elle ne serait pas trop fatigante pour Jessie qui, d'après le Dr Keller, devait se ménager. Il ne pouvait qu'approuver, bien sûr...

— Ah, je te cherchais ! Notre cliente habituelle est revenue. Je te la laisse, cela va sans dire.

La voix sèche du Dr Ronny Mueller interrompit la rêverie de William. Le médecin avait littéralement fondu sur eux, agitant un épais dossier sous le nez de Jessie.

— C'est une patiente, pas une cliente, riposta-t-elle d'un ton ferme. On n'est pas au supermarché. Elle s'appelle Molly. Je vais aller la voir tout de suite. Tu m'accompagnes, William ?

— Avec plaisir.

Ils tournèrent les talons, laissant sur place le grincheux médusé. Jessie l'avait remis à sa place comme il le méritait. Tout le monde aurait dû le faire depuis longtemps.

Georgia les attendait devant le box 4. Après les salutations matinales, ils firent le point sur la situation de Mme Breckin.

— Je l'ai vue deux fois avec William, toi une, résuma Georgia. Espérons qu'aujourd'hui elle restera assez longtemps pour qu'on trouve quelque chose.

Molly Breckin était assise sur le lit lorsqu'ils entrèrent. Elle scrutait le tracé du monitoring cardiaque et pleurait à chaudes larmes.

— Bonjour, Molly. Je suis contente de vous revoir, dit Jessie d'un ton doux.

— C'est gentil, mais vous devriez plutôt être contrariée. Je me demande pourquoi je suis revenue. Ce... truc est encore normal.

Georgia se plaça de l'autre côté du lit et pressa l'épaule de la visiteuse.

— On ne vient pas aux urgences par plaisir.

— Votre collègue de l'autre jour a l'air de penser le contraire.

— Le Dr Mueller est un peu spécial, commenta Georgia.

— Ah ! Vous avez compris tout de suite de qui je parlais.

William toussota pour masquer un début de fou rire. Jessie lui lança un regard faussement sévère, puis se tourna vers Molly.

— Que s'est-il passé ce matin ?

— La même chose que d'habitude. J'ai eu l'impression que mon cœur montait dans ma gorge. J'ai eu des vertiges. J'ai cru que j'allais m'évanouir.

— Mais vous êtes restée consciente ? demanda Georgia.

— Je... Oui. Je vous garantis que je ne simule pas. Tout va bien en apparence, mais cela m'est déjà arrivé plusieurs fois.

— Je vous crois, assura Jessie. On va trouver ce qui cloche. Vous ne repartirez pas sans diagnostic. C'est promis.

Georgia écarquilla les yeux. William, quant à lui, dut retenir l'objection qui lui montait aux lèvres. Molly était déjà venue plusieurs fois sans que personne puisse identifier son problème. Lui donner trop d'espoirs n'était pas raisonnable.

— Le bon point, c'est que votre rythme cardiaque est normal, dit-il, jugeant opportun de s'en tenir aux faits.

— Absolument, renchérit Jessie. Vous trouvez sans doute frustrant que l'on ne détecte rien mais, croyez-moi, cela vaut mieux.

— Génial. Je n'ai plus qu'à attendre et espérer la venue d'une nouvelle crise, chuchota Molly dans un sanglot.

— Ne vous inquiétez pas. On va trouver, répéta Jessie. On va faire descendre un cardiologue.

William imaginait la réaction de Molly si le spécialiste ne trouvait rien. Jessie aurait dû se montrer plus prudente. Malgré son grand cœur, elle ne pouvait pas résoudre tous les problèmes de la terre.

— Sonnez si vous avez besoin de quelque chose, dit-il gentiment. Surtout, n'hésitez pas. Nous sommes là pour vous aider.

— D'accord. Merci.

Le regard résigné, presque éteint, de Molly le peina. Pourvu que la visiteuse ne rentre pas chez elle sans avoir obtenu de réponses !

William quitta la chambre derrière Georgia. Jessie, qui fermait la marche, s'adossa au mur du couloir en inspirant à fond.

— Hé, ça va ? demanda-t-il, alarmé.

Elle avait mangé deux tartines et bu son thé au gingembre. En revanche, elle avait été incapable d'avaler une demi-banane ou quelques morceaux d'avocat, ainsi que le Dr Keller l'avait préconisé. La prise de poids restait un objectif très ambitieux dans l'immédiat...

— Non, chuchota-t-elle.

— Veux-tu repartir ? intervint Georgia.

— J'allais poser la même question, renchérit-il, de plus en plus inquiet.

Elle s'écarta du mur comme un ressort.

— Quoi ? Mais non ! Je n'ai aucun souci, moi. Je me tracasse pour cette pauvre Molly, qui en est à son quatrième passage chez nous. Elle n'ose même plus décrire ses symptômes. Elle est persuadée qu'on la prend pour une folle.

— Il vaudrait mieux pour elle que ce soit des crises d'angoisse, déclara Georgia. Avoir un problème cardiaque à vingt-neuf ans n'est jamais bon signe.

— L'explication psychologique nous arrangerait bien, mais à mon humble avis on peut l'éliminer. Sauf que je suis incapable d'expliquer pourquoi. Je ne vaux pas mieux que le Dr Mueller. Je n'ai pas émis la moindre hypothèse.

— Et si tu n'as aucune réponse à lui donner aujourd'hui ? Comment réagira-t-elle si elle repart bredouille pour la quatrième fois ? demanda Georgia.

William avait pensé la même chose sans oser le dire.

Jessie pointa le menton en avant, l'air buté.

— On trouvera. Il faut positiver.

— Le premier de nous qui repère Eli dans le quartier le coince et l'emmène en salle 4. D'accord, mesdames ? dit William.

— D'accord, répondirent en chœur Georgia et Jessie.

Compter sur le fiancé de Georgia était, de loin, la meilleure option. Il fallait juste croiser les doigts pour que celui-ci vienne rapidement faire un tour aux urgences.

— Eli !

Refoulant un haut-le-cœur, Jessie courut vers le jeune chirurgien. Elle avait conscience d'être déshydratée. Le rythme avait été infernal ce jour-là, mais hélas, en sept heures, elle n'avait pas pu avaler autre chose que des crackers. La faute au Dr Mueller qui avait encore fait chauffer du poisson à l'heure du déjeuner.

Quand Georgia l'avait découvert dans la tisanerie avec son plat de morue – rien de moins – elle lui avait rappelé les règles de savoir-vivre entre collègues. Cet idiot avait passé un mauvais quart d'heure, mais le mal était fait pour Jessie, qui n'arrivait plus à contrôler ses nausées.

— Coucou, toi, répondit Eli. Georgia m'a parlé de votre patiente. Vous souhaitiez que je l'examine… mais elle est partie.

— Quoi ? Tu te trompes sûrement. Je suis passée la voir plusieurs fois. Elle a mangé, elle a fait une sieste. Elle était encore là il y a moins d'une heure.

Prise de vertiges, elle s'appuya contre le mur. La fin de sa garde approchait. Elle allait pouvoir manger, boire et se reposer. Mais avant tout elle devait éclaircir ce mystère.

— D'après ce que j'ai compris, il y a eu un quiproquo, expliqua Eli. Quand je suis arrivé, il y a vingt minutes, Sara cherchait des papiers de sortie.

— Quels papiers ? En tant que médecin référente, je suis la seule habilitée à faire sortir Molly.

— Sara l'a confondue avec la dame de la chambre 8.

— Polly Henderson ? On lui a posé une perfusion pour la réhydrater, elle avait la gastro. Après cela, en effet, j'ai donné le feu vert pour la laisser partir.

— Sara était débordée, elle a lu le papier trop vite. Elle se sent très, très mal d'avoir commis cette boulette.

Jessie serra les poings et les rouvrit. Elle irait trouver l'infirmière pour la consoler. Nul n'était à l'abri d'une erreur dans un univers aussi difficile que les urgences. On confondait Molly et Polly, on relâchait une patiente à la place d'une autre. Mais dans ce cas précis c'était une catastrophe !

Elle donna un coup de pied rageur dans le vide… et se traita d'idiote en voyant des étoiles. Après cette discussion, elle irait s'asseoir quelques minutes, histoire de souffler un peu.

— Molly en était à sa quatrième visite, c'est bien cela ? demanda Eli. Que lui arrive-t-il au juste ?

Du mieux qu'elle put, elle résuma les symptômes décrits par la patiente.

— Georgia et William m'ont parlé de crises d'angoisse, répliqua Eli. Mais toi tu penses qu'il y a autre chose.

— Oui. J'ai l'intuition qu'on passe à côté du sujet. Ne me demande pas pourquoi.

Elle ferma les paupières, les rouvrit. Les étoiles étaient de plus en plus nombreuses.

— Eli…

Elle eut vaguement conscience qu'on prononçait son prénom, qu'on la retenait pour l'empêcher de tomber.

Puis ce fut le trou noir.

12

Adossée contre les oreillers, Jessie commença à lire le dossier qu'une infirmière lui avait apporté en cachette.

Après s'être évanouie, la veille, elle avait été hospitalisée en gynécologie obstétrique. Perfusée et réhydratée, elle se sentait beaucoup mieux. Les antiémétiques administrés par intraveineuse fonctionnaient bien : elle avait pu dîner, puis, ce matin-là, prendre un bon petit déjeuner. Jamais elle n'avait eu tant d'appétit depuis le début de sa grossesse.

Tout aurait été parfait si elle avait pu, enfin, mettre un nom sur les symptômes de Molly. Avant de poser à contrecœur un diagnostic de crises d'angoisse, elle voulait tout reprendre. Et cela tombait bien : elle n'avait rien d'autre à faire.

Elle étudia le début du dossier. À côté des informations basiques – état civil, âge, adresse, profession – figurait le premier compte rendu d'entretien avec l'infirmière chargée du tri des cas. « La patiente se sent mieux la tête en bas », avait écrit celle-ci. Personne ne semblait avoir relevé ce détail. Jessie elle-même n'avait jamais lu ces pages faute de temps.

Que signifiait « la tête en bas », au juste ? C'était plutôt bizarre...

— Tadaaa ! Victoire !

William venait de pousser la porte, un grand sourire aux lèvres. Elle se hâta de cacher le dossier sous le drap.

— Tu as la permission de sortir, annonça-t-il. Il faudra tout de même ralentir la cadence jusqu'à ton prochain rendez-vous avec le Dr Keller mardi.

Il s'affala sur une chaise en bâillant. Il avait insisté pour dormir sur un lit d'appoint à côté de Jessie. Il avait dû passer une nuit très inconfortable !

Après lui avoir lancé un regard éloquent, il reprit :

— Vas-tu me dire ce qu'il y a là-dessous ?

Elle haussa les épaules.

— Rien de très important.

— Alors pourquoi te donnes-tu la peine de le cacher ? Jessie, tu as tourné de l'œil hier !

— Oui, parce que j'étais déshydratée. Et avec l'*hyperemesis gravidarum* cela m'arrivera peut-être encore. Il faut s'y attendre.

Elle avait répondu avec un détachement qu'au fond elle était loin de ressentir. Elle avait pu travailler jusqu'alors parce qu'elle ne mangeait presque pas. Néanmoins, elle devait se montrer lucide : elle était encore très loin du terme. Ce trouble d'origine hormonale pouvait avoir de graves conséquences et rien ne permettait de dire que les nausées s'estomperaient avant le neuvième mois.

— Jessie...

— Notre bébé va bien. Je me battrai jusqu'au bout pour qu'il ou elle naisse en forme. Si je dois sucer des glaçons ou manger des glaces au sorbet diététiques toute la journée, je le ferai. Je veux mettre toutes les chances de son côté.

— Et toi, dans tout ça ?

Elle extirpa le dossier de sa cachette en soupirant.

— Je regardais l'historique des visites de Molly aux urgences. J'ai trouvé quelque chose d'intéressant.

William se leva et lui retira les fiches des mains.

— Au risque de me répéter, il faut penser à toi, déclara-t-il. Ta santé est prioritaire.

— Je ne ferai courir aucun risque au bébé. Mais comme tu peux le constater tout va bien, ajouta-t-elle en désignant le monitoring fœtal. Son rythme cardiaque est parfait. Je dois juste me concentrer sur ce diagnostic.

— Absolument pas. Si Molly revient, nous aviserons à ce moment-là. Elle n'est plus sous ta responsabilité.

Elle le regarda se rasseoir, les larmes aux yeux. Il avait raison, bien sûr. Sauf qu'elle ne pouvait pas lâcher prise.

— Jessie, tu as toujours besoin de donner la priorité aux autres pour être heureuse. Mais il faut arrêter de faire ça. Prendre soin de soi n'est pas un crime.

Un silence pesant s'instaura. Jessie ne savait plus quoi dire. William la connaissait trop bien…

Soudain, son ventre se mit à gargouiller.

— As-tu faim ?

— Je crois que oui.

William se leva promptement et approcha la table roulante où trônaient une coupe de fruits, des paquets de noix et des barres de céréales.

— Mange autant que tu peux tant que tu es sous perfusion.

Plus tôt ce matin-là, l'obstétricien de garde lui avait suggéré d'être à l'écoute de son corps. Elle avait l'intention de suivre ce conseil avisé.

Oubliant sa peur d'être malade, elle croqua cinq noisettes et prit une grappe de raisin. Elle trouvait un peu bizarre que William la regarde manger sans rien dire. Il aurait au moins pu faire un effort de conversation…

— Raconte-moi ce que tu as découvert, pour Molly, dit-il enfin.

— Je me demande si elle n'aurait pas une tachycardie supraventriculaire. Avec cette pathologie, il n'y a plus aucun symptôme quand le rythme redevient normal. Et le cœur n'est pas endommagé à long terme.

— Hmm, lâcha William, l'air peu convaincu.

— Cela expliquerait pourquoi on n'a jamais rien vu à l'électrocardiogramme, insista-t-elle. D'ailleurs, les symptômes décrits par Molly correspondent. Elle a des palpitations, du mal à respirer… La fréquence des troubles est très variable d'une personne à l'autre. Certains malades les ressentent peu, d'autres pas du tout. On peut facilement les confondre avec une crise d'angoisse ponctuelle.

Le corps médical avait trop tendance à utiliser les mots « stress » ou « dépression » quand la patiente était une femme. Il y avait eu des progrès sur ce point, mais on pouvait encore s'améliorer !

Chaque fois que Molly était venue, elle avait eu tout le trajet, plus une longue attente dans sa chambre, pour recouvrer un rythme cardiaque normal. Il n'était pas étonnant qu'on ne lui ait jamais rien trouvé.

— Si tu as vu juste, Molly a de la chance dans son malheur, déclara William. La TSV se soigne bien par cachets. Tu vas pouvoir noter ça dans son dossier, au cas où elle repasserait par la case urgences.

— Je m'occuperai d'elle si elle revient.

— Arrête, Jessie. Tu ne seras peut-être pas présente ce jour-là. Et de toute manière tu n'es pas responsable de...

— Si, je le suis.

— Et pourquoi donc ?

— Parce que.

Sa réponse était puérile, certes, mais elle n'arrivait pas à expliquer pourquoi elle « bloquait » sur ce cas. Par chance, l'arrivée de l'infirmière mit un terme providentiel à la discussion.

— J'ai vos papiers de sortie, docteur Davis.

— Super. Merci beaucoup.

L'air préoccupé de William lui fit comprendre que le sujet n'était pas clos. Mais pour l'heure cela n'avait aucune importance. Elle était libre.

La téléphone de William tinta dans sa poche pour la quatrième fois en une demi-heure.

Il était parti faire des courses, recommandant à Jessie de lui envoyer des SMS si elle voulait quelque chose en particulier. Elle lui avait donc écrit pour demander de la moutarde, des gaufrettes à la vanille et des framboises. Il était prêt à lui rapporter tout le magasin pourvu qu'elle s'alimente !

Quatre jours s'étaient écoulés depuis son hospitalisation, et la veille ils étaient retournés voir le Dr Keller.

Celle-ci leur avait confirmé qu'ils entraient dans une période de quitte ou double. Soit l'hyperémèse gravidique disparaissait, soit Jessie continuerait d'en souffrir jusqu'à l'accouchement, avec des phases d'accalmie.

La médecin lui avait suggéré de se faire plaisir dès qu'elle pourrait manger. Résultat : Jessie avait dansé de joie quand elle avait pu absorber du cake aux olives et des cornichons sans être malade.

Il prit son téléphone en souriant, prêt à exaucer un nouveau souhait culinaire… et se figea.

Il n'y a aucun problème de santé de mon côté. Ma grand-mère a eu un cancer du sein et ma tante une maladie de la thyroïde.

Ces deux pathologies s'avéraient de *gros* problèmes. Sa mère n'en avait-elle pas conscience ?

Merci.

Il avait trouvé poli de répondre, même si elle avait mis du temps à lui fournir le renseignement voulu…

Ta famille paternelle ne mérite pas qu'on s'y attarde. Ton demi-frère ressemble à ton père. Il est en train de divorcer pour la deuxième fois.

Gêné, il se crispa comme si sa mère avait parlé tout haut. La vie privée de Will ne le concernait en rien. Et puis, il ne le connaissait pas. Il n'avait aucune raison de le juger. Peut-être son demi-frère avait-il pris de mauvaises décisions pour des motifs qui lui étaient propres ? Ces choses-là arrivaient à tout le monde.

Tu veux des enfants, toi ? Première nouvelle. Ce sujet n'aura donc été qu'un prétexte pour annuler ton mariage ? Tu préférais sûrement courir à droite et à gauche, comme tous les Harris.

Même s'il détestait l'agressivité de cette réflexion, il ne pouvait pas donner tort à sa mère au sujet du mariage. Il allait connaître un bonheur dont il avait privé Tess. Néanmoins, il ne prendrait pas la peine de se justifier sur ses motivations passées et futures. Sa mère avait perdu tout crédit à ses yeux. Il ne répondrait pas à cette méchanceté gratuite.

Jessie et lui allaient devenir parents. Il l'aimait de tout son cœur. Il était aux anges lorsqu'il la voyait heureuse, détendue, ravie d'avoir pu s'alimenter sans penser à rien et surtout pas au travail. Elle se porterait tellement mieux si elle arrêtait d'endosser toutes les responsabilités du monde…

Quand son mobile vibra de nouveau, il leva les yeux au ciel. Mais cette fois le message le fit sourire.

Je n'ai plus de cornichons. Oui, j'ai fini le pot ! Et oui, j'en voudrais bien encore. Merci beaucoup.

Il envoya un émoji pouce en guise de réponse, puis reprit son shopping. À présent, il avait hâte de rentrer.

Sa place était auprès de Jessie et nulle part ailleurs.

13

Jessie se faufila dans un box vide, tira les rideaux et s'assit sur le lit.

Même si elle éprouvait une immense fatigue, elle n'avait presque plus de nausées. Les astres s'étaient enfin alignés pour la laisser en paix. Il était temps.

Elle savoura quelques noix – elle en gardait toujours un paquet dans sa poche de blouse –, puis but de l'eau à petites gorgées. La veille au soir, elle s'était gavée de gaufrettes et de cornichons. William avait beaucoup ri. Il s'était demandé si leur bébé allait naître avec les mêmes goûts alimentaires ou si, au contraire, il allait faire une overdose de toute cette nourriture hétéroclite.

« J'aime te voir manger. » « J'aime que notre cacahuète grandisse au creux de ton ventre. » « J'aime l'idée qu'on va l'élever ensemble. »

Il avait utilisé le verbe « aimer » à de nombreuses reprises, toujours en lien avec le bébé. Elle aurait dû se réjouir, mais au fond d'elle-même une sourde angoisse était en train de naître.

Elle aimait William. Au-delà de l'amitié, elle avait toujours éprouvé un sentiment beaucoup plus profond. Cet homme était son tout, son alter ego, son âme sœur. Elle avait mis longtemps à l'admettre, mais c'était une évidence.

Que ressentait-il ? S'était-il engagé dans une relation avec elle pour le bébé ? C'était probable.

Si elle n'était pas tombée enceinte, ils auraient trouvé une solution pour rester amis. Ils auraient surmonté ce petit « loupé », comme disait William. Ils auraient repris leur train-train habituel moyennant quelques efforts. Mais la vie en avait, par un étrange hasard, décidé autrement.

William voulait se battre pour être à la hauteur. Il voulait montrer qu'il n'était pas comme son père. Il le lui avait réaffirmé la veille, après avoir reçu cet horrible SMS de sa mère.

Il le faisait pour leur bébé et pas pour elle...

Agacée, elle se chapitra. Elle n'avait aucun droit de se montrer si égoïste. Elle aurait même dû se réjouir que la situation évolue positivement. Non, sa vie n'était pas parfaite. Elle avait rêvé d'un conte de fées qu'elle n'obtiendrait jamais. Pourtant, il y avait aussi du positif dans son quotidien. Elle serait bien inspirée de voir le verre à moitié plein, plutôt qu'à moitié vide.

— Jessie a meilleure mine aujourd'hui.

La voix de Georgia derrière la cloison l'arracha à sa rêverie. Elle tendit l'oreille, intriguée.

— Oui, je l'ai bien nourrie hier soir. Elle a avalé une tonne de cornichons, répondit William, du rire dans la voix.

— Tu as l'air heureux. Je suis contente pour toi.

La remarque de Georgia fit sourire Jessie. Elle avait trop tendance à s'attarder sur le mauvais côté des choses. Elle s'infligeait cette punition depuis la mort de Bran. Mais à présent elle devait changer de cap et regarder l'avenir sous un autre angle.

— Je suis très heureux, en effet, déclara William. Hier, ma mère m'a accusé d'être un coureur de jupons. D'après elle, cela explique pourquoi j'ai annulé mon mariage. Si je m'écoutais, je lui enverrais une photo de Jessie et moi. Ce serait la meilleure preuve que je ne ressemble pas à mon père.

Jessie faillit vomir la noix qu'elle venait d'absorber. William était un homme bon, intègre, loyal. Il n'avait pas besoin d'une « preuve » quelconque. Elle était choquée d'être devenue un justificatif ambulant !

— Ta mère a toujours eu des idées bien arrêtées, commenta Georgia.

— Elle voit le pire en toutes circonstances. Elle doit déjà espérer que Jessie l'appellera un jour, en pleurs, pour lui dire à quel point j'ai été méchant. Mais elle peut toujours attendre. Je ne lui ferai pas ce plaisir.

Bouleversée, elle crispa les poings sur le drap.

Elle aimait William, corps et âme, mais elle ne représentait rien d'autre qu'un trophée à ses yeux. Il se réjouissait de pouvoir l'exhiber, triomphal, pour contrer la méchanceté de sa mère et rompre la malédiction paternelle. Il aurait pourtant dû connaître sa propre valeur, sans avoir besoin de s'abriter derrière une femme ou une supposée relation...

L'histoire se répétait encore et toujours. Les parents de Jessie l'avaient considérée comme un médicament. Son frère l'avait aimée tout en voyant chez elle une possible sauveuse. Quant à William... elle lui servait d'alibi, ni plus ni moins.

N'avait-elle aucune chance d'être appréciée pour elle-même ?

Elle ferma les paupières, soulagée d'entendre William et Georgia s'éloigner dans le couloir.

Quelques jours plus tôt, William lui avait dit de prendre soin d'elle et de privilégier son bien-être. Même si ce conseil risquait d'être lourd de conséquences, elle était prête à le suivre.

Elle écrasa une larme d'un poing rageur. Il lui restait quatre heures de garde à assurer. Par chance, William et elle n'avaient pas covoituré ce matin-là. Elle allait donc prendre son temps pour rentrer, aller faire un tour en ville, réfléchir. Il devenait urgent de définir une ligne de conduite.

Son bébé aurait un père merveilleux, gentil, adorable. Elle continuerait pour sa part à vivre sans amour. Il n'y avait rien de nouveau sous le soleil d'Alaska.

Quand Jessie entra dans le salon, bras croisés sur la poitrine, William comprit que le temps était à l'orage.

— Tu as l'air de mauvais poil, dit-il, mi-sérieux, mi-plaisantant.

La fin de leur garde s'était déroulée dans un climat étrange. Au fil des heures, une tension inexplicable avait succédé à la bonne humeur et aux rires.

— Tu n'es pas comme ton père, déclara-t-elle d'une voix tremblante. Je voulais clarifier ce point.

Allait-elle se mettre à pleurer ? Que lui arrivait-il ?

— J'essaie de ne pas suivre son mauvais exemple, répondit-il, médusé. Je veux dire...

— Stop. J'ai entendu ta conversation avec Georgia cet après-midi. Si j'ai bien compris, je suis censée te servir de preuve.

— Jessie, tu as mal interprété...

— Si je n'étais pas enceinte, y aurait-il un « nous » ?

Il la fixa, tétanisé. Il avait l'impression d'avoir reçu un verre d'eau glacée en plein visage.

— Que se passe-t-il ? Pourquoi poses-tu cette question aujourd'hui, maintenant ?

Une larme roula sur la joue veloutée de Jessie, bientôt suivie d'une autre.

— Réponds-moi. S'il te plaît.

— Au départ... on avait décidé de rester amis. Je suis ravi que les choses aient pris une autre tournure, mais...

— Donc, la réponse est non.

Il soupira.

— On avait peur de tout gâcher, rappelle-toi.

— Je veux un partenaire qui me choisisse pour moi-même, William. Je ne suis pas une béquille. Si tu as besoin de moi pour prouver que tu es différent de ton père, oublie.

— Jessie, tu es injuste ! Et, pire, tu es à côté de la plaque. Tu veux encore te punir, ma parole.

— Que suis-je censée comprendre ?

Il croisa les bras, imitant sa posture.

— Tu le sais très bien. Tu penses que tu ne mérites pas d'être heureuse. C'est comme si tu avais une dette envers la vie. Tu te prenais pour une héroïne. Tu croyais naïvement pouvoir sauver Bran toute seule. Hélas, ça n'a pas marché, alors tu t'es condamnée à souffrir jusqu'à la fin des temps.

Jessie devint si pâle qu'il en fut effrayé. Qu'avait-il fait ? Il était allé beaucoup trop loin. Au lieu de lui avouer son amour et de la prendre dans ses bras, il l'avait frappée là où elle était le plus vulnérable.

Et dire qu'il prétendait être différent de son père ! Il ne valait pas mieux, loin de là. Il avait blessé la femme qu'il aimait. Il lui avait jeté sa culpabilité et sa tristesse en pleine figure. En voulant la sortir de ce cercle infernal, il avait obtenu l'effet inverse.

— Pardon, dit-il d'une voix blanche. Jessie. Pardonne-moi, s'il te plaît.

S'il avait suivi son instinct, il l'aurait prise dans ses bras. Il l'aurait bercée doucement pour qu'elle s'autorise à pleurer sur son épaule. Mais ses pieds étaient comme cloués au sol. Prisonnier de ses vieux démons, il ne pouvait plus bouger.

Jessie luttait visiblement pour contenir les sanglots qui montaient. Elle inspira à fond, une main posée sur son abdomen.

— Tu seras un bon père, William. Notre enfant aura de la chance.

Réagis, espèce d'imbécile. Dis-lui que tu l'aimes. Elle va te quitter, et toi tu restes là sans rien faire.

— Je... vais y aller, balbutia-t-il. Il vaut peut-être mieux que je dorme chez moi cette nuit.

— Je suis d'accord. Tu vas même faire mieux que ça. Tu resteras chez toi à partir de maintenant. On a besoin d'être seuls chacun de notre côté, histoire de remettre les choses en perspective.

— Très bien. Si c'est ce que tu veux.

Jessie le regarda fixement puis, comme il gagnait la porte, elle s'écarta pour le laisser passer.

Il sortit tête basse, incapable d'articuler le moindre mot. Qu'aurait-il pu dire ? En trente secondes, il lui avait fait assez de peine pour une vie entière.

14

— Molly est revenue ! Elle est en salle 7.

La vision de Georgia sautillant dans le corridor fit sourire Jessie. Elle courut vers sa collègue.

— Elle te réclame, précisa Georgia. Elle a aussi demandé à voir...

— William. C'est normal. Il suit son cas depuis le début.

Même si elle trouvait difficile de le côtoyer tous les jours, Jessie resterait professionnelle. Ce n'était pas comme si elle avait le choix.

William s'était désengagé très vite de leur relation. Il n'avait pas protesté quand elle l'avait prié de rester chez lui. Il devait être bien content, finalement...

Il serait là pour leur bébé. Il se montrerait poli et cordial envers elle. En revanche, qu'elle ait le cœur en lambeaux semblait être le cadet de ses soucis.

— Allons-y, dit-elle, soulagée que Georgia ne cherche pas à épiloguer.

Elles se hâtèrent de rejoindre la chambre 7. Molly ne repartirait pas avant d'avoir obtenu un diagnostic, cette fois !

Quand elles entrèrent, William se trouvait déjà au chevet de la patiente.

— Respirez bien, Molly, disait-il.

Jessie se rapprocha en scrutant le monitoring. L'écran montrait une accélération notable du rythme cardiaque.

— Je dois me mettre à l'envers, répliqua Molly, haletante.

— Elle l'a dit plusieurs fois, précisa William.

Son regard distant fit mal à Jessie. Là où elle peinait à cacher ses sentiments, lui en revanche semblait très à l'aise. Il n'avait pas besoin de jouer les indifférents. Il l'était vraiment !

Elle sourit à Molly et lui pressa l'épaule.

— L'infirmière l'avait noté sur votre fiche la première fois.

— Oui, mais le Dr Mueller a trouvé que c'était idiot. Ça m'aide bien, pourtant.

— Alors on va essayer. Cela suffira-t-il si vous penchez la tête vers le sol ou faut-il vous lever les jambes ?

— La crise se calme plus rapidement avec les jambes levées.

— Je prends la gauche, dit William.

— Et moi la droite, renchérit Georgia.

— On y va en douceur, décida Jessie. L'électrocardiographe nous indiquera si la manœuvre fonctionne ou non.

— Ça n'a jamais... duré aussi longtemps. Mais au moins, maintenant, vous voyez que je ne joue pas la comédie.

— On vous a toujours crue, assura Jessie. Allez, on tente.

Sitôt la manœuvre effectuée, les « bips » du monitoring commencèrent à ralentir.

— Vous sentez-vous mieux ? demanda Jessie, qui s'était accroupie près du visage de la patiente.

— Je me sens enfin comprise, déclara Molly. Et même si j'ai l'air d'une idiote avec un infirmier et un docteur qui me tiennent les jambes, oui, je me sens mieux.

— Georgia !

La voix d'Eli s'était élevée depuis le seuil. Le chirurgien embrassait la scène du regard, l'air médusé.

— Merci d'être venu si vite, mon chéri. L'enregistrement du monitoring est prêt.

Les urgences avaient gagné le gros lot quand Georgia était tombée amoureuse d'un chirurgien cardiaque. Les délais de prise en charge s'étaient considérablement réduits.

— Je ne pense pas en avoir besoin, répliqua Eli d'un ton grave.

Madame Breckin, est-ce une habitude de vous positionner la tête en bas et les jambes en l'air pour contrer les crises ?

— Oui. Je le fais depuis des années. La plupart des médecins que j'ai vus... ont trouvé ça complètement idiot.

— Vous pouvez l'aider à se recoucher, dit Eli. C'est bon pour moi.

Molly se recala contre les oreillers avec un sourire tremblant.

— Avez-vous... trouvé ce qui cloche ?

— Je vais demander d'autres examens, mais pour moi vous souffrez de tachycardie supraventriculaire. On l'appelle communément TSV.

Jessie sentit le regard appréciateur de William peser sur elle, sans en tirer la moindre satisfaction. Elle aurait dû être aux anges d'avoir posé le bon diagnostic, mais elle se sentait triste et vide. Plus rien n'avait d'intérêt depuis qu'il était parti de chez elle.

Molly balaya les larmes qui roulaient sur ses joues.

— Une TSV. Je devrais être soulagée, mais... Pardon. Ça va aller, je vous assure. J'ai juste besoin de digérer l'information.

— C'est normal, répondit Jessie d'un ton doux. Il vous faudra un peu de temps.

— Il existe un traitement fiable et efficace, ajouta Eli. Je vais tout vous expliquer en détail.

Jessie prononça encore quelques paroles rassurantes avant de s'éclipser, non sans avoir promis de garder contact. Eli maîtrisait la situation. La présence de quatre soignants était devenue inutile...

Elle avait à peine fait cinq pas dans le couloir que William la rattrapa.

— Joli travail, bravo, dit-il. Tu peux être fière de toi.

Elle haussa les épaules.

— Je me réjouis surtout que Molly ait obtenu une réponse à ses questions. C'est le plus important.

Baissant les yeux, elle décrocha le bipeur fixé à sa ceinture.

— On me demande à la pharmacie. Excuse-moi.

C'était faux, mais elle avait besoin d'un prétexte pour s'éclipser et William s'abstint heureusement de tout commentaire. Il opina, puis il tourna les talons pour se diriger vers le comptoir d'accueil.

William s'était obligé à ne pas suivre Jessie.

Elle lui avait demandé de s'éloigner. Comme un imbécile, il avait accepté et à présent il en payait le prix.

Cette femme était trop bien pour lui. Quelle idée avait-il eue de vouloir l'exhiber comme une « preuve » jetée à la figure de sa mère ? Un homme mature n'agissait pas comme cela. Un homme mature ne parlait pas ainsi de la femme qu'il aimait.

Il s'était promis d'être un bon père pour leur bébé et il tiendrait parole. Quant à elle… il jouerait le rôle qu'elle voudrait bien lui donner. Il veillerait au grain à distance. Il la laisserait tranquille tout en faisant attention à elle.

— Où est Jessie ?

Sortie du box, Georgia était venue le rejoindre au poste des infirmiers.

— Je ne sais pas. Elle s'est sauvée comme une voleuse. Elle a fait semblant d'être appelée à la pharmacie.

Son amie secoua la tête en souriant.

— J'ai toujours admiré ta franchise… Tout va s'arranger, ne t'inquiète pas.

— Non, aucune chance. Comment va Molly ? enchaîna-t-il pour détourner la conversation.

— Elle est soulagée et en même temps elle a peur. Elle se sentira mieux quand elle pourra mesurer les effets positifs du traitement. Jessie a fait un boulot incroyable. C'est elle qui, la première, a mis le doigt sur la TSV après avoir repris tout le dossier. J'ai lu ses notes.

— Elle a repris le dossier quand elle était hospitalisée sous perfusion et monitoring. Elle travaillait au lieu de se reposer. Elle a toujours besoin de se prouver quelque chose !

Il croisa le regard interloqué de Georgia et secoua la tête. Il avait tendance à parler sans réfléchir ces jours-ci. Avec les brillants résultats que cela donnait...

— Les mots ont dépassé ma pensée, maugréa-t-il. Ce n'est pas ce que je voulais dire.

— Je crois que si, et tu as raison. Jessie tire beaucoup sur la corde. J'ignore pourquoi elle est accro au travail à ce point. Ce ne sont pas mes affaires, d'ailleurs. Beaucoup de femmes auraient levé le pied avec des nausées pareilles, mais...

— ... elle s'est accrochée.

Georgia l'enveloppa d'un regard insistant.

— Elle n'est pas la seule à s'accrocher. Vous vous ressemblez tous les deux.

Il aurait voulu démentir, répondre qu'il n'avait rien à espérer de la vie. Mais Georgia aurait sans doute protesté vigoureusement. Elle aurait voulu le réconforter, comme il l'avait fait à l'époque où sa relation avec Eli connaissait des remous.

— Le décès de Tess t'a profondément touché, c'est normal, reprit-elle. Mais ce n'était pas ta faute. Et je trouve ridicule cette histoire de malédiction liée aux hommes de ta famille. Il n'y a rien de génétique là-dedans. Ils se sont peut-être abrités là-derrière pendant des générations pour justifier leur mauvaise conduite mais, toi, tu ne leur ressembles pas !

— Merci...

— Par moments, il faut voir le bon côté des choses, insista Georgia. Le ciel ne te tombera pas sur la tête si tu te donnes le droit d'espérer. Ta mère a choisi de passer à côté de sa vie. Tu n'es pas obligé de faire la même chose.

— Merci pour la leçon, Georgia.

— Il y a du vrai dans chaque leçon, que tu l'admettes ou pas, répliqua-t-elle en souriant.

Il allait répondre quand Lauren se matérialisa devant le comptoir.

— J'ai un monsieur de quarante-six ans qui se plaint de douleurs thoraciques. Peux-tu venir, Georgia ?

— Bien sûr. Vivement ce soir, conclut cette dernière en soupirant.

Resté seul, William songea qu'il avait, lui aussi, hâte de voir cette garde se terminer. Avec le retour de Molly et la confirmation de la TSV, la journée aurait pourtant dû être belle. Jessie aurait dû recevoir les louanges qu'elle méritait au lieu de se cacher.

Il avait réussi, bien involontairement, à la priver de cette joie. C'était encore un moment perdu qui ne reviendrait jamais.

La voix de Georgia résonna comme un écho dans sa conscience. Et soudain la vérité le frappa de plein fouet. Il s'était tellement focalisé sur son père qu'il était passé à côté du problème. Georgia avait raison : il se comportait comme sa mère.

Au lieu d'affronter les problèmes et de se battre, il avait baissé les bras. Il s'était perdu dans cette spirale négative. Mais pourquoi les choses devraient-elles rester figées *ad vitam aeternam* ? N'avait-il pas justement reproché à sa mère d'accepter son triste sort ?

Il devait parler à Jessie. Le plus tôt serait le mieux. Il avait déjà trop attendu.

15

Jessie se gara devant chez elle et descendit de sa petite berline, envahie d'un immense soulagement.

Elle avait fini cette journée sans s'écrouler devant William, mais ça avait été moins une. Elle était partie sitôt sa garde terminée, sans rien dire à personne, craignant de tomber sur lui au détour d'un couloir ou dans l'ascenseur.

À présent, elle allait pouvoir se détendre, du moins essayer. Elle n'avait pas le choix. Elle devait se ressaisir si elle voulait rester efficace au travail. Ses patients seraient plus que jamais sa priorité jusqu'à la naissance du bébé. Elle...

Elle faillit trébucher en bas de son perron. Voilà qu'elle hallucinait, à présent.

Elle voyait une femme assise sur les marches, et cette femme ressemblait à sa mère. Il n'y avait pourtant aucun risque que celle-ci soit venue à Anchorage. Elle ne savait pas où Jessie travaillait.

— Maman ?

— Jessie...

La femme se leva, descendit les marches et commença à ouvrir les bras, avant de les refermer.

Jessie ne rêvait pas. Sa mère était là, devant elle. Les années lui avaient donné quelques rides et des cheveux gris, mais il n'y avait pas d'erreur !

— Qu'est-ce que tu fais là ? Est-il arrivé quelque chose à papa ? Comment m'as-tu trouvée, d'ailleurs ?

— J'ai toujours suivi ta carrière. J'étais en haut des gradins le jour de la remise des diplômes. J'ai su par les réseaux sociaux où tu avais passé ton internat. Ensuite, j'ai vu que tu avais pris un poste en Alaska.

Choquée, Jessie demeura silencieuse. Où était son père ? Ses parents ne se déplaçaient jamais l'un sans l'autre…

— Je suis désolée, tu dois croire que je t'espionne, reprit sa mère. En un sens, c'est vrai. Toutes ces années… Je ne savais pas quoi te dire. Ou, plutôt, je me suis demandé mille fois comment t'aborder.

Elle inspira à fond. Elles n'allaient pas discuter dehors.

— Veux-tu entrer ? Je reviens de l'hôpital et je ne suis pas en grande forme, mais je peux quand même faire du thé…

— Avec grand plaisir. C'est gentil de le proposer.

Jessie monta les marches et déverrouilla sa porte comme si elle agissait en pilotage automatique. Elle ne pouvait plus parler, encore moins réfléchir. Sa mère aussi devait être perturbée car, après s'être installée sur un tabouret de cuisine, elle la regarda s'activer en silence.

Finalement, elle prit le mug que Jessie lui tendait et le tourna entre ses mains.

— J'ai… commencé une thérapie il y a trois ans, dit-elle. Ce suivi psychologique m'a permis de comprendre beaucoup de choses.

Jessie but quelques gorgées de thé. Elle encourageait toujours ses patients à prendre soin de leur santé mentale. Elle était contente que sa mère se soit fait aider, mais l'heure n'était pas aux félicitations. Les griefs qu'elle nourrissait à l'encontre de ses parents n'allaient pas disparaître en cinq minutes.

— Papa et moi avons divorcé l'année dernière. Il refusait d'admettre qu'on portait une lourde responsabilité sur… certaines choses. Je ne supportais plus cet aveuglement.

Jamais l'expression « rester bouche bée » n'avait été plus adéquate pour Jessie. Que dire, que répondre ? Les bras lui en tombaient.

— Je te dois des excuses, reprit sa mère d'une voix tremblante.

Il me faudra le reste de ma vie pour réparer mes torts. D'ailleurs, je n'ose même pas espérer que tu me pardonneras. Je sais que ce sera difficile. Je tenais juste à te dire que tu n'es pas responsable du décès de Bran. Après sa mort, j'ai dit des choses affreuses. Le chagrin m'aveuglait, j'étais obnubilée par sa disparition. Je n'ai pas réalisé à l'époque la chance que nous avions, ton père et moi, d'avoir une fille aussi merveilleuse.

Jessie posa son mug sur la table. Les pensées se bousculaient dans son cerveau comme un train lancé à pleine vitesse. Jamais elle n'aurait pu imaginer un scénario pareil...

— Je ne sais pas quoi dire, chuchota-t-elle.

— Il n'y a rien à dire. Je suis venue m'excuser sans rien attendre en retour. Je ne demande pas à faire partir de ta vie, conclut sa mère, des sanglots dans la voix.

— Tu ne veux pas qu'on reste en contact ?

— Ma chérie, bien sûr que si ! J'en rêve depuis très longtemps. Je prendrai tout ce que tu accepteras de me donner. Mais je suis mal placée pour réclamer quoi que ce soit...

— Pourquoi maintenant ? J'ai du mal à comprendre.

Sa mère allait-elle lui annoncer qu'elle était malade ? Voulait-elle mettre sa vie en ordre avant de mourir ?

— J'ai... rangé ta chambre la semaine dernière. Rien n'avait bougé dans cette pièce depuis ton départ. C'était ma manière de me souvenir de toi. Mais d'après ma psychologue cela ne m'aidait pas à avancer. Alors j'ai pris mon courage à deux mains. J'ai fait du tri... et je suis tombée là-dessus.

Joignant le geste à la parole, sa mère se pencha et sortit un petit carnet de son sac. Jessie le reconnut immédiatement : c'était le journal intime qu'elle avait tenu autrefois.

À l'adolescence, elle s'y était accrochée comme à une bouée de sauvetage. Ce journal lui avait tenu lieu de confident. Elle lui avait raconté ses souffrances, son chagrin. Elle n'avait aucun ami à l'époque.

« Tu aurais dû être dans ce cercueil à la place de Bran », avait martelé sa mère le lendemain des funérailles. Jessie avait consigné sa peine par écrit, sur l'une des dernières pages. Celle que sa mère était en train d'ouvrir...

— Je n'aurais jamais dû prononcer cette horrible phrase, Jessie. Je le regretterai jusqu'à la fin de mes jours.

— Donc, tu es venue t'excuser pour ça.

Elle étouffa un cri de détresse. Sa mère ne s'était pas déplacée *pour elle*. Elle voulait juste soulager sa conscience.

— Non. Je t'ai déjà présenté mes excuses, mais au fond... ce n'est pas le plus important. « J'ai laissé tomber Bran. Je ne devrais plus être sur terre. J'ai loupé ma mission et je ne pourrai jamais me racheter. » Voilà ce que tu as écrit, Jessie !

Sa mère ferma le carnet, essuya les larmes qui roulaient sur ses joues, puis reprit :

— Je suis venue parce que la lecture de ces pages m'a bouleversée. Ce n'était pas ta faute. Tu n'as rien à te reprocher.

Jessie cligna des paupières pour refouler son émotion.

— Je sais. Je sais que...

Elle inspira à fond, secoua la tête. Et soudain ce fut plus fort qu'elle : elle éclata en sanglots.

Sa mère venait de lui dire la même chose que William, presque mot pour mot. William avait tout compris. Il lui avait demandé pourquoi elle se punissait. Et au lieu de s'appuyer sur son épaule bienveillante elle l'avait rejeté. Persuadée qu'elle ne le méritait pas, elle avait rompu au lieu de se battre pour leur amour.

Soudain, elle sentit deux bras chaleureux se refermer autour d'elle. Elle s'abandonna, surprise, tandis que sa mère la berçait avec une infinie tendresse. Elle n'avait pas souvenir d'un tel geste de sa part depuis... toujours.

Jamais elle ne saurait combien de temps elles restèrent là, blotties l'une contre l'autre. Et quand son chagrin se dissipa sa première pensée fut pour William.

— Je suis contente... que tu sois venue, balbutia-t-elle. Vraiment. Mais là il faut que j'aille voir quelqu'un.

Elle étreignit sa mère une dernière fois, puis s'écarta.

— Attends-moi si tu veux. Tu peux rester si cela te fait plaisir.

— Tu n'imagines pas à quel point, ma chérie. Vas-y, ne t'inquiète pas pour moi. Je serai là à ton retour.

Jessie posa la main sur son ventre. Il y avait des mois, des années de relations perdues à rattraper. Elle ignorait de quoi l'avenir serait fait, mais ce premier pas valait de l'or.

— Je suis enceinte, maman. Tu vas être grand-mère. Je te raconterai.

Sur un dernier sourire, elle prit congé et sortit. Elle avait besoin de voir William. Il n'y avait plus une minute à perdre.

William n'avait pas pu voir Jessie à l'hôpital.

Même fatiguée, elle n'était jamais partie aussi vite. En général, elle s'attardait au chevet des patients ou elle bavardait avec les collègues de l'équipe suivante. Mais, ce soir-là, ceux qui l'avaient croisée n'avaient vu que ses talons. Elle avait littéralement couru jusqu'au vestiaire !

Malgré l'impasse où ils se trouvaient, William voulait se donner une dernière chance de réparer ses torts. Si après cela Jessie refusait de l'inclure dans sa vie, il l'accepterait. Mais il ne renoncerait pas sans combattre. Il était las de payer pour des erreurs qu'il n'avait pas commises.

Alors qu'il se garait devant chez elle, il la vit sortir de la maison comme un ouragan. Elle pleurait à chaudes larmes.

Alarmé, il se précipita hors de sa voiture.

— Jessie ?

— William !

À sa grande surprise, elle se jeta dans ses bras. Il l'étreignit de toutes ses forces, perplexe mais ravi. Si elle voulait se faire câliner, il n'allait pas chercher midi à quatorze heures.

— Je t'aime, chuchota-t-il. Je n'aurais jamais dû parler de toi comme d'une « preuve ». J'avais tellement peur de ressembler à mon père que...

— Tu n'es pas, et tu ne seras jamais ton père.

— Je sais.

Il appuya le front contre le sien, puis reprit :

— J'étais tombé dans la même spirale négative que ma mère. J'ai failli te laisser partir sans même nous laisser une chance. J'étais sûr de ne pas avoir le choix. Mais on a les choix qu'on se donne !

Jessie lui caressa la joue avec une tendresse touchante.

— Je t'aime aussi, William. C'est la seule chose que j'aurais dû te dire. J'ai gardé mes sentiments pour moi car j'étais convaincue que je ne te méritais pas. Je m'interdisais d'être heureuse. Tu avais raison. J'ai passé des années à me punir pour un crime imaginaire.

Il lui sourit, ému. Il n'aurait pas assez d'une vie pour lui prouver qu'elle méritait le meilleur.

— Si ton frère était là, il te dirait de vivre, d'aimer, de profiter de chaque instant.

Elle glissa la main dans la sienne.

— Tu as raison. En effet, il dirait quelque chose dans ce style. Il t'aurait beaucoup aimé, William. Et il aurait été gâteux de notre bébé, c'est certain.

— Tu es la femme de ma vie, Jessie, mon alter ego, mon autre moitié d'orange. Je ne peux pas vivre sans toi. Je le sais depuis toujours, mais je n'osais pas te le dire. Je t'aime.

— J'espère que tu vas revenir habiter avec moi, chuchota-t-elle. Maintenant qu'on s'est retrouvés, je ne te lâcherai plus. Je t'aime tellement...

Ils échangèrent un baiser passionné. Quand ils s'écartèrent, William s'étonna de voir une dame sur les marches du perron. Cette dernière les observait en souriant, la main sur le cœur.

— Euh... Tu as de la compagnie ?

— Tu ne vas pas le croire, mais ma maman a débarqué à l'improviste. Elle est venue s'excuser, sans rien demander en retour. Je ne sais pas... quoi faire de ça. Il va falloir qu'on se recrée une histoire toutes les deux, si c'est encore possible.

— Tout est possible quand les choses sont faites avec le cœur. Et moi je serai là pour t'épauler, ma chérie.

— Je sais. J'aurai toujours besoin de toi, William. Maintenant et à jamais. Toi, moi et le bébé, c'est la recette magique du bonheur.

— Hmm. N'oublie pas les cornichons, quand même.

Jessie éclata de rire.

— Tu n'auras qu'à m'en offrir un bocal pour nos fiançailles.

Il l'embrassa à perdre haleine, puis se redressa en souriant.

— Tes désirs sont des ordres, mon amour.

Épilogue

Jessie se frictionna le dos discrètement, consciente du regard aiguisé de William. Il faisait semblant d'ajuster son nœud de cravate, mais en réalité il la surveillait !

— Je gère, déclara-t-elle.

Il haussa les sourcils.

— Tu te répètes, mon cœur, répondit-il avec un clin d'œil malicieux. Ne m'oblige pas à appeler ta maman.

Quelques mois plus tôt, la mère de Jessie était venue s'installer à Anchorage. Elles avaient suivi une thérapie ensemble et, après une période délicate, leur relation s'était apaisée. Elles s'étaient promis d'être solidaires en toutes circonstances. Elles s'étaient enfin trouvées.

Jessie ne s'était pas attendue à ce cadeau du destin, mais aujourd'hui elle ne se posait plus de questions. Elle avait appris à accepter ce que la vie lui offrait.

Elle tira la langue à William et le gratifia d'un large sourire.

— Je vais très bien, assura-t-elle.

Ses contractions étaient espacées de dix minutes. Elle n'accoucherait pas avant plusieurs heures...

Prise d'un nouveau spasme, elle agrippa le dossier d'une chaise. William, lui, avait baissé le nez sur sa montre.

— Neuf minutes, annonça-t-il.

— Neuf... minutes, répéta-t-elle, pantelante.

Soudain, on frappa à la porte. Georgia entra, resplendissante dans sa robe de soie grège brodée de papillons.

— Je me marie ! claironna-t-elle, rougissante, son bouquet à la main. Je ne sais toujours pas ce qui m'étonne le plus. Qu'Eli et moi on passe devant l'autel, ou que vous attendiez un bébé !

Georgia traversa la pièce et déposa un baiser sur la joue de William.

— Mon garçon d'honneur s'est mis sur son trente et un, dit-elle, taquine. Dans une demi-heure, j'aurai pour témoin le plus bel homme du Anchorage Memorial. Après Eli, bien sûr !

William toussota et se mit à danser d'un pied sur l'autre.

— Georgia, on...

— On a hâte de vous voir mariés, coupa Jessie, devinant ce qu'il allait dire.

William était le seul proche de Georgia, qui s'apprêtait à vivre le plus beau jour de son existence. Jessie ne laisserait pas de vulgaires contractions perturber la cérémonie !

Sa collègue l'enveloppa d'un regard soupçonneux.

— À quelle fréquence, les contractions ?

— Georgia a tout compris ! s'exclama William.

Jessie croisa les bras sur son abdomen distendu.

— Cela suffit, vous deux. Mes contractions sont assez éloignées pour ne pas embêter le monde.

— Alors ? insista Georgia.

— Neuf minutes, répondit-elle de guerre lasse.

Elle inspira profondément, puis compta jusqu'à vingt pour maîtriser la douleur qui était revenue lui crisper le bas-ventre et les reins.

Ce moment délicat passé, elle fit une courbette moqueuse aux deux autres, qui la regardaient avec inquiétude.

— Toujours neuf minutes. On tient le timing. Je vois que tu as quelque chose de bleu. Ces fleurs d'hortensia dans ton bouquet sont magnifiques. As-tu quelque chose d'emprunté ?

Georgia effleura son chignon bas et sourit.

— Oui, Padma m'a prêté ce peigne. Elle trouvait que les petits papillons en diamant iraient bien avec ma robe.

— Elle a eu raison. C'est absolument parfait.

La future mariée pivota vers William. Elle affichait l'air décidé que le personnel de l'hôpital connaissait bien.

— Envoie un SMS à Padma, s'il te plaît. Charge-la de faire asseoir tout le monde. Ensuite, va trouver Eli et le prêtre pour leur dire qu'on va commencer plus tôt. Mon « quelque chose de neuf » ne va pas tarder à faire son apparition, et ce sera la plus belle surprise du jour. Mais avant je veux que Jessie puisse profiter un peu.

— Georgia..., protesta-t-elle.

— Stop ! La mariée a toujours raison. Si seulement je pouvais connaître le prénom de ma filleule, mon grand jour serait parfait, ajouta Georgia d'un ton si théâtral que Jessie éclata de rire.

— Tu sais bien qu'on voulait garder le secret.

— Oui, pour éviter de rendre jaloux ceux qui n'auraient pas été dans la confidence. Mais aujourd'hui c'est spécial...

— Esme Bindi, dit-elle. Cela veut dire « papillon adoré ».

— Oh ! Jessie. C'est trop beau, murmura Georgia en prenant le mouchoir dissimulé dans son bouquet. Regarde-moi ! Je n'étais pas censée pleurer avant la cérémonie...

Tout en séchant ses larmes, la mariée courut prendre son portable qui s'était mis à vibrer.

— Tout le monde est en place, tu peux aller t'asseoir, Jessie. Essaie de ne pas perdre les eaux au moment où je dirai « oui » !

— Promis, répliqua-t-elle en riant.

Elle laissa passer une nouvelle contraction, puis entra dans l'église. Alors qu'elle s'asseyait au premier rang, elle croisa le regard de William. Il attendait dans l'antichambre, prêt à offrir son bras à son amie d'enfance.

— Je t'aime, chuchota-t-il de loin, sans la quitter des yeux.

Elle posa une main sur son ventre et sourit.

— Je t'aime aussi.

D'ici quelques heures, ils recevraient le plus beau cadeau de la terre. Ils allaient devenir parents. C'était cela, le miracle de l'amour.